신석초연구

신석초연구

조용훈

도서출판 **역락**

조은이에게

1933년 8월 동경에서

일본유학시절의 3남매 서있는 사람이 계씨 신하식, 옆에 누이 동생이다.

불국사 자하문 이육사와 함께 한 불국사 여행

한국일보 입사할 즈음 서가에서

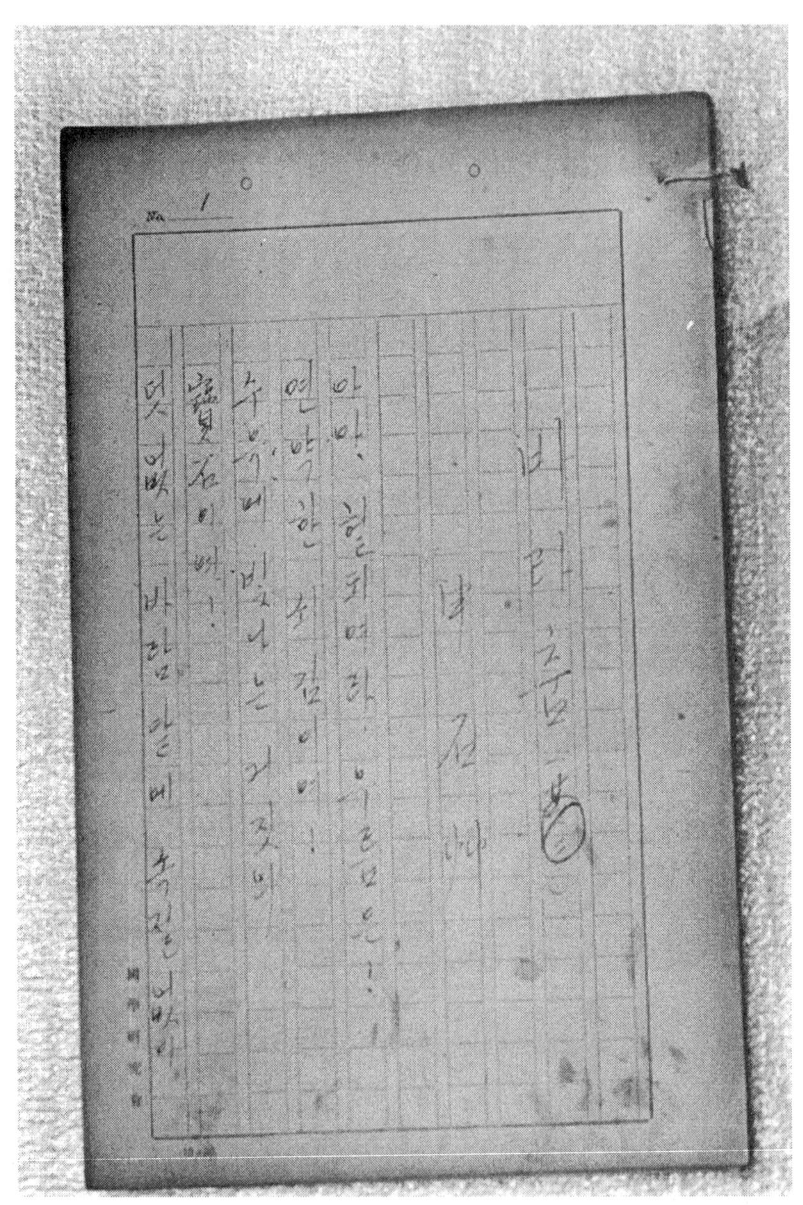

「바라춤」 원고의 친필

석북 신광수의 묘를 찾다.

소년한국 현상문예 심사(1961) 김남조, 윤석중 ▶김요섭씨 등과 함께.

제 3회 예술원상(1968)수상 무렵 서재에서의 김후란 시인과 김주연 문학평론가의 한 때.

이가원, 박목월, 김동리 등과 함께

조병화, 박목월, 이희승 등과 함께

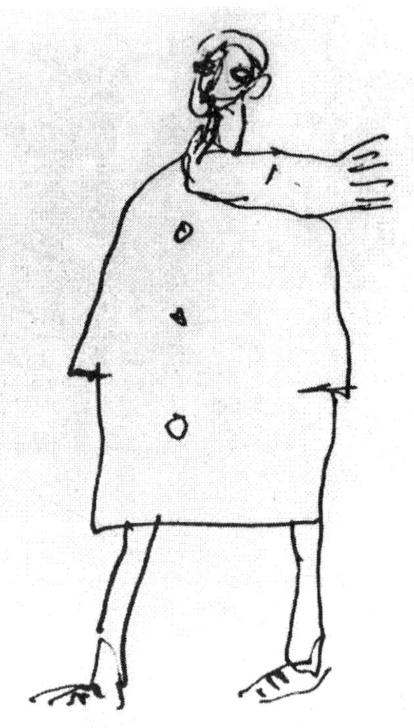

시인 김영태가 신석초를 그린 캐리컷처

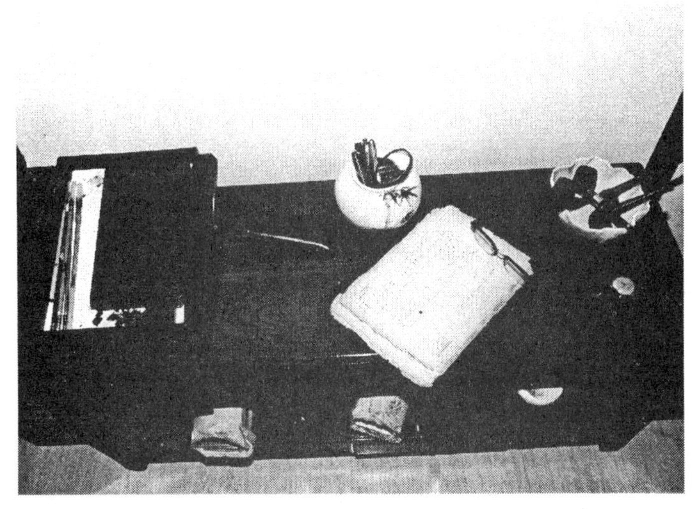

시인이 평소 애용한 물품들

출간한 시집과 역주집

아내와 단란했던 한 때

한국일보 장기영 사장의 묘 근처에 건립된 시비

고향 건지산 자락에 건립된 시비

책머리에

그가 방문했다. 2000년 5월이었다. 화사한 계절은 여느 때처럼 아름다웠다. 가녀린 신록은 이미 푸르름을 잔뜩 가슴에 간직하고 있다가 더 이상 담아두기 어려워 끝내 폭발직전이었다. 그 무렵 나는 수화(樹話) 김환기의 「봄의 소리」에 그윽하게 침잠하고 있었던 것으로 기억된다. 왁자지껄 시작된 새로운 새천년도 이미 한참 지나 그 의미가 퇴색될 무렵이었다.

그때 석초(石艸) 신응식(申應植)의 시비 제막식이 지역 문학동인회인 '서림문학동인회' 주최로, 많은 문인들의 호응 속에 충남 서천에서 거행되었다는 소식을 우연히 귀동냥했다. '유인(唯仁) 신응식', 혹은 '석초(石艸) 신응식' 곧 시인 신석초는 80년대 기억의 저편으로 나를 이끌었다. 80년대 후반 석사논문을 준비하기 위해 그의 자료를 수소문하며 수집하던 때가 잊고 있던 상처처럼 선명하게 살아났다. 각종 자료와 문헌을 수집·정리하고 분석했던 그 시절이 최근처럼 또렷했다. 부끄럽지만 그때 그의 시세계를 통시적으로 조명했고, 작업이 끝나자 그는 저만치 떠나갔다. 그리고 기억 속에서 잊혀졌다. 그래서일까, 시비 제막식은 잊혀졌던 지인을 만나는 경험처럼 가슴이 뛰었다.

과거 신석초의 시세계를 조명할 때 시적 감동은 크게 감지하지 못했던 것으로 기억된다. 당시 그에 관한 학문적 연구가, 시인의 명성에 비해 전무하다고 해도 과언이 아닐 만큼 영성했기 때문에, 당연히 연구적 호기심이 일었을 뿐이다. 필자가 모더니즘에 경사되던 시절이었으니 이는 당연했다. 그러니까 그와의 만남은 학문적 동기에서 비롯되었다고 하는 것이 무난할 것이다. 그리고 연구가 시작되었다.

그가 은폐했던(그러나 생전에 다수 발표된) 은밀한 사랑의 모음집 「비가집(秘歌集)」에서 숨가쁜 사랑을 발견하고 타인의 사생활을 염탐하듯 추적했던 기억이 새롭다. 카프시절의 활동에 대해서 시인 자신은 물론, 후대의 연구자마저 홀대하는 것 같아 사명감을 갖고 그 당시의 활동상과 비평적 의의를 파헤치는데 노력을 기울였다. 그리고 동일한 작품을 제목을 달리해서 발표하는 시인의 기이한 행동을 비판적 시각으로 꼬집기도 했다.

그런데 이번 시비 제막식을 계기로 그의 작품을 빛바랜 앨범처럼 다시 들추듯 읽었고 그때와는 색다른 경험을 할 수 있어서 사실 의아했다. 그러니까 오래 전에는 발견할 수 없었던 어떤 시적인 감미로움을 감지했던 것이다. 특히 그의 후기시가 갖는 무장무애(無障無礙)하고 웅혼한 시정신에 공감이 갔다. 그리고 시서화(詩書畵)에 대한 깊은 애정과 관심을 세련된 고전주의로, 서화고동에 관한 해박한 지식을 생활 중에 실천하려는 문화적 감수성에 호감이 갔다.

예컨대 나는 목은 이색의 후손과 석북 신광수가 맺은 품격있는 교우관계가 흥미로웠다. 그 관계는 석초의 선친과 이색의 후손에까지 계승되었는데 특히 그 우정이 홍매(紅梅)와 관련된 부분에 이를 때는 짜릿한 감동마저 일었다. 사대부의 고매한 기품과 청아한 정신세계에 이끌렸던 것이다. 그렇게 선대로부터 체화된 위의와 품격이 훗날 석초가 퇴계의 후손이었던 이육사와 친분을 나누고, 천년의 고도(古都) 경주와 부여 등으로 문화적 탐닉을 가능케 한 것이 아닌가 판단했다.

석초와 육사는고전적 취향과 안목을 서로 교환하며 예술적 정서를 공유했을 것이다. 육사 역시 이퇴계의 14대 후손이라는 강개한 가풍으로부터 자유롭지 않았으니 이는 당연해 보인다. 두 사람 모두 유년기부터 선비적 지조와 겸손, 그리고 강직한 기개 등을 자연스럽게 체화하고 신학문을 접목한 예지의 소유자들 아니었던가.

이처럼 나는 석초의 시에서 고전주의적 품격을, 그리고 배렴 등의 화가와 친교하면서 생활 중에 체화된 그의 서화적 아취에 빠져 들었다. 그리고 곧 그의 전기를 복원하기로 다짐했다. 그의 생가와 묘소는 물론, 그가 서울로 이주하여 터를 잡았던 혜화동, 성북동, 수유동을 답사했고, 한산초등학교 학적부 등의 귀중한 자료들을 수집하기 시작했다. 특히, 생전의 공간으로 시간여행을 가능케 한 조카 신홍순 선생께 감사의 말을 전하지 않을 수 없다. 바쁜 일정에도 불구하고 서울의 이곳 저곳을 안내하고 귀한 사진자료 등을 제공했다. 본격적인 작가론을 완성하기 위해 매진하는 필자에게 큰 도움이 되었다.

이 책은 크게 5부로 편성되었다. 제1부는 통시적으로 신석초의 시세계를 조감한 부분이다. 시의 지속성과 변이양상을 면밀하게 추적했다. 문헌학적 전제를 기반으로 한, 실증적 연구를 통해 기존 연구자들의 시기구분을 비판하고 시기를 새롭게 구분했다. 「비가집」의 실체도 밝혀 시 전반을 총괄적으로 조망했다.

제2부에서는 간텍스트성과 비교문학적 차원에서 석초 시의 미의식을 검토했다. 신석초를 논할 때 늘 거론되는 '현대적 고전주의자Modern classist'로서의 면모를 구체적으로 밝히고 싶었다. 신석초가 전통적 요소와 발레리로 대표되는 서구사상을 주체적이고 창의적으로 계승했다는 사실

을, 소재는 물론 양식적인 측면에서 천착한 것이다. 서구의 명료한 지성과 한국의 전통적 사유가 어떻게 해후하는지를 밝히고자 했다. 이 작업을 통해 그의 시사적 의의를 드러내고자 했던 것이다. 다만 전통의 창의적 해석을 시조양식에 집중하고 한시(漢詩)적 영향관계를 규명하지 못한 것은 아쉬운 부분이다.

제3부는 석초의 문학론에 관한 것이다. 카프 가입 후 유물변증법적 창작방법을 주창하여 창작방법논쟁을 격렬하게 점화시킨 이론적 배경과 요인을 통해 문학관을 검증하고자 했다. 초기의 계급적 문학관은 카프 탈퇴 이후 역설적으로 의고적 서정시를 창작하는데 직·간접적인 영향을 미쳤고, '멋과 유희', '중화의 원리' 등의, 카프와는 대립적인 순수시론을 전개하는데 기여했다. 총체적인 작가연구를 위해 시론에 대한 면밀한 검토는 당연히 요청된다고 하겠다.

제4부는 그의 생애와 문학에 관한 것이다. 작품과 전기적 사실의 상관성에 착목한 부분이다. 시인의 전기적 사실과 작품의 미적 체계는 당연히 상호연계될 수밖에 없다. 시인의 세계관은 그 자체로서가 아니라 그것을 예술적 형식으로 형상화하는데 중요한 영향력을 행사하기 때문이다. 초기 시부터 그가 고전의 세계에 경사될 수 있었던 것은 그의 한학적 전통과 가계의 내력이기도 하지만 위당 정인보의 영향이 큰 요인이었음을 지적하는 것 등이 그것이다. 작가로서의 삶은 예술적 전통 속에 교묘하게 녹아 구체적인 작품으로 형상화되는 것이다.

제5부는 부록으로서, 시인의 가계도와 생애연보, 작품연보를 정리한 부분이다. 이중 가장 공들인 것은 아무래도 작품연보라 할 수 있다. 물론 그

의 생애를 면밀하게 추적하여 연보를 작성하는 것도 지난한 작업이긴하다. 예컨대 그의 초등학교 입학과 졸업 등의 정확한 시기는 이번 기회에 완벽하게 정리됐는데 이 역시 쉽지 않았던 것이다. 그러나 작품연보의 작성은 시인이 자신의 작품을 끊임없이 개작하고, 동일한 작품을 다른 제목으로 발표해서 추적하는데 난관이 많았다. 따라서 가장 공력이 많이 들었다. 그런데 그 구체적 양상을 원본대조하여 일목요연하게 제시하지 못해 아쉽다. 그는 거의 모든 작품을 크게 개작했으므로 원본대조표를 작성한다는 것은, 거의 모든 작품의 원본과 그 개작 양상을 제시한다는 것을 의미하기 때문이다.

작가론은 아무리 강조해도 지나치지 않는다. 시를 생산한 시인, 그리고 시에 대한 비평적 태도만이 작품을 산출한 시대는 물론이고, 그것이 소통되고 향유되는 제 현상들에 대한 의미를 새롭게 통찰할 수 있기 때문이다. 요컨대 시를 연구하고 그 의미를 천착하는 가장 원론적인 입장과 태도를 새삼 강조하는 것, 즉 시인은 물론 그가 생산한 작품에 대한 비평적 태도를 상기시키는 것은 시 연구의 가장 기본적 태도라는 것이다.

시에 관한 연구가 궁극적으로 지향하는 종착점은 시사라는 것은 분명하다. 시사 정립을 위해 시는 정당한 평가를 받고 새로운 시사적 의미망으로 편입되고 자리매김되어야 한다는 점은 아무리 강조해도 지나치지 않다. 요컨대 시사의 정립을 위해서는 유명 시인들은 물론 군소 시인들에 대한 작품이 면밀하게 검토되어야 한다는 것이다.

서지 및 전기 등의 실증적 연구를 게을리 할 때 온전한 작품 연구는 불가능하다. 아무런 반성없이, 자료조사를 등한시하고 이를 답습할 때 기존의 오류들은 재생산될 뿐이다. 서지 및 전기자료들을 철저하게 조사하여 기존의 오류나 왜곡을 바로 잡는 것이 작가연구의 일차적인 과제이고 문학연구의 출발점이라는 사실을 끝으로 강조하고 싶다.

2001년 5월
기허재(豈虛齋)에서
하정(霞亭) 조 용 훈

목 차

제2부 현대적 고전주의

제3부 문학론

제4부 생애와 문학

제5부 부 록

제1부 시의 지속성과 변이양상

제1부 시의 지속성과 변이양상

Ⅰ. 서 론

1. 문제의 제기

신석초(申石艸)(1909.6.4~1975.3.8)는 웅혼한 시정신을 독자들에게 각인시킨 대가급 시인으로 고평[1)]받아 왔다. 그는 40여 년을 정력적으로 시작활동에 전념했다. 그럼에도 불구하고 그에 관한 온전하고 충실한 평가는 쉽사리 찾기 어렵다.

그는 1930년대 초 카프 맹원으로서 활동하며 문단에 첫발을 들여 놓았다. 이후 『석초시집(石艸詩集)』(을유문화사, 1946), 『바라춤』(통문관, 1959), 『폭풍의 노래』(한국시인협회, 1970), 『수유동운(水踰洞韻)』(조광출판사, 1974), 『처용은 말한다』(조광출판사, 1974) 등 5권의 시집을 간행했다. 이외에도 사후에 발표할 목적으로 은폐해 왔던(그러나 이미 많은 양이 생

---

1) 김윤식, 「잃어버린 술과 잃어버린 화살」 《현대문학》 (1975. 5) p.24
신동욱, 「바닷가의 시상」 《현대문학》 (1975. 6) p.339
——, 「신석초 시에 있어서 삶의 한계와 그 초극의 미」, 《현대문학》 (1986.7)

전에 발표된 바 있다) 『비가집(秘歌集)』의 시편들이 존재한다. 사후에 『신석초문학전집』을 간행(1985)했는데, 시는 제1권에, 제2권에는 한국일보 논설위원 겸 문화부장으로 재직할 때 발표했던 단상들과 간략한 시론들, 그리고 자신의 시작(詩作)에 큰 영향력을 행사했던 프랑스 시인 발레리에 관한 에세이를 수록했다.

일견해도 일제식민치하로부터 70년대까지 왕성한 활동을 전개한 시인이라는 것을 확인할 수 있다. 그러나 그에 관한 연구는 몇몇 단편적인 논문을 제외한다면 양이나 질에 있어서 영성함을 면치 못한다. 더구나 생을 접은 1975年 이전엔 거의 논의가 없었다고 해도 과언이 아니다. 사후에야 비로소 간단한 인물평[2])이 진행된 것이라든가, 그것도 그의 시세계를 관통하는 논문은 거의 없다고 했을 때 새삼 신석초에 관한 본격적인 연구가 절실해 진다.

신석초에 관한 연구가 제대로 진행되지 못했던 주된 이유 중 하나는, 그가 문단이나 동인활동 등을 활발하게 전개하지 않았다는 것을 꼽을 수 있다. 물론, 자신이 편집을 담당했던 《신조선》, 그리고 김광균, 이육사, 윤곤강 등과 《자오선》 동인으로 활동했고 《문장》을 통해 시작을 본격화하지만 기간은 잠깐이었다. 그는 소극적으로 문단활동을 영위했던 것이다.[3])

더구나 그의 작품은 빼어난 독창성으로 시대를 풍미한 것도 아니며, 혹은 이상(李箱) 등의 문인처럼 연구자의 호기심을 자극할 만한 극적인 삶을 영위하지도 않았다. 문학사를 언급하거나 기술할 때도 대표작 「바라춤」외에는 크게 이목을 집중시키지 못한 것이 사실이다. 명성(?)만큼 문학사에서 소외된 셈이다.

---

2) 성춘복, 「신석초-젊은 가락에 사는 노신사」 《심상》 (1975. 5) pp.227~229
3) 신석초, 「잊을 수 없는 사람들-청포도의 시인 이육사」 전집 2권 (융성출판사, 1985) pp.68~69
"그는(이육사-인용자주) 나보다 문단에 발이 넓었기 때문에 늘 나에게 오는 원고청탁은 육사를 거쳐서 왔다. 조풍연 형이 그때 《문장》 편집을 보고 있었다. 청사는 내 아우와 동창이므로 내가 먼저 알고 있었건만 문단에서는 육사로 다리를 놓고 있다시피 하였다. 이러한 일은 나의 비사교적인 성격과 시를 쓴다면서도 늘 문단 테두리의 밖을 걸어온 것을 말하는 것 같다"는 회고는 이를 잘 말해준다.

그러나 석초는 엄혹한 시절 카프 맹원으로 활동하며 실천적 문학관을 피력했고 이후 '동양/서양', '전통/현대'의 이질성을 어떻게 극복할 것인가를 치열하게 고민했던 시인이었다. 그 절치부심 속에는 한국 현대시가 나아갈 방향을 끊임없이 모색하고 이를 구체적으로 제시하려는 노력이 배어 있었다.

따라서 그에 대한 본격적인 연구가 진행되지 못했던 것은 작품의 우열과 그 가치를 떠나서 시를 연구하는 연구자의 바람직한 태도는 아닐 것이다. 더구나 그는 전기적 사실을 은폐하며 자신을 노출하지 않으려 했다[4]는 점에서 매혹적인 연구의 대상이기도 하다. 그러나 연구자들은 그 중요성에 주목하지 못했을 뿐만 아니라, 설령 은폐 사실을 간파한 몇 편의 글도 그것을 철저하게 구명하지 못했다. 이래저래 지금까지 석초에 관한 근본적인 연구는 진행되지 못했던 것이 사실이다.

유명 시인들에 대한 편중된 연구와 특정 유파에 대한 한정된 탐구, 그리고 문예사조 중심의 연구의 폐단에서 탈피하고 이를 극복할 때 한국 시사의 온전한 정립이 가능하다. 이런 점에서 변두리 시인을 비롯하여, 문학사에서 소외된 그러나 비중있는 시인들의 시세계를 실증적인 검토를 통해 철저하게 분석하고 연구하는 바람직한 풍토가 요청된다고 하겠다.

일찍이 이를 통감하여 묻혀진 시인들을 추적, 그들을 한국시사로 정당하게 편입시킨바 있는 김학동교수는, "적어도 한 문학동인이나 유파의 정체를 제대로 파악하기 위해서는 보잘 것 없는 군소시인이나 작가라 할지라도 그 구성원의 작가론이나 작품론이 이루어진 바탕 위에서 다시 종합되어져야 함은 말할 것도 없다."[5]며 시인연구의 기본적인 연구자세와 태도를 적극 강조한 바 있다.

카이저Kayser도 예술가의 정신적, 예술적 발전상을 해명하려는 목적을 가지고 어느 한 텍스트의 역사를 조사하는 실질적인 작업이란, 초판과 제2판을 통해 모든 차이를 조사하고 또 2판과 3판과의 차이점을 모두 메

4) 김윤식(1975) pp.24~29
5) 김학동, 『한국현대시인연구』(민음사, 1978) '서문' 참조.

모하는 방식을 통해 각 판, 각 계층 사이의 수많은 상이한 사례를 소수의 그룹으로 정리해 놓을 때 의의가 있다고 했다. 이렇게 할 때 비로소 작가의 예술적 전개를 파악할 수 있는 바탕이 주어진다고 본 것이다.[6)]

가령 신석초는 서구적인 방법에서 출발하여 가장 한국적인 세계로 전회한 시인[7)]으로, 또는 현대적 고전주의자'Modern classicist'[8)]로 지칭된다. 같은 맥락에서 "서구적인 시적 방법인 상징주의에서 동양적 관조의 유현한 세계로 파고들면서 가장 한국적인 것에로 발전되어간 시인"[9)]으로 평가 받아왔다. 이러한 주장들은 그의 개성적인 시세계를 잘 나타내는 말이지만 그의 문학세계를 온전하게 규명한 것은 아니다. 한 작가의 문학세계는 시의 변천과정 및 시론의 검토, 그리고 그의 생애를 종합적으로 천착하고 그 양상을 구체적으로 밝힐 때 찾아질 것이다.

본 연구는 그의 시를 철저하게 고찰하는 것은 물론, 시론 및 시의 개작, 그리고 그의 생애 등을 총체적으로 검토하여 시세계의 특징과 문학사적 의의를 구명하는데 목적이 있다. 특히 이 책은 문헌학적 전제[10)]에 유념하여 작가가 생산한 모든 자료를 치밀하게 고찰함으로써 시인의 내면의식과 작품의 구조가 갖는 상동관계에 관심을 기울였다. 이를 통해 시세계의 변이와 지속성을 고찰하고 시사적 의의를 밝히고자 했다. 카프 시기의 논문과 시론을 상세하게 조명한 것도 이 때문이다.

---

6) Wolfgang Kayser, *Das sprachliche kunstwerk,* Bern Műnchen, 1965, 김윤섭역 (대방출판사, 1982) pp.44~45

7) 홍희표, 「신석초 연구」, 『한국시가 연구』 V.4, 동국대학교 부설 한국문학연구소편 (태학사, 1983) p.109
김윤식도 앞의 글(1975)에서 서정주나 김광섭 등의 대가급 시인의 시적 변모과정을 서구적 방법에서 출발하여 한국적인 세계로 점차 이행한 것으로 파악하고 있으나 신석초의 경우는 꼭 그 그런 것은 아니다.

8) Th.W.Settle, *Shin Sok Cho: a Modern classicist,* 《시사영어연구》 (1972. 7) pp.100~106

9) 홍희표(1983) p.113

10) Wolfgang Kayser (1965) p.39
필자는 어느 한 작품을 학문적으로 접근하기 이전에 먼저 몇가지 선행 조건이 실현되어야 한다고 주장했다. 그는 이를 '문헌학적 전제'라고 일컫고, 이러한 기본적 전제는 원문을 연구의 기초로 이용하는 모든 학문에 공통되는 조건이라고 했다.

2. 연구사 검토

그동안 식석초에 대한 연구는 크게 네 방향에서 접근이 이루어졌다.

첫째, 비교문학적 방법이다.

이 방법은 구자운[11), Th.W.Settle[12), 김윤식[13), 성춘복[14)등에 의해 가장 많은 접근이 있었다.

둘째, 통시적으로 시세계의 지속과 변화를 구명한 방법이다. 정태용[15) 이성교[16), 홍희표[17) 등의 글이 이에 속한다.

---

11) 구자운, 「석초의 시와 현대성」《현대문학》(1960. 5) pp.236~237
필자는 석초시의 현대성을 순수이념의 지향으로 보고 발레리와의 관계를 논했으나 심층적인 비교라기에는 회의적이다. 또한 석초의 시가 발레리의 시보다 기교적 측면에서 단점이 발견된다고 지적했는데, 이는 자칫 우리 시의 평가기준을 서구에서 찾으려는 문화이식론적 입장으로 오해받을 수 있다.

12) Th.W.Settle, *Shin Sok-cho;A Modern Classicist,* 《시사영어연구》(1972.7) pp.100~106
필자는 석초와 발레리와의 관계를 이미저러나 구조의 문제가 아닌 분위기(mood)나, 어조(tone)에서 찾으려 한 것이 특징이다. 그는 신석초가 발레리의 모방자로 기록되기보다는 석초 자신의 철학과 문화에 맞게 프랑스 시인의 사상을 취사선택했다고 그 특징을 검토했다.

13) 김윤식, 「잃어버린 술과 잃어버린 화살」《현대문학》(1975. 5) pp.24~29
연구자는 작가와 작가의 전기적 삶이 특별히 부각되는 시인으로 석초를 거론하면서 그 이유로 석초가 생전에 고의적으로 자신의 전기를 왜곡하거나 은폐시켜 왔다는 사실을 지적했다. 작가의 전기적 사실이 작품의 주제와 특성을 결정짓는데 얼마나 중요한 요소로 작용하는 것인가를 구체적으로 지적했다는 점에서 의의가 있는 글이다.

14) 성춘복, 「신석초의 발레리적 방법 산견」《심상》(1975. 5) pp.52-56
필자는 석초의 시 「비취단장」의 개작과정(《신조선》(1935)→《석초시집》(1946)→《바라춤》(1959))을 비교 검토하면서 발레리와의 영향관계를 밝혔다. 그러나 단지 석초의 발레리론을 근거로 한 비교였고 「비취단장」도 《문장》(1940)에 실린 것을 간과한 채 개작과정을 검토하고 있어서 아쉬움을 전한다.

15) 정태용, 「신석초론」《현대문학》(1970. 11) pp.361~368
필자는 석초의 시를 '프로메테우스 시편', '처용은 말한다', '바라춤'의 세 계열로 나누어 고찰하고 발레리의 시의 내용과 비교했다. 그러나 석초의 시세계가 왜 세 계열로 파악되어야만 하는지 객관적으로 논증하지 못했고, 율조나, 격조의 문제를 소홀히 다루어 아쉬움을 전한다.

셋째, 형식주의적 방법이다. 김은자[18]와 김종길[19] 등이 이에 속한다.

넷째, 주제론적 접근 방법이다.

작품의 주제와 작가의식의 상관성을 천착한 논문으로 오택근[20]과 김인숙[21]이 이에 속한다.

다섯째, 미학적 접근 방법이다.

신석초의 시세계를 '멋'이라는 미의식으로 규정한 것으로 최승호[22]의 글이 이에 속한다.

그러나 상기한 글들은 이성교, 오택근, 홍희표, 김은자, 김인숙, 최승호의 글 외에는 연구사 차원에서 검토할 만한 비중을 갖춘 논문으로 보기 어렵다. 간단한 월평이나 소박한 인물평에 머문 것이 대부분이다. 따라서 여기서는 연구사적으로 검토할 가치가 있다고 판단되는 대표적인 논문을 언급하는 것으로 그 동안의 연구상황을 개관할 것이다.

이성교는 비교적 자세하게 작가론과 작품론을 병행하여 석초의 시세계를 조망했다. 그는 석초의 개인적 경험과 사유에 의해 그의 시세계가 세 단계로 구분된다고 보았다. 첫째, 노장사상을 기반으로 한 허무주의, 둘째, 발레리 영향에 의한 서구 사상, 셋째, 전통정신의 추구 등으로 단계화한 것이 바로 그것이다. 그는 이를 다시 시인의 경험유형에 근거하여 크게 2기로 구분하여 그의 시세계를 조망했다.

그러나 이 논문은 연구자가 시 자체를 선험적으로 접근한 것이 아닌가 하는 의혹을 지우기 어렵다. 석초시 하면 늘 논의되는 노장사상과 발레리

---

16) 이성교, 「신석초론」 《월간문학》 (1978.4) pp.276~296

17) 홍희표(1983) pp.109~150

18) 김은자, 「신석초연구」, 서울대석사논문, 1978

19) 김종길, 「영혼과 육체의 드라마」《문학사상》(1948. 8) pp.78~79
「바라춤」의 최종추고본을 텍스트로 하여 대표작 「바라춤」을 집중적으로 분석했다는 데 의의가 있는 글이다.

20) 오택근, 「신석초작품연구」 고려대교육대학원석사논문,1977
신석초의 시를 통시적으로 분석하면서도 작품 내재적인 접근을 적절하게 활용한 것이 돋보인다.

21) 김인숙, 「신석초 시에 나타난 이미지 연구」, 서강대 석사논문, 1992

22) 최승호, 「신석초 시와 '멋'의 시학」, 관악어문 19집(1994.12)

의 영향, 한국적 전통사상의 구현 등을 반복하는 것에서 크게 탈피하지 못했다는 것이다. 물론 기존의 분석과 평가가 석초시의 특징을 밝히는데 유효했고 어느 정도 타당한 것은 사실이나, 그것의 재확인에 머문 것은 아닌가 할 정도로 큰 차이를 발견할 수 없었다. 이외에도 다음 같은 문제점이 발견된다.

첫째, 석초가 발레리에게 심취한 것이 일본 유학시절, 즉 연구자에 의하면 초기시의 단계이다. 그런데도 불구하고 초기 단계에서 동양적 사유인 노장의 영향관계만을 언급하고 발레리로부터 받은 영향은 아예 배제했다. 둘째, 작품의 발표시기를 오인하여 시를 분석한 부분이다. 예컨대 프로메테우스를 소재로 한 「여명(黎明)」이 이미 1941年(연구자에 의하면 초기 단계)에 발표되었음에도 불구하고 시집 『바라춤』(1959) 이후의 둘째 단계의 특징으로 파악한 것이 그것이다.

홍희표는 신석초의 시세계를 3기로 나누어 고찰했다. 서구적 사유인 '명료한 의식'이 석초시의 출발이며 시인은 이를 동양정신으로 형질변경함으로써 한국고유의 이미지와 한국적 풍류의 율조로 전환시켜 독특한 한 극점을 세웠다고 평가했다. 카프 시기의 중요한 평론도 거론하면서 소박한 작가론에서 탈피한 비교적 체계를 갖춘 논문으로 평가된다. 그러나 석초시를 특징짓는 정신으로 '풍류(風流)'라는 비학문적인 용어를 채택한 것[23], 연보를 부록으로 제시했지만 오류가 발견된다는 점,[24] 미발표작도 발표된 것으로 제시하여 기존의 잘못된 연보를 그대로 답습한 것[25], 카프 시기의

---

23) 김학성, 『한국고전시가의 연구』 (원광대 출판부, 1980) pp. 16~17
필자는 한국의 미의식으로 언급된 '은근과 끈기', '멋', '한' 등은 한국문학이 표백하고 있는 복잡다단한 미의식을 체계있게 드러내기 어려우며 참다운 미학적 실상을 그르치는 결과를 낳을지도 모른다고 우려한다. 즉 소박하고 인상적 판단으로 미의식을 규정할 것이 아니라 보다 과학적이고 실증적인 방법에 의해 한국문학의 미의식을 정확하게 분석할 필요가 있다고 주장한 것이다. '풍류(風流)'라는 용어 역시 마찬가지이다.

24) 본문에선 일본에서 귀국을 1934년(P.114)과 1931년(P.115, P.116)으로 혼동하고 있고 작품의 발표시기를 오해한 것도 발견된다.

25) 연보가 틀린 경우는 신석초 사후 특집으로 신석초의 시세계를 조명하면서 연보를 제시(《문학사상》(1975. 5), 작성자-성춘복)한 것에서도 마찬가지로 발견된다.

평론을 예술성의 강조로만 본 것 등이 문제점으로 지적된다.

그러나 가장 큰 문제는 필자가 석초의 시세계를 3기로 나누어 고찰하면서 중기에 발표된 작품을 후기시의 특징으로 이해한 경우이다. 1974년에 간행된 시집 『수유동운』에 실린 작품 중 「북한산장 소음(小吟)」은, 1963年 6月에 《현대문학》 에 발표했던 「북한산장」의 약간의 개작일 뿐이고, 이 시집에 수록된 많은 작품들이 60년대 후반에 발표된 것이다. 즉, 연구자에 의하면 중기에 발표된 것이다. 그런데 연구자는, 이 작품들을 후기시의 특징을 잘 보여주는 사례로 제시하여 통시적인 고찰에 실패했던 것이다. 이러한 현상은 문헌을 철저하게 검토하지 않고 작가와 작품론을 진행할 때 자주 발생한다.26)

김은자의 논문은 「바라춤」을 집중적으로 조명한 논문이다. 이 글에서 가장 두드러지는 것은 신석초의 시를 대할 때마다 고정관념처럼 주입되어 온 노장, 불교, 발레리 사상 등의 문학 외재적 방법을 지양했다는 점이다. 문학의 질료를 문제 삼았고, 작품의 주제를 결정하는 여러 영향 요소가 시인의 작품에 어떻게 수용되고 용해되어 육화되었나 하는 형상화과정을 집요하게 추적했다. 따라서 운율이나 비유 등이 중요하게 다루어졌다. 무엇보다도 치밀한 작품분석이 돋보인다.

특히 「바라춤」의 개작과정과 운율, 그리고 비유체계 등을 상세하게 분석했다. 정밀하고 과학적인 분석을 통해서만이 작품의 시적 완성도와 그 가치를 평가할 수 있다는 한 모범을 제시했다고 하겠다. 그러나 이 논문이 체계적인 절차와 방법에 따라 시를 면밀하게 분석하여 작품의 구조를 입체적으로 조명한 것은 사실이나 몇 가지 아쉬운 점이 발견된다.

첫째, 신석초가 자신의 전기적 사실을 고의적으로 은폐하려했다는 사실을 인식했으나 그것을 밝혀내지 않은 점.

이후에 융성출판사에서 전집을 출간했을 때도 애매하게 처리된 부분이 발견된다.

26) 김학동, 『한국근대시인연구〔1〕』(일조각, 1983) pp.6~14
필자는 기존에 진행된 작가 연구의 여러 문제점 중, 특히 원전을 잘못 확정하여 시를 엉뚱하게 해석한 구체적 사례들을 예로 들어 원전비평 없이 행해지는 시 분석에 대해 우려를 표명하였다.

둘째, 종합적인 작가론에 접근하는 길잡이가 되겠다는 의도에도 불구하고 「바라춤」연구에 한정된 작품론적 성격을 띠고 있다는 점.

셋째, 석초의 문학적 출발이 개인적인 출발을 넘어서서 시대적, 문화적 상황에 적지 않게 영향을 받았다고 주장했으나 그러한 사실을 작품과 연계시켜 분석해내지 못한 점.

넷째, 석초가 카프 시기에 발표했던 3편의 평론을 제대로 다루지 않았다는 것을 지적할 수 있다.27)

연구자가 「바라춤」을 철저하게 분석하여 석초시의 대표작으로 평가한 것은 큰 장점이나 종합적인 작가론적 접근을 위한 길잡이로서는 다소 미흡했던 것은 아닌가 한다. 후에 필자가 두 번에 걸쳐 신석초의 시를 검토하는 자리에서도— 물론 단편적인 글들이지만— 이것이 지속되고 있어 아쉬움을 더한다.28)

오택근은 석초의 시를 통시적으로 고찰했다. 그는 작품을 종합적으로 해부하여 작가정신과 그 변모과정을 구명했다. 그는 석초의 시세계를 전기와 중기, 그리고 후기로 구분하고 각각의 시기에 나타난 이미지의 특징과 그 의미를 치밀하게 분석했다. 이를 통해서 작가의 의식세계를 밝히고자 했던 것이다. 신석초 사후 곧바로 이런 체계적인 연구가 진행되었다는 사실은 실로 의의있는 작업이라고 하겠다.

그러나 『석초시집』의 작품들이 4편을 제외하고 『바라춤』에 대부분 재수록된다고 하여 『석초시집』을 다루지 않은 것은 차치하고서라도 각각의

---

27) 석초에 관한 모든 논문들은 그가 고의적으로 은폐시킨 카프 시기의 활동을 언급하지 않거나, 설령 언급하더라도 큰 비중을 두지 않고 기존의 견해를 관습적으로 되풀이할 뿐이다. 그러나 이 기간 동안의 신석초의 활동상황이 제대로 밝혀지지 않는다면 본격적인 작가연구는 묘연하다. 그가 유인(唯仁)이라는 호를 과연 사용했는지 '유인'이 '신석초'인지 구체적으로 확인할 증거가 없기 때문이다.

28) 김은자, 「갈등과 충돌의 미학적 조화」, 정한모외 편 『한국대표시 평설』(문학세계사, 1983) pp.200~209

———, 『현대시의 공간구조』(문학과 비평사, 1988) pp.228~278

전자의 글은 석사논문을 요약 정리한 듯한 글이고 후자의 글은 「바라춤」 외에도 「비취단장」의 개작과정을 통해 의식의 대립 구조를 살폈으나 「바라춤」에 집중적인 초점이 모아졌다.

시기 구분의 특징과 성격이 다소 모호하다. 일테면 중기시를, '불의 이미지', '계절의 감각에서 느끼는 순간성' 으로 분석한 것이 그것이다. 전자는 이미지 분석이고 후자는 정서에 관한 것이다. 불의 이미지로 계절의 감각에서 느끼는 순간성을 표출했다는 것인지 이해하기 어렵다.

이 때문에 그가 기울인 노력에도 불구하고 자칫 시기적으로 시를 나열한 것 같다는 느낌을 받게 할 우려가 있다. 이밖에도 동일한 작품이 개작에 의해 어떻게 주제의식이 변모했는지, 그리고 『비가집』 시편이 갖는 의혹은 물론, 카프시기의 활동에 관해서는 언급이 없어서 아쉽다.

김인숙은 신석초의 작품론을 전개할 때 시급한 것은 시에 나타난 고도의 상징성을 어떻게 해석할 것인가에 있다고 문제를 제기했다. 연구자는 신석초 작품의 난해한 상징을 해명하는 것을 작품 해석의 핵심으로 인식한 것이다. 그리하여 가장 원초적이고 대표적인 상징적 이미지로 〈빛(불)〉, 〈물〉, 〈꽃〉을 들고 그 양상과 성격을 파악하여 시인의 정신세계를 밝히려고 노력했다. 뒤랑의 상징해석 방법에 근거하여 〈빛(불)〉, 〈물〉, 〈꽃〉의 상징적 이미지를 '분열적 유형', '종합적 유형', '신비적 유형'으로 분류하여 작가의 의식세계를 고찰한 것이 바로 그것이다.

이 논문은 시의 미적 완성도와 시인의 정신세계를 함께 조명하여 작가와 작품을 비중있게 다루려고 노력한 것이 특징이다. 즉, 연구자는 "작가론 및 작품론은 문학 외적 연구와 내적 연구가 병행될 때 보다 실체에 가깝게 드러날 수가 있다. 따라서 본고는 작가의 전기적 사실에 유념하여 〈빛(불)〉, 〈물〉, 〈꽃〉 이미지의 상징 체계 및 그 성격을 살피며 이를 이미지들에 의해 종합되는 〈꽃섬〉 이미지의 의미구조를 살펴봄으로써 초기시의 의미구조를 밝히는데 기여"[29]하겠다고 포부를 밝혔다.

이러한 주제론적 연구방법은 시의 내재적 구조와 작가의 의식구조를 상동성으로 파악하는데 효과적이다. 오택근의 연구방법과 유사하지만 초기시를 집중적으로 고찰하고 이미지의 유형을 보다 체계적으로 규명했다는 점에서 차이가 있다고 하겠다. 그러나 연구자는 시의 구조와 시인의

---

29) 김은자, 위의 논문, p.10

일생을 곧바로 등식화한 것은 아닌가 의문이 들게 한다. 그 결과 초기시의 의미구조를 밝히고자 했으나 결과적으로 시 전반을 통시적으로 검토한 논문이 된 것 같아 아쉽다.

최승호는 신석초의 시가, '멋'이라는 전통 지향적 미의식을 기반으로 한다고 파악하고 미학적 측면에서 분석하였다. 최승호는 '멋'은 순수 한국적인 고유한 미의식이며 비실용성, 비공리성, 즉 유희본능설에 입각한 미의 개념이라고 정의하고, 바로 이런 '멋'의 미학이 신석초 순수시론의 거점이라고 주장했다. 덧붙이길 이때의 '멋'은 막연한 순수가 아니라 유가적인 형이상학이 게재된 지적 소산으로서의 미의식이므로 석초의 시는 사대부적인 미의식이 반영된 순수시로서의 성격을 갖는다고 했다.

아울러 석초의 경우, 특별히 자연을 소재로 한 작품들이 많이 발견되는데, 이러한 현상은 자연과의 일체를 꿈꾸며 자연과 '생명적으로' 일치되어 즐거움을 누리려는 욕망에서 나온 것이며, 이 또한 전통적인 풍류이고 멋이라고 파악했다.

그러나 전통에 대한 복고적인 집착이 어떻게 멋의 미학으로 규정될 수 있을지 의문이다. 특히나 '멋', '풍류'라는 단어를 사용하여 학문적 체계를 시도한 것 자체가 회의적이다. 더구나 멋의 특징이 '비실용성', '비공리성' 등에 있다고 주장하고 이를 실용적이고 실제적인 학문인 유가적 규범과 등식화한 것도 이해하기 어렵다.

멋의 개념으로 시세계를 규정하다보니 무리가 발견된다. 국가상실의 비운을 회고적인 정조로 탈피하려는 작품마저, 화려했던 시절 홍청거릴 줄 알았던 선조들의 멋에 대한 동경으로 파악했다. 이러한 해석은 자칫 견강부회적이라는 느낌마저 들게 한다. 유희 본능설로 멋의 개념을 규정한 것도 문제지만 민족적 상실감을 회고적으로 노래한 것마저 멋의 미학으로 고평하고 있으니 수용하기 어렵다. 이는 '풍류'를 노래했다는 자연시의 경우에도 해당한다.

이상 연구사적으로 거론할 만한 논문들을 검토하였다. 지금까지 검토한 논문 이외에 신석초에 관한 몇몇 단편적인 평30)이 있으나 소박한 감상에 머무르는 것들이 대부분이다. 따라서 여기서 연구사 검토는 일단락 짓기로 한다.

3. 연구방법

지금까지 검토한 선행연구들은 각각의 연구방법과 목적에 따라 신석초의 시세계를 파악하는데 나름대로 기여한 것이 사실이다. 그러나 본격적인 논문이라 할 수 있는 오택근, 김은자, 홍희표, 김인숙, 최승호 등을 제외한다면 대개 단편적인 작품평이나 인물평에 머문 것이 대부분이다.

그러나 연구자의 태도를 탓할 수만은 없을 것이다. 역으로, 연구의 영성함은 신석초의 시가 연구자를 매료할 만큼 매력적이지 않거나, 과연 문학사적인 가치와 의의를 갖는 비중있는 작품인가 하는 본질적인 의문이 강하게 작용한 결과일 수 있기 때문이다. 그러나 문제는 그러한 의문조차 체계적인 연구를 통해 입증하지 못했다는 사실일 것이다.

이를 입증하기 위해서는 문헌학적 전제를 통한 실증적 연구가 진행되어야 하는데 그것은 말처럼 쉽지 않다. 이 때문에 신석초를 둘러싼 사회·문화적 맥락과, 시라는 예술형식이 어떻게 상호관련을 맺고 작품으로 형상화되는가를 제대로 밝혀낼 수 없었던 것이다. 결과적으로 그에 관한 본격적인 작가·작품론은 기대만큼 달성되지 못했다고 하겠다.

이상을 염두에 두고 이번 연구에서 필자는 다음과 같은 방법과 범위를 설정하여 석초의 시를 분석하고자 한다.

---

30) 김현승, 「시작(詩作)에 미치는 전통의 힘」《현대문학》(1967. 9)
——, 「금사자 해설」, 『한국현대시해설』(관동출판사, 1973)
김춘수, 「중도파」, 『김춘수전집 권2-시론』(문장, 1983)
박진환, 「몰허무, 탈허무」《시문학》(1975. 6)
김종길, 「현대시」『한국현대문화사 대계』, (고대민족문화연구소,1975.)
김 현, 「산문과 시」, 『상상력과 인간』(일지사, 1973)
박두진, 「오늘의 한국시」, 『한국현대시론』(일조각, 1970)
김수영, 「즉물시(卽物詩)의 시험」, 『퓨리턴의 초상』(민음사, 1976)
조남익, 「처용은 말한다」, 『현대시해설』(세운문화사, 1977)

첫째, 시인의 전기적 사실과 작품의 미적 체계를 상호연계시킨다. 시인의 세계관은 그 자체로서 뿐만 아니라 그것을 자기의 예술적 형식으로 형상화하는데 중요한 영향력을 행사하기 때문이다.31) 시인의 시세계는 전기적 체험이 중요한 영향을 끼치기 마련이다. 시세계는 시적 발상법과 상상력에 의해 몇가지 단계로 구분되는데, 작품은 시인의 전기적 체험의 시적 형상화를 전제한다. 이러한 방법은 단순히 시의 주제와 소재를 문제삼는 것이 아니라, 주제를 드러내는 시적 상상력의 구조를 검토하겠다는 뜻이다.

실증적 방법으로 석초시 전반을 살필 때 그의 시는 시집의 발간과 무관하게 전기(1933-1959), 중기(1960-1964), 후기(1965-1975)로 구분된다. 1964년을 경계로 중기와 후기를 구분한 것은 1964년 발표된 「처용은 말한다」를 기점으로 중기와 후기가 구분되는 징후가 발견되기 때문이다. 1960년대 중반 이후에 창작, 발표된 시들은 마지막 세권의 시집에 동시적으로 수록된다. 즉 후기시에 해당한다.

우리는 여기서 각각의 시기에서 크게 대별되는 시적 특성들 간의 상호연관성을 고찰할 것이다. 각 시기에서 가장 중심이 되는 작품은 상세하게 분석할 것이다. 개개의 작품에 대한 정밀한 분석을 다양하게 시도하여 작품을 생산한 작가의 체험과 작품이 어떻게 교유하는가를 밝힐 것이다.

둘째, '문헌학적 전제'에 유념하여 석초시의 전반을 총괄하는 총체적인 조망을 제시할 것이다. 이를 위해 여기서는 특별히 기존의 연구자들이 배제한 카프 시기의 중요한 비평들을 다룰 것이다. 카프시기까지 소급하는 것은, 당시의 문학관을 검증함으로써 석초시의 지속성과 변이양상을 보다 철저하게 규명하려고 노력했기 때문이다.

셋째, 상호텍스트성intertextuality의 차원에서 전통적 미의식을 해명코자 한다. 이는 막연하게 민족 고유의 정서를 계승한 고전적 시인이라는

---

31) Leon Edel, *Literary Biography*, Anchor Books. Boubleday and Company Inc. 1959, 김윤식 역 (삼영사, 1983) p.11
작가로서의 삶의 한 부분, 즉 예술가로서의 삶은 문학적 관습 그리고 예술적 선입견과 전통속에 교묘하게 녹아 문학이라는 형식으로 가장(假裝)하여 나타난다. 따라서 이 부분에 대한 탐구없이는 작가의 전기를 제대로 구성할 수 없다.

선험적인 평가를 지양하는 것이다. 시인이 전통적 요소를 한 축으로, 발레리Valery로 대표되는 서구 사상을 또 한 축으로 하여 전통과 서구의 세례를 어떻게 새로운 이미지로 창출하였는지 살필 것이다. 이때 그의 정신세계를 형성했던 이원적 구조, 즉 '동양/서양', '고전/현대', '인간/자연' 등등의 대립구조가 어떻게 변증법적으로 지양되는가를 확인하게 될 것이다.

넷째, 전통의 현대적 해석을 양식의 차원에서 검토할 것이다. 그는 민족적 정서와 전통적 소재를 양식적 측면에서 새롭게 재현한 시인으로 평가 받았다. 따라서 이를 구체적으로 검토하고 해명하는 것은 동양적인 전통사상의 형상적 재현이 어떻게 후대에 계승되었으며 또 그것의 시사적 의의는 어떤 것인지를 해명하는데 중요하다고 하겠다.

그런데 한 가지 아쉬운 것은 시의 개작과정을 일목요연하게 도표로 비교하지 않았다는 것이다. 그는 특히 개작을 통해 지성에 의한 시의 제작을 강조했을 뿐만 아니라, 아울러 동일한 작품을 다른 제목으로 발표하는 등의 이해할 수 없는 행동을 했기 때문에 서지 검토는 중요하다. 그러나 앞서 밝힌 것처럼 책의 분량이 지나치게 방대해지므로 작품의 개작과 제목의 변경 등에 관한 서지적 측면은 부록으로 제시한 작품연보의 비고란에서 상세히 밝히는 것으로 대신했다.

Ⅱ. 신화적 회생, 우주적 합일

1. 고통의 삶, 신화적 회생

1.1. 파시즘의 확대와 시의 출발

신석초는 《신조선》에 석초(石初)라는 필명[32]으로 「비취단장(翡翠斷

32) 그는 '석초(石初)'라는 필명으로 《신조선》에1935년 「비취단장」, 「밀도(蜜桃)를 준다」를 발표한다. 이후 필명을 '석초(石艸)'로 변경하여 1937년 「호접(胡蝶)」을

章)」을 발표[33](1935.6)하며 작품활동을 시작했다. 그가 시를 발표하게 된 경위는 이렇다. 1935년 무렵 일본서 귀국[34]한 그는 무료하게 소일하고 있었다. 유일한 즐거움은 위당 정인보선생을 알현하는 것이었다.[35]

발표했다. '石初'에서 '石艸'로 개명한 구체적인 이유는 알 수 없다. 더구나 처음 사용한 필명이 왜 '石初'인지도 알 수 없다. 그는 훗날 자신이 '石艸'라는 필명을 사용한 이유만을 밝히고 있기 때문이다. 그가 '石艸'라는 필명을 굳이 고집한 까닭은, 첫째 형식미이다. 본명 신응식(申應植)의 글자는 획수가 많아 쓰기가 불편할 뿐만 아니라 시각적 미감이 떨어진다는 것이다. 그가 '초'를 '草'가 아니라 고자(古字)인 '艸'를 고집한 이유도 '草'가 자신의 의도하는 의미를 시적으로 드러내지 못한다고 생각했기 때문이다. 둘째, 언어가 내포하는 의미이다. '石艸'는 선조인 '석북(石北)' 신광수(申光洙)의 호에서 '石'을, 그리고 석북 선생의 뜻을 좇겠다는 의미에서 '艸'를 사용한 것이다. 형식적인 측면과 글자가 내포하는 의미를 동시에 중시한 것이다. 더구나 '石'과 '艸'는 어디서나 볼 수 있는 자연 생명이니 더욱 애착이 갈 수밖에 없다고 하였다. (전집 2, p42. 참조)

33) 그의 첫 작품 「비취단장」은 처음 발표할 때는 19행이었으나, 그후 《문장》(1940)에선 7연 50행으로(『석초시집』에는 그대로 수록됨), 『바라춤』(1959)에서는 6연 49행으로 1연 1행이 줄어드는 형태상의 변화를 보이며 꾸준히 개작된다. 이로 미루어 볼 때 그의 시세계는 데뷔부터 어떤 뚜렷한 세계관을 일관되게 견지하고 있었음을 확인하게 된다. 이외의 많은 작품들에서 개작과 재수록이 확인된다.

34) 전집의 연보에선 일본에서의 귀국을 1934년으로, 이성교(1978)는 보다 구체적으로 맹장수술 후인 1934년 6월로 못박는다. 그런데 "1935년경 나는 일본에 있었다" (「나와 나의 문학」전집 2, p.8) "서기 1935년 내가 육사를 만난 것은 그해 봄인 것으로 기억된다." (「이육사의 인물」 전집 2 p.289) "1934년 가을 나는 이 거리(동경-인용자)에서 잔느 시게도 부인의 집을 쉽게 찾을 수 있었다"(《신동아》(1968. 5) p.294) 등의 회고를 통해서 그의 귀국은 아마도 1935년 초가 아닐까 추정된다. 그의 시가 '신라'와 '조선'을 노래하는 고전적 취향을 분명히 할 수 있었던 것도 1935년 들어서면서 《조선일보》, 《동아일보》 등이 다투어 고전부흥의 특집란을 설정하여 분위기를 고조시켰던 것(황종연 「1930년대 고전부흥운동의 문학사적의의」(한국문학연구11집)(1988.12))에도 영향을 받았던 것이다.

35) 석초는 위당과의 만남을 다음처럼 감격스럽게 회고한 바 있다.
"나는 가끔 위당 정인보 선생을 찾아 다녔다. 당시 위당 선생댁은 내수동에 있었다. 문을 들어서면 납작한 고가(古家)이었으나 꽤 복잡한 구조로 되어 있어 외형보다는 훨씬 넓은 저택이었다. 서재는 온통 옛날 묵은 한적(漢籍)으로 꽉 들어차서 앉으면 책에 파묻히게 되었다. 그 속에서 선생은 갸름하고 가무스름하고 강직하게 생긴 얼굴에 우선 독특한 미소를 띠고 '문장은 고금에 맹자를 덮어 먹을 게 없단 말이야'하며 『맹자』를 책상 위에 놓는 것이다. 그리고 문장론으로부터 시작

이때 위당의 고가에서 평생지기인 이육사와 처음 만났다. 이후 두 사람은 잡지 《신조선》의 편집을 담당[36]하게 되었고 이를 계기로 문인활동을 함께 전개하기 시작했다. 이후 위당과 육사는 석초의 시적 출발과 방향에 큰 영향을 미치게 된다.

그가 시를 발표한 1930년대는 세계 여러나라에서 자유가 후퇴되고 파시즘이 확대일로의 길을 걷기 시작한 때이다. 파시즘은 기세를 늦추지 않고 파죽지세로 세계 전역으로 그 맹위를 떨치기 시작했다. 독일에선 1933년 나치가 등장했고, 이태리에서는 이미 1922년부터 뭇솔리니 정권이 강세를 떨쳤다. 이후 1936년부터 1939년까지 스페인 프랑코 정권 등이 공포분위기를 확산시키고 있었다.

이처럼 파시즘은 획일화된 이념을 폭력적으로 전세계로 확장하며 지식인들의 사상과 사고, 언론을 통제해 나갔다. 이에 맞서 서방의 지식인들은 1935년 4월 10일, 프랑스 남부 휴양도시 니스에서 〈지적협력국제협회〉를 결성했다. 의장으로 발레리가 선출되었다. 이 회의는 3일 동안 계속되었다. 같은 해 6월 21일부터 26일까지 〈국제작가대회〉가 개최되었다. 앙드레 지드를 중심으로 문화옹호에 대한 획기적인 대안이 마련되기 시작한 것도 이 무렵이다.[37] 이 두 대회는 우리나라 비평가들에 의해 소개될 정도로 깊은 관심과 호응의 대상이었다.[38]

하여 사상론으로 해박하고 명랑하고 잔재미나는 선생의 말솜씨가 어느덧 보학(譜學)으로 번져 나가면 듣는 사람으로 하여금 '안다는 것'의 법열을 느끼게 하는 것이다."(전집 2, p.289)

36) 신석초가 이육사와 함께 《신조선》 편집을 담당한 까닭은 위당 정인보 선생과의 인연 탓이다. 당시 위당의 『여유당전서(與猶堂全書)』발간을 신조선사가 주관했으나 경비가 부족하여 간행에 어려움을 겪고 있었다. 그리고 신조선사에서 발행한 《신조선》 역시 난관에 봉착했다. 사주 혼자 원고의 편집과 청탁 등을 담당했는데, 가끔 신조선사에 들은 석초와 육사가 이 광경을 안타깝게 목격하고 무보수로 편집을 자청했던 것이다.

37) 일찍이 맑시즘의 신봉자였던 앙드레 지드는 동경하던 맑시즘에 대해 회의하고 좌절한 끝에 전향한다. 그는 러시아 여행에서 맑시즘에 대한 실망과 좌절만을 느끼고 귀국했던 것이다. 그리고 곧바로 자유주의자임을 선언했다. 앙드레 말로 등도 이무렵 전향했다. 특히 지드의 전향은 국내에까지 큰 영향을 미치게 된다.

38) 김윤식, 『한국근대문예비평사연구』(일지사, 1986) pp.202~213

한편, 일본의 군국주의는 1929년 미국으로부터 파급된 경제 대공황으로 크게 위기를 맞았고 이 여파는 곧바로 한국에까지 영향을 미쳤다. 일제는 한국산 곡물을 대량수탈하고 식민지 정책을 통해 경제적 착취를 강화했다. 일본의 군국주의는 피폐해진 한국경제를 극한 상황까지 몰아갔다.

한국의 참혹한 상황은 1931년 만주사변을 계기로 더욱 악화되었다. 1937년 중일 전쟁을 거치면서 국토와 생활이 철저하게 유린당했다. 한국민은 제국주의의 침략전쟁에 강제로 동원되어 전쟁터에서 안타까운 목숨을 소진시켰다. 1930년대 시작된 신간회해산, 카프 해산, 일본어 강제사용은 지식인이나 문인들에게 불안의식을 고조시키고 자기상실을 강요했다. 문인들은 현실과 유리된 채 자폐적 개인주의세계로 침몰해 갔다. 죽음의 시기였다. 이러한 엄혹한 상황은 문인들이, 현실과 유리된 심미적 문학세계에 침잠케 하는 원인이 되기도 했다.[39)]

작가나 시인들은 어두운 현실을 회피하고 고전미 추구에 힘썼다.[40)] 석초 역시 회의하고 절망했다. 그는 식민지 현실을 타파하고 개혁하기보다 방황했다. 조선얼을 강조하며 일제의 침략을 내적으로 응전한 위당의 민족주의에 깊은 감명을 받았다.[41)] 정신적 공황을 치유할 수 있

---

39) "1939년 《문장》과 《시학》이 발간된 이 해는 2차 세계대전이 폭발된 해이다. (중략) 뜻있는 많은 지식인들은 투옥, 구금되었으며 모든 문화기관은 그들의 정략과 전술의 목적으로 홀연 개편되었다" (전집 2 P. 279)
"시인들은 붓을 꺾고 침묵을 지키고 흩어졌다. 우리는 거리에서 사랑방으로 숨어들어갔다. 몇몇 친한 친구끼리 장소를 옮겨가며 작은 모임을 가졌다. 이러한 때일수록 술과 시가 없을 수 없다"(전집 2 p.297) 등의 회고는 엄혹했던 당시의 분위기를 잘 전달한다.

40) 이성교(1978) p.281

41) 김용직, 『한국근대시사 (下)』(학연사, 1986) pp.342~352
저자는 정인보와 신채호의 항일논리를 비교했다. 신채호가 실천적이고 행동적인 반면, 정인보는 우리 민족의 의미와 의의를 다지는 문학활동과 역사연구라는 작업을 통해 민족의식을 고취시키는데 주력했다고 인식했다. 신채호가 투쟁적이라면 위당은 정신적인 측면을 강조한 것이다.
이런 연유로 위당은 신채호에 비해 상대적으로 복고주의적인 성향을 갖는다고 지적받는다. 정인보를 가리켜, "「오천년간 조선의 '얼'」에서 걸렸던 국수주의의 심폐증" 운운하는 것(황종연(1988) p.225)은 위당의 복고주의 사관을 잘 말해주

는 계기가 마련될 수 있을 것으로 기대했다. 그의 시가 고전적 색채를 표방하게 되는 것도 이와 무관하지 않다.

이러한 불안한 상황은 그가 왜 그토록 한국적 전통에 민감했고, '신라'와 '처용'을, 그리고 '고풍(古風)'을 추구했는지 파악하게 하는 단서를 제공한다. 석초는 폐허로 상징되는 현재의 암울하고 참담한 현실을, 실천적으로 극복하기보다 과거의 영화를 동경함으로써 위로 받길 원했던 것이다. 심정적 감상주의는 그만큼 현실이 강팍함을 역으로 드러내는 것이다.[42]

참혹한 식민치하에서, "아아 덧없어라, 시름은!/ 맘없는 당두리에 웃음을 싣고 머나먼 나라로 가고 말가나/"(「가야금」)하고 현실도피적인 경향을 나타내는 것은 이 때문이다. 근원적인 불안은 식민지 상황과 무관하지 않

는 것이다. 그런데 이러한 정인보 식의 조선주의는 후에 석초의 시의 소재와 양식을 결정하는데 큰 영향을 미친다.

42) 「서라벌 단장」의 시편들은 《현대문학》(1956)에 처음 발표되지만, 이미 1938년 경주를 여행하면서 구상했던 작품들이다. 다만 일제치하였기 때문에 발표하지 못했을 뿐이므로 이 시편들은 가장 초기에 해당한다. 시의 내용은 영화로왔던 왕국인 신라의 패망을 영탄적으로 읊조리는 것이 대부분이다. 당시 현실에 대한 비극적 인식은 「가야금」에서 확인하듯 '이곳'을 벗어난 '미지'의 장소를 꿈꾸는 것으로 나타났다. 다음의 시들은 그 구체적 예가 될 것이다.

> 월성지 찾아드니,/ 자취도 없노메라//(중략) 나라를 지키든
> 그 엄위, 어디 두고,/ 빈 땅만 남았느냐,
> ―― 「반월성지(半月城趾)」

> 멀리 달려온/ 구름 벌판/ 밭틀에 구르는/ 낡은 기왓장/
> 십팔만호/ 옛 서울은/ 가뭇없는 꿈일네라//(중략)//
> 서라벌 옛도읍/ 가을 으스름/ 푸른 연기 자욱한/ 미추왕릉(味鄒王陵)에/
> 솔바람 차다//(중략)//아아 인사는 변하여/ 그지 없어라/
> 벽해상전(碧海桑田)이 되어/ 옛것이 가고 오지 않느니……
> ―― 「신라고도부(新羅古都賦)」

> 지금 요량한 풍경 속에/ 남은 주춧돌과/ 물없는 돌 못/ 어디서 먼 절
> 낮 북이 운다/ 신라 최후의 날// 모든 서라벌이/ 노그라지는/ 먹거지에
> 취하여/ 있을 때/ 풍운같이 모여든/ 말발굽 소리// 말에 짓밟힌/ 수많은
> 붉은 꽃송이
> ―― 「곡수유허(曲水遺墟)」

다. 당시의 상황을 무덤으로 인식하고 있는 것은 좋은 예가 될 것이다.

무덤이여! 무덤이여!
묵은 대리석의 밑에
네, 자는가? 누었는가?
너의 미, 너의 자랑, 너의 특이한
혼은 어데 있는가?
네가 사른 꿈결같은 세월
너는 바랐으리라-
밝은누리와 멸하지않는
영원의 가치와를……
그러나 내 너를 찾아서
지금 내 가슴에 안은 것은
한 덩이의 차디찬 돌일뿐

——「묘」

현실은 감당할 수 없을 만큼 잔혹하다. 할 수 있는 일이란 고작 영화로운 과거로 도피하는 것이다. 황혼에 물든 경주의 가을, 깨어진 기와에서 부서진 천년의 영화를 통절하게 노래한 「낙와의 부」, 「서라벌」, 「신라고도부」는 물론, 가야금의 선율을 통해 절망적 상황을 치유하려는 「가야금」 등 이루 헤아릴 수 없을 만큼 많은 작품이 국가 상실감을 형상화했다.

1.1.1. 멸하지 않는 정신

엄혹한 일제 강점기 치하, 어떠한 삶을 선택할 것인가에를 고민하고 번민하는 것은 당연한 현상이라 하겠다. 그는 정체성 상실과 혼돈을 경험했다. 실존적 위기 앞에서 방황하고 좌절했다. 정신과 육신을 강제하는 외압에 대항하지 못했다. 일제의 위협 앞에서 그는 존재론적인 위기를 충분히 감지했다. 치욕스러웠다.

일제 강점기치하의 시대적, 국가적인 불평등 상황에서 본능적으로 다가 온 삶의 위기와 죽음의 두려움에 번뇌하고, 이를 초극하기 위해 고투

했다. 그러나 그것이 대외적 저항으로 발현되지 않을 때, 그것은 '내면화' 된다. 사회적 의미는 배제되고 근원적인 생의 의미를 집요하게 탐구하는 양상을 띤다는 것이다. 석초의 초기시 역시 생의 본능과 좌절, 원시적 생명의 추구 등이 혼효되면서 관능적, 감각적인 색채를 나타낸 것은 이와 무관하지 않다.

서러라! 모든 것은 다라나
가리…… 포올·봐레리이

비취(翡翠)! 보석인 너! 노리개인 너!
아마도 네 영원히 잊지않을
영화를 꿈꾸었으련만
내가 어지러운 오뇌(懊惱)를 안고
슬픈 이 적막 속을 거니를 제
저! 깊은 뜰을 비최는
달빛조차 흐리기도 하여라

청와(青瓦) 헐어진 내 옛뜰에
무심한 모란꽃만 푸여지고
창백히 버슨 몸을 빛내며
희미한 때의 안개속으로
사라지는 별썰을 쫏는다.
아! 그윽한 잠 잔잔한
촉(燭)불넋에 잠 못이루는
여인의 히고 느린 목덜미!
단장한 그 머리는 주러져서
벼개에 흐르는 흰달그림에
무의적막(無爲寂寞)한 꽃닢을 받혀라

비취! 내 전신의 절안에
산란한 시간의 발자추
다비(茶毘)와 날근 흔적을 어릴제
너는 매혹하는 손에 끌리며

그지없는 애무에도 오히려
불멸하는 순수한 빛을 던진다.

나는 꿈꾸는 나신을 안고
수만흔 허무의 욕구를 사르면서
혼자서 헐린 뜰을 내리려 한다.
저곳에 시드른 난꽃 한떨기
또 저곳에 석계(石階)우에 꿈결같이
떠오르는 영원한 허무의 자태!……

어쩔까나?
비취! 나의 난심을!……
내가 이 폐허에 거니고 또
떠나는 내 마음의 넌출을
인간의 얼크러진 길을 알고서
고독한 청옥에 몸을 떨며
시금(詩琴)의 슬픈노래를 부를까나!

비취! 오! 비취! 무구한
네본래의 광휘(光輝)야 부러워라
저- 심산 푸른 시냇가에
헐어진 부엿한 구름 떠도라서
창천은 흐득이는 여명의 거울을 거노나
아! 오뇌를 아른 나!
(영겁을 찾는 나!)
비밀한 유리속에 떠서 흔들리는
나여 너를 불러라 빛과
흠절의 숲풀우의 보석이여!
나여! 정신이여 멸하지 않는
네 밝음의 근원을 찾어라!……

——「비취단장」[43)]

---

43) 「비취단장」은 1935년 《신조선》에 발표된 것을 텍스트로 삼아야겠지만 1940년 《문장》의 것을 텍스트로 삼았다. 그것은 첫번째 발표작의 미비점을 약간 새롭게 다듬었으며 이후 시집 《바라춤》에까지 거의 동일하게 이어지기 때문이다.

이 시는 '애달픈 꽃잎', '무상한 모란꽃', '시든 난꽃 한떨기' 등의 식물적 이미지를 인간의 속성과 비유하고, 이를 다시 불멸하는 보석인 '비취(翡翠)'의 광물적 이미지와 대립시켰다.

고귀하고 영원한 대상으로서의 '보석'과, 관능적이고 가변적인 여성을 첨예하게 대립시켜 생의 허무는 물론, 역설적으로 영원한 것에 대한 동경을 극대화한다. 어지러운 오뇌를 안은 '난심(亂心)'의 '나'는, '낙화', '지는 잎'처럼 허무하고 유한한 존재에 불과하다. 이에 비해 '비취', '옥석' 등은 '불멸하는 순수한 빛', '멸하지 않는 정신' 같은 고귀한 가치를 비유한다.

정신적 가치를 꿈꾸는 삶은 고통스럽다. 삶은 고해다. "어쩔까나?/ 비취! 나의 난심을!"은, 아직도 사욕과 번뇌에서 번민하는 화자의 고통을 잘 나타낸다. "꿈꾸는 나신을 안고/ 수만흔 허무의 욕구를 사르면서/ 혼자서 헐린 뜰을 내리려 한다."는 것은 세속적인 욕망을 떨어내고 본래의 나와 대면하고 싶은 인간의 노력을 형상화한 것이다.

"인간의 얼크러진 길을 알고서/고독한 청옥에 몸을 떨며/ 시금(詩琴)의 슬픈노래를 부를까나!"하며 끊기 어려운 생의 번뇌를 토로하지만 그러나 희망의 불씨마저 완전히 소진시킨 것은 아니다. 곧, '아! 오뇌를 아른 나'는 '영겁을 찾는 나'로, 결국엔 "보석이여!/나여! 정신이여", 즉 '보석=나=정신'의 일치로 연계시키기 때문이다. 그리하여 "정신이여 멸하지 않는/ 네 밝음의 근원을 찾아라"며 거듭날 것을 다짐한다. 이런 초극의 의지는 부정의 시간인 밤으로부터 새벽으로 시간의 추이를 통해 긍정적인 전환을 가져오는 것 같다.44)

유한한 존재로서의 인간이 얼마나 가변적이고 부정적 존재인가는 그가 여성화자를 등장시킨 것만으로도 잘 이해가 된다. 석초의 시에 등장하는 여성은 '매혹하는 꽃송아리', '홍옥(紅玉)을 물린 고운 입술'(「춤추는 여신」), '유방의 붉고 은밀한 끝'(「밀도(密桃)를 준다」), '침의(寢衣)로 둘른 질탕한 허리' (「뱀」) 등의 관능성을 띠는데, 이는 생명의 원초성이, 정신적인 가

---

44) 새벽으로의 이행은 긍정적 의미항으로 기능한다. 그의 시는 '밤=고난', '새벽=희망'이라는 관습적 상징에 기대고 있기 때문이다.

치와 대립하면서 육체적 고뇌와 몸부림으로 나타났기 때문이다. 이런 까닭에 그의 시가 생명파와 성격을 같이 한다는 평을 받곤 한다.45)

이는 어느 정도 타당하다. 《시인부락》에 작품을 발표하며 인간생명의 구경을 탐구한 함형수, 유치환, 김동리, 오장환 등의 작품세계와 유사하기 때문이다. 비록 신석초가 그들처럼 원시적 생명의 육성을 표면화하고 그들과 동인활동을 전개하지 않았지만 분명 유사성이 발견된다.46) 다만 그는 인간의 한계를, 영원하고 정신적인 가치와의 대립적 관계에서 파악했다는 것에서 차이가 발견된다.

그가 가변적인 대상의 하나로 간주한 여성47)과 영원불멸하는 보석을 의미적으로 동일화48)하는 것은 유한자적 존재로서의 인간의 한계를 극

---

45) 김용직, 「서정, 실험, 제 목소리 담기-1930年代 한국시의 전개」《현대문학》(1988. 11) pp. 332~333

46) 서정주는 자신을 비롯한 《시인부락》 동인들 이외에 유치환, 윤곤강, 백석, 이용악, 그리고 신석초 등을 '생명파' 시인들로 규정한 바 있다.(서정주, 「현대조선시약사」『조선명시선』(온문사,1949), '서문')

47) "여성은 그 본질에서 유래하는 것이겠지만 대개 첨예한 감정을 가지고 있어서 흔히 극단과 지와 감정사이에 명정한다. 일방으로는 현현하려는 희구와 가식미에 대한 예리한 감수성, 그것으로 한없이 끌리어 가는 위험의 상태, 일방으로는 세상의 바람과 같은 모든 유혹으로부터 본능적으로 방위하려는 소극적인 수동성과 배타성, 그리고도 허영과 매력에는 자기도 모르게 이끌려 가는 섬세한 산티멘…… 거기에는 불가사의한 꽃과 뱀이 희롱하는 어지럽고도 감미한 그물이 입을 벌리고 있다. 이러한 예지와 행동과의 사이에 비틀거리는 여성의 약구한 태도" 등의 견해에서 여성에 대한 부정적 시각을 엿본다. 유가적인 집안에서 교육받고 성장한 그로서는 어쩌면 당연한 현상일 것이다.
신석초, 「여성과 지적 문제」《신천지》(1946. 5) p.105

48) 의미적 동일화는 정신과 사물을 연결하는 방법으로서 은유적 비유를 통해 표현된다. 특별히 울만Ulman에 의하면 추상적 용어들을 구체적 용어로 바꾸는 것이라 할 수 있다. 이때는 시간과 같이 추상적이고 포착하기 힘든 경험조차 창조적 작가에 의해 구체적으로 비유될 수 있다. 이처럼 의미론적 차원의 비유는 인간의 마음과 외부세계를 동일화하여 새로운 개념을 창출해내는 원리라고 하겠다. 석초의 경우 번뇌하는 육체와 영원 표상의보석을 의미적으로 동일시하려는 심리작용은 이와 밀접한 관계가 있다.
Stephen Ulman, *Semantics;An Introduction to the Sicence of Meaning*, Oxford;Basil Blackwell, 남성우 역(탑 출판사, 1988) pp.294~301 참조

적으로 전환시키기 위해서다. 이 때문에 생명의 탐구나 육체적 본능이 안고 있는 갈등에서 생의 본질을 찾는 것은 생명파와 유사하면서도 극복하는 방법에선 차이가 난다고 하겠다.

삶에 대한 본능적 갈등은 인간이라면 모두 갖는 비극이기도 하지만, 석초는 인간의 존재론적 위기를 절대적인 것을 추구하며 극복하기를 희망했다. 예컨대 "깊고 그윽하고 범할 수 없이/ 무구한 사원(寺院) 속으로 너는 지니리라/(중략)/네 몸은 익어 타는 듯 하여도/ 네 혼은 깊은 뜰 속에 있어서/ 여명이 가져오는 숲들을 헤메게 하노라"(「규녀(閨女)」), "붉게 피어난 연꽃이여!/ 네가 갈 「네안」(열반-인용자 주)이 어디런가/ 저리 밝고 빛난 꽃섬들이/ 욕구하는 입술과도 같이/ 모다 진주의 포말로 젖여있지 않은가"(「연」)에서 확인하는 것처럼 '사원', '연꽃' 등의 불교적인 상상력에 귀의하는 것도 생명파 시인과 차별되는 점이다.

1.1.2. 거울, 자기성찰

육체적 번민과 고뇌의 극복을, 불교적 상상력에 의지하거나, 영원하고 이상적인 것에 대한 동경과 그것과의 일치에서 찾기도 하지만, 자기수양과 성찰에서 돌파구를 마련하기도 한다. 자기성찰은 육체적 고뇌와 본능을, 정신적인 가치로 극복한다는 점에서 유사한 것이다.

오! 娥媚(아미)한 여인이여!
미감(媚惑)으로서만 감춘 이 감로로써

인식론의 차원에서 은유를 논하고 있는 Earl R.Mac Cormac(*A cognitive Theory of Metaphor* A Bradford Book, MIT Press, 1985 pp.50~52)도 "은유는 언어 속에서 지시물들의 병치(석초의 경우 '여인'과 '보석')를 통해서 새로운 의미들을 창출해내는 인식론적인 기능을 수행한다"고 한 바 있고, "이것이 없다면 인간의 지식의 범위를 미처 알고 있는 범위까지 확장 할 수 없다"고 주장한다. 그리하여 유사성들에 대한 인식은 새로운 통찰력이나, 새로운 의미의 산출 전에는 보이지 않을 뿐만 아니라 특별히 비유사성들의 동일성은 새로운 의미창조를 돕는다고 했다.

반쯤버러저서 꽃닙과도 같은
네 입술을 물들게 하여라

잇는 듯 마는 듯
이 과육의 이슬이 사러지는동안
붉어서 구든 황금 씨알이
내가가즌 영혼의 밀유를 꿈꾸게하노라
——「밀도를 준다」

날마다, 날마다,
고적한 거울을 대하여,
내모양 꾸미는
내 심사를, 그대는 알아요?
(중 략)
그래도, 난 내모양 꾸미는
그 일에만 팔려, 날마다,
거울을 대하지 않을수 없는 것을,……
——「화장」

「밀도를 준다」는 관능적인 여성화자를 등장시켜 삶의 고뇌와 번민, 그것의 극복을 복숭아 열매가 영글어 빛나는 것으로 비유한 작품이다. 농염하게 성숙한 여성과 황금빛으로 빛나는 복숭아 열매는, 영욕의 세월을 감내하고 마침내 결실을 빚었다는 친연성 때문에 쉽게 등치된다. 생의 고뇌와 약동, 욕망의 포로로서의 육체적 갈등, 그리고 이를 극복한 여성은, '황금 씨알'에서 '영혼의 밀유' 라는 절대적인 가치로 승화된다.

「화장」 역시 '화장'이라는 비유적 행위로 자기수련과 자기완성에 몰두하는 여성을 감각적으로 형상화했다.49) 육체의 욕망을 자기반성과 자기성찰로 슬기롭게 이겨내길 기원했다. 「촉(燭)불」에서 '나'와 '휘황한 불

49) 「화장」이라는 시는 일견 연애시처럼 읽힐 수 있으나 거울을 통해 자기수련에 열중하는 작품으로 해석하는 것이 옳다. 시인이 시의 제목에 '다만 불멸하는 소리 있을 뿐'이라는 발레리의 싯구를 부제로 삼고 있는 것은 이 때문이다.

꽃', 「무녀의 춤」에서 '무녀의 눈'과 '보석' 등에서 확인하듯이 그는 육체적인 것을 정신적인 가치로 전환시키고자 노력했던 것이다.

1.1.3. 춤, 정신의 광휘

번뇌가 강할수록 그것을 초극하려는 욕망 역시 강하다. 그 욕망은 거울을 통한 자기성찰 외에 춤을 통해서도 이루어 진다. 춤은 번뇌를 이기지 못해서 자신을 사르는 관능적이고 현란한 몸짓이다. 춤은 빛나는 광휘의 불꽃이다.

해바라기 꽃
꺾어서 머리에 꽂고
무녀야 미칠 듯
너는 춤을 추다

곱장선(扇)에 가뤈
입술은 신을 부르는데
웃고 도라지는
별과 같은 눈매!
오 무녀야! 춤을 추어라
헐은 옷은 버서라
신(神)없는 나라로 가자.
신은 업서도
네몸은 빛나리!
내맘도 빛나리!

——「무녀의 춤」

바람도 없이 바람에 흩날리는
푸른 스란 속에 여릿여릿
움직이는 색시의 몸은
가는 바람에 꿈어리는 아침 물굽이 같아라.

춤추는 색시는 제 몸에 취하여
고민하는 나르시스처럼
깊고 푸른 물거울에 몸부림치다
(중 략)
아아, 춤추는 고운 색시여
네 이래 처녀의 단 시름과
아리따운 네 몸에 가진 비밀을 알리라

매력도 잠들 그윽한 리듬의
수풀 속으로 춤추는 색시는
내가 꿈꾸는 동안 바람과 같이
자취도 없이 사라지다……
——「무희부(舞姬賦)」

춤은 감당할 수 없는 인간적 고뇌와 번뇌를 몸 전체로 폭발시켜 해소하는 격렬한 몸짓이다. 따라서 '춤' 은 번뇌를 초극하기보다 오히려 번뇌로 몸을 태우는 관능적이고 찰나적인 불꽃이다. "춤추는 색시는/ 내가 꿈꾸는 동안 바람과 같이/ 자취도 없이 사라"지거나, 또한 춤은 "건드러지게 돌아 가는/ 몸매, 꿈결에 흔들려서,/ 쾌자(快子), 반쯤 흩날리고,// 자알, 잘, 흔드는 장도,/ 공연히, 죽을 둥도 모르는/ 매력의 잎만 떠돌게 하누나."(「검무랑(劍舞娘)」)처럼 죽음마저 동반하는 감미로운 매혹이다.

번뇌를 초극하지 못할 바에야 바람처럼 자취도 없이, 오로지 '제 몸에 취하여 고민하는 나르시스'처럼 자아도취 상태에서 황홀하게 명멸하는 정열적인 몸짓이 바로 춤이다. "오오, 내 곁에 타는 촉(燭)불아/ 네가 내심사 알리야……/ 어이 휘황한 불꽃으로/ 그다지 저를 닳게 하는가"(「촉(燭)불」)에서처럼 제 몸을 태우며 저를 사르는 촛불과도 같은 삶이 바로 인생이며 그것은 찰나적인 춤을 통해 폭발하는 것이다. 꿈꾸는 나비의 춤 역시 마찬가지이다.

호접(胡蝶)이여! 언제나
네가 꽃을 탐내어

붉어 탈듯한
화원을 헤매느니

주검도 잊고
향기에 독주에 취하여
꽃잎 위에 네 넋의
정열이 끝나려함이

붉으나 쉬이
시들어질 꽃잎의 헛됨을
네가 안다 하드라도

꿈결 같은 질거움
사라질 이슬 우에
취함은 네 삶의 광휘일러라

——「호접(胡蝶)」

붉고 아름다운 개화. 그러나 개화는 이미 낙화를 전제한다. 꽃은 피고 지기를 반복한다. '화무십일홍花無十日紅'. 꽃은 비처럼 산화한다. 선연한 핏빛으로 추락한다. 어차피 꽃은 피면 지는 것이고, 따라서 자연은 영원한 수레바퀴의 형상을 재현하고 있음을 모르는 것은 아니다. 그러나 낙화는 자진하는 목숨처럼 가슴 아프다.

그럼에도 불구하고 인간은 꽃의 개화와 낙화에서 자연의 질서를 발견하고 이를 통해서 삶을 통찰 한다. 꽃의 개화와 낙화를 삶의 부침으로 이해할 때 비로소 꽃의 개화와 낙화는 형이상학적 차원으로 승화한다. 인간 역시 태어나고 죽지만 그럼에도 불구하고 자연의 순환처럼 그 삶은 결코 유한하지 않다는 것, 오히려 인간만이 죽음을 통해 생의 의욕을 다지고 자기탈각을 거듭한다는 사실을 깨우칠 수 있다는 것이다. 꽃의 개화와 낙화의 비애를 간파한 나비는 그러므로 그 슬픔에 접하고 이에 집착하는 인간을 비유한 것이다.

인간만이 아름다움을 앞에 두고 비통해할 수 있으며, 오히려 아름다울

수록 상처가 깊을수록 그것을 창조적 재능을 꽃피우는 단계로 승화시킬 수 있지 않은가. 모진 광풍과 폭우를 감내하고 이를 극복한 인고의 세월 끝에 터지는 정신의 각혈. 그것은 시퍼렇게 살아 우리의 유한함을 불식하고 청아하게 빛날 수 있다는 것 말이다. 육체는 유한이나 정신은 표표하게 빛나며 향기를 발하는 것 아닌가. 정신은 내면의 심부에서 폭발적으로 승화하는 빛이다.

인간은, 아니 나비는 개화와 낙화를 통해서 삶을 통찰한다. 나비는 춤추며 죽음마저 망각한 채 향기에 취해 꽃에 취해 허공을 가른다. 이슬처럼 사라져도 나비는 춤을 춘다. 무릇 번뇌를 초극하지 못할 바에야 광휘처럼 사라지는 것이 오히려 더욱 가치있다. 육체는 몰락해도 정신은 신명날 수 있다. 그리고 그 찰나적인 순간에 온갖 번뇌와 갈등으로부터 초탈한다. 춤은 유한적 인간으로서의 한계를 초월하는 순간이다. 마침내 육체성은 정신적인 차원으로 승화된다.

1.1.4. 상승하는 빛

이미 그가 「비취단장」에서 '여명'을, 「낙와의 부」에선 '창공'이란 시어를 암호처럼 배치시킨 것은 억압적인 사슬에서 탈피하길 희망했기 때문이다. 마침내 그는 다음처럼 노래하게 된다.

오오. 동방(東方)이여
구원(久遠)한 너! 천고의 네가
그만 이대로 멸할 수 잇을가?
우리들 가진 우아와 힘!

오오 바다여! 너!
최후의 물결을 쳐 이르키라
이밤 지나 여명의 빛이 올 때까지
——「최후의 물결」

물론 이 시가 선언적인 차원에서 그치고 만 것은 사실이다. 그러나 '밤'에서 '새벽'으로 이동하는 시간의 추이를 통해 새로운 도약을 다짐한다는 점에서 긍정적이다. 이는 "적막한 잿무덤 위에,/ 예지와 수많은 그리메로써/ 꾸며진 이 회색의 무덤 위에/ 페닉스! 오오, 너는 되살아서/ 불과 같은 나래를"(「멸(滅)하지 않는 것」)편다는 것에서도 나타난다.

이제 과거로 도피하는 나약한 모습을 버리고 불처럼 타오를 빛을 기대하며 상승의 의지를 다진다.

바다에 끝없는
물옷결 우으로
내 돌 팔매질을 하다
허무에 쏘는 화살셈치고는

돌알은 잠깐
물 연기를 일고
金 빛으로 빛나다
그만 자취도 없이 사라지다

오오 바다여!
내 화살을
어데다 감추어 버렸나?

바다에
끝없는 물결은
그냥 까마득 할 뿐

——「돌팔매」

반달가튼 활시위를
당겨 한번 힘껏 쏘으면
휘영찬 하늘에 가없이
뵈지 않은 파동이 일으니

오! 활이여! 네 나는
황금의 아릿다운 살로써
내가 가즌 사념의
묘망(渺茫)한 구름을 쏘게 하여라

화살이 가서 찌르는
그 과녁을 남은 몰라라
아무도 그 비밀한 곳을 몰라라

그래도 바람이 가는 이사이
빠르고 빛난 움직임이
잠드기 쉬운 내 몸을 깨워도 있으리……
——「궁시(弓矢)」

'바다'와 '하늘'은 영원하고 변치않는 가치를 표상한다. '바다'로 향하여 돌팔매 하는 것이나 '하늘'을 향해 화살을 쏘는 것은 따라서 영원하고 변치않는 것에 대한 동경과 일치를 추구하는 수직의 상상적 모험이다. 무변광대한 바다에 던져진 하나의 돌은 얼마나 하찮은가. 돌은 물결을 미세하게 스칠 뿐, 바다는 여전히 표한함을 자랑한다. 그래서 화자는 '허무에 쏘는 화살' 같다고 하였다.

그런데 바다로 돌을 던지는 행위나 하늘을 향해 화살을 쏘는 행위는 의미적으로 동일하다. 「궁시」의 1연에서 허공으로 쏘는 화살과, 수면에 던지는 조약돌을 동일하게 취급함으로써 하늘에서의 파동과 바다에 이는 물결을 동일시한 것은 이 때문이다. 이는 「돌팔매」3연에서 바다가 화살을 어데다 감추었나 하는 질문을 당연시 하게 한다. '화살' 과 돌', '하늘'과 '바다'는 동위소 isotopy인 것이다.[50]

---

50) 김윤식 교수는 석초가 발레리를 잘못 이해한 까닭에 술과 돌팔매의 엄청난 모순을 가져왔다고 지적했다.(김윤식(1975) pp. 27~29) 때문에 석초는 '바다'를 떠날 수밖에 없었고 허무를 수용하면서 형식주의에 매달리게 된다고 보았다. 그러나 이것은 석초시의 상상력의 구조를 잘못 이해한 데서 비롯된 오해이다. '하늘'과 '바다'라는 수직적 상상력은 동일한 의미를 갖는다. 본 연구가 진행되면서 차차 밝

본래 푸른 보석과 푸른 하늘과의 관계는 동질적이다. 바슐라르에 의하면 "푸른색은 하늘에 속한다. 하늘의 푸르름이 사파이어 안에 들어가면서 무한한 공간의 크기가 없는 하나의 공간"이 된다고 한 바 있다. 또 보석의 푸른 빛은, "보석 속에 하늘의 푸르름이 전부 흡수되어 있기 때문일까? 사실 푸르름은 원초적인 대기의 색깔이다" 라고 하면서 비취를 '짙은 초록색의 경옥(硬玉)'으로 인식한 것도 같은 맥락이다.[51] 푸른 하늘과 푸른 보석은 영원한 가치를 표상한다.

바다로 던져진 '돌팔매'(下降)가 하늘로 향하는 '화살'(上昇)로 비약적으로 전환하는 것은 푸른색이 함축하는 의미때문에 자연스럽다. 푸른 하늘로 비상하는 것과 바다로 하강하는 것, 즉 하강과 비상은 의미의 동일성이다. 하늘과 바다는 우주적으로 합일한다. 그의 시에서 희망은 늘 푸른 빛을 통해 우리에게 전달되었음을 상기할 필요가 있다. 시인의 의식구조는 희망과 행운, 꿈이라는 푸른색이 표상하는 이미지를 공통기반으로 하여 "푸른하늘=푸른바다=-푸른보석" 의 등식을 성립시킨다. 시인은 물과 하늘, 즉 높이와 깊이라는 물리적 구체성을, 철학적 깊이와 높이로 비유하고 싶었던 것이다.

「돌팔매」와 「궁시」의 비상하는 상상력은 해방 이후 강력하게 타오르는 '불'로 형상화 된다. 그는 참절했던 일제치하를 추상적이고 관념적인 것에 대한 동경이나 거울 모티프를 통한 자기성찰, 혹은 상승하는 빛의 이미지로 극복하고자 노력했던 것이다. 이는 해방 이후 보다 강렬해 진다.

『석초시집』 간행 후 생을 긍정하고 찬양하는 표현이 많이 등장하는 것도 이러한 소생의지가 해방 이후까지 연계된 것에서 찾아야 할 것이다. 1941년 발표된 「바라춤」[52]에서 이미 삶에 대한 의지를 강렬하게 표명

혀지겠지만 석초는 바다에서 떠나는 것이 아니라 안착하게 된다. 석초는 바다와 하늘이 일체되는 공간을, 인간의 사상을 창조하고 역사를 형성하며 인간의 문화와 문명을 발달시키고 미지의 세계를 발견해 주는 본원적인 공간으로 인식한다. 때문에 석초는 답답할 때마다 바다 찾았고 바다에서 희망을 발견하곤 했던 것이다. (전집 2 pp. 34~37 참조)

51) G. Bachelard, 『불의 정신분석』, 민희식 역, (삼성출판사, 1978) pp. 369~370

52) 「바라춤」은 1941년 4월 《문장》 에 '서장'이 처음 발표된 뒤 1955년 12월 《현대

한 바 있다. "이제하 나는 굳세게 살리라/날 잇끄을 흰 백합의 손도 바람도/아무 것도 내몸을 꺽으리 없으라"(「바라춤」)가 그것이다.

1.2. 신화(神話)[53]의 현실회생(現實回生)

1.2.1. 타오르는 불꽃—프로메테우스[54]

해방 후 《학풍(學風)》에 발표한 「여명—「사슬푼 프로메듀스」단편」(1948)은 역동적인 불의 이미지로 삶을 찬양한다.[55]

문학》에 다시 개작, 발표된다. 이후 1959년 1월 《현대문학》에 속편을 게재했다. 동지(同誌) 3월, 5월, 6월, 8월 계속되는 연재 끝에 비로소 완성되었다. 마침내 「바라춤은」 시집 『바라춤』 수록된다. 이 시의 개작과정은 김은자(1978)논문 참조.

53) 인간이 신화의 세계로 회귀하는 현상을 김열규교수는 다음처럼 지적한다.(김열규, 『우리의 전통과 오늘의 문학』(문예출판부, 1987)p. 105)
"내가 내 주인이 못되고 내가 내게서 따돌려져 있는 그 내적인 소외에 다시 외적인 소외가 겹친다. 우리들의 영혼과 정신이 통일을 잃고 떠돌고 있을 때 우리들은 더불어 사회며, 역사에서 짜개져 나와 있었던 것이다……. 이 같이 안팍 양쪽에 걸친 분열이며 소외가 우리들의 세기로 하여금 신화에 눈뜨게 한다"면서 신화의 회귀는 인간의 정신적인 공허가 원인이라고 하였다.

54) 잘 아는 것처럼 '프로메테우스Prometheus'는 인류에게 문명과 문화를 가져다 준 그리스 신화의 영웅이다. 인간에게 문명을 전해 준 것 때문에 인간주의를 옹호한 신으로 알려졌고 이로 인해 고통을 당한다. 이처럼 그가 서구의 신화를 소재로 하여 작품으로 형상화할 수 있었던 것은 서구사상의 경사에서 찾을 수 있다.(신석초, 「시문학에 관한 잡고(雜攷)」, 예술원논문집 1,(1972.9) p.12, 전집, 2 p.9 참조.)

55) '프로메테우스'를 소재로 한 시는 그가 세상을 떠나기 전까지 계속되는데 그것은 편의상 다음의 3계열로 구분될 수 있다.
제1계열—「여명—「사슬 푼 프로메듀스」단편1」(1948.11 《학풍》)→「여명—「사슬 푼 프로메듀스」단편」(『바라춤』(1959)에 재수록)
제2계열—「풍파—「사슬 푼 프로메듀스」의 속편」(《사상계》(1957.8))→「폭풍의 거리—속 프로메듀스」(《현대문학》(1966.8))→「폭풍의 노래」(《폭풍의 노래》(1970)에 재수록)
제3계열—「유파리노스 송가—프로메테우스 시 단편 一」(《현대문학》(1969.1))→「유파리노스송가」(『수유동운』(1974)에 재수록)

밤은 드새노라. 긴 한밤 차운
어둠으로 밤은 가노라.
장미냥 피어지는 나의 옷자락이
잠든 희미한 네 영혼을 안고
내 손은 아리따운 백합으로 저리어
오만한 네 이마를 어루만지놨다.
오오, 광명의아들 푸로메듀스여!
잠을 깰때가 왔노라. 일어나려마,
어려잔 슬픈 모이와 무료와
한많은 구속의 자리에서…….
푸로메듀스! 네 몸을 일으켜
저어 드높은 산맥을 내리라.

너는 네 육체로 돌아올때가 되었노라
너는 자유를 얻었노라. 비약하지안하면안되리.
빠른 동작과 불타는 의식으로
네 무상한 영역을 잡으라

푸로메듀스여! 네 팔과다리를 내밀라.
크고 보드라운 수목과 소생하는
아침의 황량한 안개낀 광야에로…….
너의 영광과 너의 꿈꾼 비밀하고도
새로운 가지가지 이상건축을
세우기 위하여.

제1계열은 해방의 분위기에 편승한 것이다. 구속의 사슬을 끊고 광명의 세계로 나아가는 강렬한 의지를 불꽃의 수직성이 갖는 상승 이미지를 통해 표현했다. 반면에 제2계열의 불꽃은 암흑과 혼돈의 대립적 관계를 다룬 것이다. 이 계열의 작품들은 '이성적 존재로서의 인간'이 진리를 추구해 가는 과정을 통해, 정신적인 가치를 추구하는 것만이 인간의 목표임을 거듭 강조했다. 제3계열의 작품도 제2계열의 작품처럼 정신적 가치를 추구하나, 그 과정을 유파리노스의 건축설계의 과정으로 비유한 것이 특징이다. 질서 잡힌 이상적인 건축은 가장 이상적인 정신의 극한을 추구하는 것과 같다.(백기주, 『미의 사색』(서울대출판, 1984, pp.42~43참조), P. Wheelwright, *Metaphor & Reality*, Bloomington, Indiana, Univ. Press, 1962, 김태옥 역, (문학과 지성사, 1982) P. 120

어느덧 밝음을 고하는 나팔소리,
날카롭게 빈 창공을 건너노라.
잿빛 구름 떠도는 골짝이에
희학(戱謔)하는 천사의 무리 저마다 나래를 펴고
지저귀는 새들 어지럽게도 그를 시새놓다.
이럴 때 무리로 벌어지는나의 꽃잎이 내오한 벗은 우주를 낳는다.

우주는 나의 산산한 주옥속에
숨김없이 형체를 나타내고,
기세를 찾은 모든 생물의 무리들의
떠들며 움직이는 발소리,
수많은 금강석이 우는 소리 속에
그속에 갓은 기념의 믈결은 치노라.
아아, 바람이 불려는도다.
푸로메듀스여! 달리어 가거라.
저어 수풀, 저어 부산한 믈결속으로,
저어 섬과섬, 어지러운 저자,
황금빛 표피의 드날리는 속으로.
그래, 널 그속에 스미게하여라.
푸로메듀스
나는 일어나노라, 멸망으로부터,
오랜 오뇌로부터……
나는 되살아 났노라, 나는 부신 눈으로 세계를 보노라,
아아, 무슨 숙명에 나는 이끌이었던가?
나는 내몸에 얼킨 사슬을 풀고,
내 사지를 길게 뻗어보노라.
난, 이제야 날로 돌아왔노라!

난 본디 불이로라! 오오 황취이어!
나는 모든 것을 태우려하노라,
눈물과 영탄을 버리리! 허잘것없는
이 관념형태를 두들겨 부숴라,
나는 자유로운 몸으로 드새는
나의 영토를 내리려한다……

이 시는 의미상 3부분으로 나눌 수 있다. 첫 단락은 어두운 밤 아직도 숙명의 사슬에 구속된 프로메테우스를 깨우려는 시적 화자의 애타는 목소리가 지배적이다(1~16행). 둘째 단락은 광명과 자유를 상징하는 프로메테우스가 깊은 잠에서 깨기 직전, 천사가 하늘을 날고 새가 지저귀며 환호하는 희망찬 부분이다(17~40행). 그리고 마지막 단락은 애타게 부르는 화자에게 프로메테우스가 응답하는 부분이다[56]. 프로메테우스는 모든 관념 상태를 깨부수고 자유로운 자신의 영토를 개척하겠다고 굳게 다짐한다(41~50행).

이상 세 단락을 의미관계로 살펴보면 다음처럼 나타낼 수 있다.

도표 〔I〕

분절 \ 항		부정항 (-)	매개항 (-/+)	긍정항 (+)
시 간		어둠, 밤(어제)	여명(오늘)	눈부신세계(미래)
공간	수 직	지상(대지)	대지와 창공 사이	창공/수풀, 물결속/ 하늘
	수 평			저자, 표범이 드날리는 곳
중 심 용 어		한많은 구속 멸망, 오뇌, 숙명, 사슬, 눈물과 영탄, 허잘 것 없는 관념	자유, 비약, 빠른, 동작, 불타는 의식, 영광, 불꽃	광명, 이상세계 천사의 비약, 새들의 지저귐 꽃잎이 만들어 내는 우주옥, 금강석
내포의미		부정(하강이미지)	하강=상승(양가적)	긍정(상승이미지)

불은 하늘과 땅을 분절하며 연계하는 매개항이다. 이것은 하늘과 땅을 자유롭게 왕래하는 천사나 새들의 무리에 의해 명백하게 유표화된다. 또 프로메테우스는 구속의 장소로부터 표범이 자유롭게 뛰어 다니는 공간을 수평으로 동시에 매개한다. 그 외에도 프로메테우스는 물속, 창공, 저자 속으로 무한정 내어달림으로써 원형적인 우주공간을 창조한다.

---

56) 이처럼 서정적 표현을 어느 특정한 인물의 입을 통해서 표시할 때 '배역시Rollengedichte'라고 한다. 이때 시는 극적 형식을 띨 수밖에 없고 이러한 형식을 의도적으로 취하는 것은 그만큼 주제를 강렬하게 제시하기 위해서다.(W.Kayser(1960) pp.269~270)

희망찬 미래를 위해 천사가 비상하고 새가 지저귀며 생물의 무리가 활보하고, 수많은 금강석이 울부짖고, 바람이 약동하고, 프로메테우스는 비상한다. 수중의 심연은 물론 저자의 거리 구석까지 건강한 기운이 활기차게 분출한다. 온갖 구속과 억압의 사슬을 끊고 생이 약동하는 눈부시고 아름다운 세계가 도래했다. 기와의 파편이 나뒹구는 폐허를 회고적으로 노래한 「낙와의 부」와 이 시는 명백히 대비된다. 중요한 것은 과거가 아니라 미래이다.

신석초가 프로메테우스라는 서구 신화소를 굳이 소재로한 것은, 사슬에 묶인 프로메테우스가 사슬을 끊어 낸 것과, 일제의 폭압적인 억압으로부터 자유를 되찾은 우리 자신을 동일시했기 때문이다. 불의 '강렬한 상승'은 희망의 표상 아닌가. 불은 모든 더러움을 태우고 비상하려는 경향이 있다.57) 즉 불은 역동적인 수직상승의 속성을 지닌다. 그리하여 "의식과 불꽃은 같은 수직성의 운명을 가진다"라는 바슐라르의 말 또한 이러한 상징성을 강하게 상기시킨다.58) 여성화자를 내세워 육체와 이성의 갈등과 허무를 노래한 시들에 비해 이 시는 얼마나 남성적인가. 이제 희망찬 미래가 도래했다. 석초의 대표작이며 초기시를 대표하는 장시 「바라춤」은 도래할 희망을 예견한다.59)

---

57) G. Bachelard (1978) p.14
우리는 모든 것이 변하기를 원할 때에 불을 부른다.
"우리의 시는 바로 사슬에 풀린 프로메테우스의 새로운 의지와 행동의 초려(焦慮)가 압도적인 시대로서……우리에게 시적 충동을 자극하고 있는 것은 아닐는지……"하는 말은 그가 의지와 행동의 표상으로서 프로메테우스를 수용하고 있었음을 보여준다.(전집 2 p. 270)

58) G. Bachelard, 『촛불의 미학』, 이가림 역(문예출판사,1977) p.55, pp.92~109
바슐라르는 불꽃의 수직성이 여러 몽상 가운데서 인간을 가장 잘 해방시키는 몽상이라고 하였다. 생명이 깃들인 수직적 이미지로 불꽃을 파악한 것이다. 또 휠라이트 (P.Wheelwright((1962)pp. 114~124)는 상향작용은 도달해야 할 대상을 획득하고자 하는 소망 때문에 어떤 점에선 선한 것을 의미한다고 했다. 이처럼 방위는 가치를 함의하기까지 한다.

59) 「바라춤」은 김은자의 논문(1978)을 통해 상세하고 구체적으로 고찰된 바 있다. 필자는 신석초의 대표작은 「바라춤」이며 그 이유를 개작과정, 운율, 비유체계 등의 체계적인 분석을 통해 입증했다.

1.2.2. 열리는 동굴—熊女

「바라춤」은 1941년 《문장》을 통해 처음 발표된 것을 이후 보완 확장한 것이다. 이 시의 주제는 해방 이후 크게 변모된 것은 아니다.60) 1941년에 발표된 것은 시의 '서사'이고 이후 이를 확장하고 보강하여 시적 상황을 보다 구체적으로 형상화했기 때문이다. 개인적인 차원의 '생의 구경'을 갈망했던 성향에서 공동체를 지향하는 의식의 확장을 예고해 준다는 점에서 초기시에서 중기시로 나아가는 단초를 마련한다고 하겠다.

즉, 40년대의 「바라춤」이 굳세게 살겠다, 라는 다소 추상적이고 개인적인 차원의 다짐에 불과했다면, 50년대 「바라춤」은 청산 깊숙한 다락방에서 의식이 입사식을 거친 후 부세로 재편입된다는 것이다. 이러한 연대의식은 중기에 오면 그의 안정된 생활과 조화를 이루면서 맑고 밝은 시들을 발표하게 하는 동인으로 작용한다

「바라춤」은 서사시는 아니지만 이야기를 전달하는 장시이다. 여성화자가 저녁에 청산에 올라 밤새 산사에서 머물면서 자기각성하고 새벽에 하산한다는 줄거리를 담고 있다. 서사적 이야기는 시간의 추이와 맞물려 전개된다. 이는 캠벨campbell이 일찍이 단원신화monomyth라 한 바 있는 통과제의 신화와 맥락을 같이 하고 있어서 흥미롭다.61)

또한 이것은 발레리가 순수의식은 시를 통해서 행위와 꿈을 갖추게 되며, 순수의식이나 순수자아는 시를 통해 하나의 '운동'을 한다고 파악한 것과도 유사하다. 물론 순수자아운동은 존재의 외면이 아니라 존재의 내면에서 우러나온다는 것은 두말할 필요가 없다

---

60) 김종길,(1984)pp. 84~85
시집『바라춤』에 실린 「바라춤」은 처음 《문장》에 발표(1941)된 것을 확장하고 보완한 것이다. 단지 구별된다면 이전의 시가 삶에 대한 의지를 관념적이고 추상적으로 표현한 반면, 이후는 그것을 보다 구체적으로 표현한다고 하겠다.

61) Joseph Campbell, *The hero with a thousnad Faces*, New York, 1968 p. 30
김열규, 『한국민속과 문학연구』 (일조각, 1971) p.7에서 재인용

(도표)

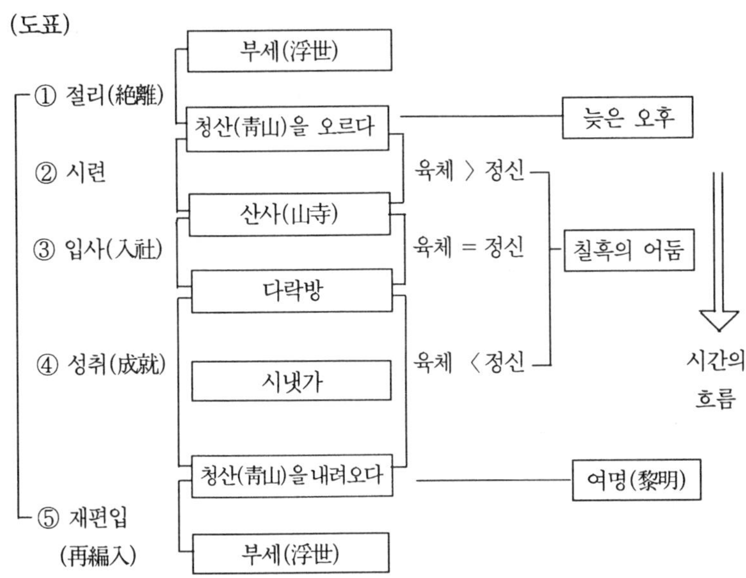

한송이 꽃으로 티없이 살고자 했던 화자의 평소 희망("언제나 내 더럽히지 않을/ 티없는 꽃잎으로 살어 여러 했건만/ 내 가슴의 그윽한 수풀 속에/ 솟아오르는 구슬픈 샘물을/ 어이 할가나")은 세속적인 욕망과 집착에 의해 자주 방해받는다. 가슴 속에 솟구치는 슬픔, 그리고 "몸은 서러라/ 허물 많은 사바의 몸이여/ 현세의 어지러운 번뇌가/ 짐승처럼 내몸을"문다.

화자는 고통스런 속세와 절연되어 열반을 꿈꾸며 번뇌를 초극하기로 결심한다.("청산 깊은 절에 울어 끊인/ 종소리는 하마 이슷하여이다/정경히 밝은 달은/ 빈 절을 덧없이 비초이고/ 뒤안 이슷한 꽃가지에/잠 못 이루는 두견조차/저리 슬피 우는다") 그것은 작품에서 청산 62)을 오르는 행위로 비유되며 이는 곧바로 세속과의 절리를 가져오는 ①단계로 나타난다.

62) 산은 도덕적인 수양을 가능케 하는 공간이다. 원래 산은 세속과는 먼 무욕과 달관의 상징이며 외경과 숭고의 종교적인 가치를 내포한 대상으로 인식된다. 절이 있는 산이 불교적인 해탈과 구원을 이룩하는 성스러운 공간으로 형상화되는 것은 이 때문이다. 세속적 욕망이 가득한 타락한 부세(浮世)와는 대립된 공간이다. (이재선, 『우리 문학은 어디에서 왔는가』(소설문학사, 1986)pp.297~300)

그러나 ①의 단계는 아직도 육체적인 욕망이 정신적인 가치보다 우위에 있다. 때문에 정신적 가치를 열망할수록 역설적으로 속세의 번뇌와 회한이 부각된다.

아아, 속세의 어지러운 진루(塵累)여.
허울좋은 좋은 체념이여
팔계(八戒) 게송(偈頌)이 모두 다
허사런가
숙명이 낳은 매혹의 과실이여.
묻혀진 백옥의 살결 속에
묻혀진 백옥의 살결 속에
내 꿈꾸는 혼의 슬픈 심연이 있어라.
다디단 꽃잎의 이슬
걷잡을 수 없이 흐르는
애끓는 여울이여
길어도 길어도 끊이지 않는
가슴속의 샘물이여

②단계에 오면, '나'의 몸은 순수한 장미덩어리로 승화하여 색신으로부터 자유로울 듯 하지만 동시에 시름의 포로가 되어 바람 속을 몸부림치며 달리는 짐승으로 비유된다. 세속적인 '욕망의 덩어리로서의 나'와, 순수한 세계를 동경하는 '꽃망울로서의 나'가 팽팽하게 대립하며 가슴을 찢는다. 격정적인 양가감정에 휩싸이며 갈등하는 단계다. 육체적 욕구와 순수 영혼이 극단적으로 대립하는 아노미 상태다. 높고 크신 법에 몸을 바쳐 피안에 들고자 노력하면서도 한편으로 찰나적인 생의 아름다움을 간구하고 현세적 삶을 고수하려는 욕망에 시달린다. 이러한 갈등이 극도의 긴장을 유발한다.

이제 화자는 세속과 피안 사이에서 방황하며 다락방으로 도피한다. 스스로 유폐된다.63)

---

63) '다락 방'은 '겹겹이 쌓인 골', '천만겹 두른 산' 속에 '깊고 높고 푸른 산이 날 에워'

야(夜)삼경 호젓한 다락에
들리느니 물소리만 요란한데
사람은 없고 홀로 타는 촛불 옆에
풀어지는 깃 장삼에
장한히 너울져
춤추는 부나비처럼
끝도 없는 단꿈을 나는 좇니노이다

다락 방은 더 이상 절연되고 내몰릴 곳이 없는 극한의 장소이다. 절해고도에 홀로 던져진 곳이다. 아예 이곳에 갇힌 채 육체적 죽음을 감당하든가 아니면 새로운 인간으로 거듭나든가 결정해야만 하는 숨막히는 결단의 순간이다.

「바라춤」의 다락방은 『삼국유사』의 「단군신화」에 등장하는 동굴 모티프와 동일선상에 있다. 이 모티프는 한국문학사를 관통하여 지금까지 지속되는 신화소(神話素)다. 단군신화의 경우 재생은 웅녀의 입굴에 있다. 캄캄한 굴 속에 자진해서 들어가는 것은 죽음을 적극적으로 수용하는 것이다. 재생을 위한 죽음의 수용이다.[64] 굴 속은 생명 생성 이전인 태초의 카오스 상태를 비유한 것이다.[65] 재생, 부활을 위해서는 지금까지 존재했던 것들의 소멸, 즉 수성(獸性)을 죽이고 인성(人性)으로 거듭나야 한다. 동굴은 거짓된 것을 죽이는 동시에 재생을 달성하는 역설적인 공간, 즉 입사식이 치루어 지는 공간이다.

「바라춤」의 경우 동굴의 기능을 '다락방'이 수행한다. 다락방은 가장 유폐된 장소이기도 하지만 공간적 특징, 즉 하늘(달)과 가깝다는 점에서 깨우침을 달성할 수 있는 긍정적 의미를 내포한다. 화자는 유폐된 다락방에서 '보리살타'와 '나무아미타불'을 암송하며 바라춤을 춘다. 티끌을 떨어낸다. 춤은 정신을 무념무상의 경지로 드높인다.

싸는 깊은 계곡 속 고립된 장소이다.

64) 김열규(1971) pp.69~71

65) ______(1971) p. 89

가사 어러메어 가사를 어러메어
바라를 치며 춤을 출가나
가사 어러메어 가사를 어러메어
헐은 가슴에 축 늘어진 장삼에
공천풍월(空天風月)을 안아 누워
괴론 이 밤을 고이 새우고저

춤을 춘다. 춤의 절정에서 깨달음("환락은 아침 이슬과도 같이 덧없으니")과 입맞춘다. 마침내 각성한다. 이런 까닭에 ③단계의 시작이 '열치매'로 시작되는 것은 당연하다. 열치는 것은 무명에서 청정무구의 세계로 나아가는 것을 상징한다. 곧 의식의 각성이다.

입사식을 통해 새롭게 태어난 화자는 문을 열고 절을 나서서 시냇가로 향한다. 그리고 꽃같은 몸을 흐르는 물에 정결하게 닦는다. 휘영찬 보름달은 청산을 은은히 밝히고 맑고 깨끗한 물[66] (물은 유폐된 산에서 창해로 흐른다)에 각인되며 화자를 비춘다. 화자는 달빛과 물로 죄업의 티끌을 말끔하게 씻어 낸다. 시냇물은 관능적인 욕망으로 때묻은 과거의 '나'를 죽이고 정신적인 가치를 되찾게 하는 신성수, 혹은 세례수로서 기능한다.[67]

또한 물은 수경(水鏡)의 기능을 하여 본연의 나를 찾게 하는 비유적 기능을 한다. 자기동일성의 상징이라는 것이다.[68] 어둡고 컴컴한 다락방에서 이루어진 입사식은 수면에 비친 자신의 모습을 통해 비로소 확인되는 절차를 밟는다. 이제 색신(色身)은 진주다래, 보석더미가 비유하는 법

66) 후술되겠지만 석초에게 흐르는 물은 정화의 기능 뿐만 아니라, '이곳'과 '저곳'을 이어주는 기능을 수행한다. 간단히 말하면 부정적인 이곳에서 탈피하여 새롭고 기쁨에 찬 저곳으로 도달하도록 이끄는 중요한 역할을 맡고 있는 것이다.

67) 물이 세례수이고, 신성수인 것은 보편적인 현상이다. 중국에서는 모든 삶이 물에서부터 시작 믿을 정도로(T. E. Cirlot, *Dictionary of Symbol,* New York Philosophical Library 1962. p.345) 그 중요성이 지대하다. 근원이 깊을수록 흐름은 더욱 깊고 풍부하다. 첩첩산중에 에워 쌓인 깊고 깊은 계곡의 시냇물은 정신의 절대적 가치를 나타낸다. (전집 2. pp.52~55참고)

68) 거울 모티프는 자기의 부재를 확인하는 이상(李箱) 식의 거울이라기 보다는 닦음으로써 도덕적이고 윤리적 가치를 회복하려는 윤동주의 거울과 닮았다. (이재선(1986) pp.101~117 참고)

신(法身)으로 변모한다. 비로소 '육체 〈정신'의 부등식이 성립한다.

'달(月)·여성(女性)·물(水)'의 이미지는 가장 원초적인 생생력을 상징한다. 물과 달의 생생력에 힘입으면 인간에게도 쉽게 구원의 생명력이 주어진다는 것은 보편적인 민간신앙이다. 휘영찬 보름달이 눈부시게 빛나는 밤, 달이 비치는 정화수를 마시고 맑고 깨끗한 물에 몸을 닦으면 반드시 아들을 잉태한다는 설화는 달과 물과 여인이 일체될 때 얼마나 놀라운 생명력을 창출하는가를 증언한다.

이것의 문학적 수사는 「찬기파랑가」에까지 소급된다. 흐르는 푸른 시냇물에 화랑의 모습이 비치는 것이나 푸른 산을 배경으로 맑은 시냇물에 얼굴을 비추는 것은 동일한 것이다. 푸른 물에 비치는 얼굴은 얼마나 눈부신가. 더구나 물에 비친 월인(月印)이 함께 하기에 진리의 상징이요 '水·月'의 생생력이 결합되기에 구원을 보장하는 생명의 상징이기도 한 것이다. 이제 화자는 격리되지 않고 대자연에 종합된다.[69)]

그리고 여명이다. 아침이 밝아오기 시작한다. 이제 모든 것은 거룩하게 변모하고, 태양은 불멸의 빛을 던질 것이다. 태양은 장미꽃으로 찬란하게 개화하여 금빛 희망을 예견한다. 빛이 꽃으로 전환하는 놀라운 상상력을 보라. 밝고 힘찬 아침이 북소리와 함께 환히 열린다. 개명이다. 활기찬 심장의 박동 소리가 가슴 벅찬 미래를 부른다. 이러한 숨가쁜 열림은

북소리 염불소리
염불소리 물소리
물소리 바라소리
바라소리 물소리

---

69) 김열규(1971) pp. 290~297 참조
변하기 쉬운 여성화자를 내세우면서 불멸의 정신적인 가치와 대립시키고 그 둘을 끝내 동일화하려는 것은 변증법적인 종합을 통해 창조적인 새로움을 생성하려는 의도였고 결국 그것은 생생력의 원리와도 맥락이 닿는다. 더구나 화자는 대자연과 일체되지 않는가. 신석초가 중기에 들어서면서 자연을 대상으로 자신의 심정을 노래하는 자연시를 많이 발표하는 것도 이와 무관하지 않을 것이다.

의 이음보의 간결하고 리드미컬한 운율을 통해 효과적으로 잘 나타난다. 북소리, 염불소리, 물소리, 바라소리 다시 물소리로 소리들은 꼬리를 물고 이어지는 순환구조를 형성하며 다채로운 소리의 향연으로 온 산 전역에 울려 퍼진다. 화려하고 황홀한 부처의 설법 같지 않은가. 마침내 소리는 빛처럼 세상을 밝힐 것이다.

거듭난 화자는 창해로 흐르는 물처럼 사회로 재편입된다. 마치 불교에서 자기를 찾는 과정인 「심우송」과 얼마나 유사한가. 나를 찾고, 그리고 나를 없애고 급기야 저자로 향하는 자신을 발견하는 것과 다를 것이 없다. 물론 저자거리로 나서서 중생을 제도하는 것은 아니지만 자신이 속한 사회로 편입되는 과정은 분명 유사하다. 이런 까닭에 이 시는 사회적 성격의 입사식담이라기 보다는 심리 내지 의식 쪽에 촛점이 맞추어진 '의식의 입사식담'[70]이라 하겠다.

(도표)

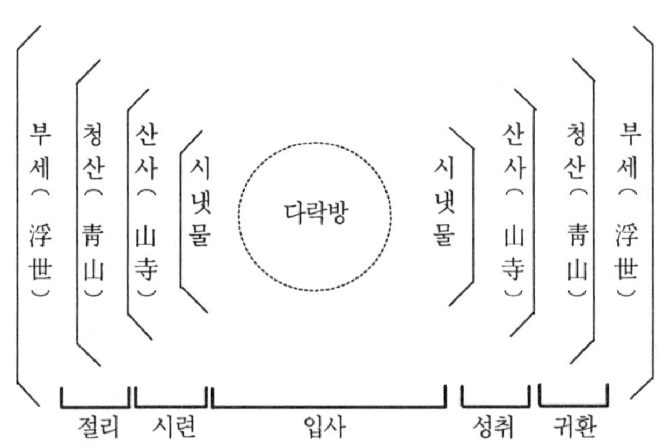

지금까지 살핀 것처럼 초기시[71]는 비극적 현실로부터 초극하려는 상

70) 김열규, 『우리의 전통과 오늘의 문학』(문예출판부,1987)(1987) p.121

71) 초기시는 시집 『바라춤』(1959)의 간행까지이다. 1946년에 발간된 『석초시집』에 실린 23편중 「바라춤―서장」을 비롯한 19편과, 1946년 이후 창작된 작품들이 『바라춤』에 (재)수록되기 때문이다.

상력의 구조가 시의 주제를 결정한 시기라고 할 수 있다. 관능적인 분위기를 주조로 하여 존재론적 위기와 성찰을 시도했던 초기시는 그러나 사회적 실천으로 구체화되지 않아서 심정적 차원으로 파행적으로 처리된다. 그것은 개인의 나약함과 불행한 시대가 빚어낸 불협화음이다. 엄혹한 사회 분위기는 그의 시를 퇴행적 복고주의 성향을 띠게 했다.

치욕의 시기, 실존적 한계를 영원한 것에 대한 동경이나 자기성찰로 극복하거나, 영화롭던 과거로 도피했던 회고주의는, 그러나 「돌팔매」와 「궁시」 그리고 「바라춤」에서 전기를 마련한다. 이러한 희망의 단초는 해방 이후 프로메테우스와 웅녀의 신화소를 시적으로 재해석하면서 반전한다. 희망찬 세계로 도약함으로써 상실감에서 탈피했던 것이다.

2. 비밀한 사랑, 타오르는 정신

2.1. 사랑의 찬가, 「비가집(秘歌集)」

중기에 오면 초기시에서 난무했던 추상적인 관념어나, 생소한 어휘들이 많이 자취를 감춘다. 시행 역시 간결해지고 언어의 조탁과 절제에 진력한다. 시의 소재도 주변적 일상에서 많이 취했다.

이런 경향은 1960년대 초부터 그의 생활이 안정되면서 활발해진다. 이때 그는 한국일보 논설위원, 서라벌예대 강사, 《현대문학》 추천위원 등 다양한 문화적 활동에 종사했다. 자녀들이 속속 결혼하여 독립된 가정을 이루고 손자, 손녀를 얻었다. 새로운 삶이 시작되고 있었다.

그가 4·19 민주화 투쟁을, "내가 바라는 것은 고요하고/ 아름다운 나라가 밝아오는 아침이옵니다/ 진달래와 개나리와 복사꽃이/ 첨 피어 환하게 밝은"(「나팔수의 기도」)세상을 견인하는 원동력으로 인식한 것도 당신의 의욕적인 삶의 태도와 무관하지 않다. 투쟁의 평화적 완성과 성취에 대한 기대는 다음처럼 낙관적이기까지 하다.

서울은 봄
눈보라 그치고
하늘엔 환한 꽃이 되었다

오늘 헐린 옛뜰에
계레가 모여
꽃밭처럼 화려한
잔치가 열렸노라

——「잔치」

이처럼 이 시기의 작품은 전체적으로 활기차고 진취적이고 적극적이다. 한편 이무렵 그는 사후에 발표할 의향으로 『비가집(秘歌集)』 시편들을 30여 편 창작했는데, 이는 젊은 여성과의 사랑을 아름답게 노래한 작품들이어서 독특하다. 작품들은 그가 당시 느꼈을 생의 희열과 기쁨을 밝게 찬양한 것이 대부분이다.

이렇게 맑고 순정한 정서를 노래한 작품들은 1961~1963年에 국한되고 있어서 흥미롭다. 대체로 1년에 한 두 편 창작하던 평소의 작품의 양과 비교할 때 다작은 특기할 만하다. 더군다나 그것이 어느 여성에 대한 애뜻한 사랑을 담고 있어서 호기심 마저 자극한다.

무지개의 다리 언저리에서
그대는 길고 가녀린 손을
조심스러이 나에게 주고

우리는 꿈을 꾸듯
미지의 꽃밭으로 내려갔다
나비인 양 아주 가벼이
꽃냄의 아쉬움에인 양
말씀은 화사한 꽃수술
나는 머뭇거리는 가지로
그대 구름의 늪을 더듬었다.

——「미지의 꽃밭」

우리는 꽃샘이 이는
눈부신 수풀 속에서
저도 모르게 서로
저를 찾고 있었다

그대는 나에게서
나는 그대에게서
각기 서로
저를 발견하는 것이다

사랑이란 발견하고
공감하는 것

꽃샘이 이는
눈부신 수풀 속에서
서로 찾고 몰익
서로 몰닉(沒溺)한다.

——「눈부신 수풀」

이상의 작품들 외에도

화사한 그대 옷차림
멋들어진 숏커트의 머리
하얀 귓바퀴에 반짝이는
진주 귀걸이

——「스카이라운지」

라며 외모를 찬양한 것이나,

어지러운 피 일렁이는
정글 속에서
우리는 꽃과 보살

——「꽃과 보살」

물귀신, 물의 요정이어,
너의 몸에선 말라르메의 시의
냄새가 난다
복숭아꽃 물 위에
너는 하얗게 벗은 알몸이어라

가 붙들어 안으면 앙탈하리
안아서 저 갈밭으로 가리로다
탐난 한 오후의 목동처럼
감미로운 바람은 꿈꾸듯 흐느끼며
너는 나의 품 안에서 꽃가지로 늘어진다
——「둔주곡」

며 강한 욕정을 피력하면서 여성과의 탐미적 사랑을 노래한 것은 이전의 시적 경향과 확연한 차이를 느끼게 한다.

김후란과의 대담에서 밝힌 것[72]처럼 그는 비밀스런 사랑을 주제로 여러 시편들을 창작하고 있었다. 그는 이를 생전엔 공개치 않고 사후에 공개할 의향[73]였으나 1974년 공식적으로 조금씩 발표했다. 1973년 말, 그는 죽음을 예감했는지 자비로 간행한 마지막 시집 『수유동운』 서문에서 "「매혹」, 「둔주곡(遁走曲)」등은 어느 우연사 혹은 예기치 않고 경험한 감각의 단편의 소산이다. 이 작품들은 내가 스스로 『비가집』이라 이름한 것의 일부로 처음에는 발표할 생각을 가지고 있지 않았던 것이다"[74]라고

72) 《심상》 (1973. 11), 접집 2, pp.298~305

73) 김후란 시인이 실례를 무릅쓰고 개인적인 비밀에 관해서 묻자 시인은 지금은 공개할 수 없고 사후에나 공개할 비밀 시집이 한 권 있다고 하였다. 우회적으로 공개치 못할 사연이 있음을 시사한 것이다. 대담 말미에 다시 김후란 시인이 "그런데 그 비밀 시집이란 것, 한 번 보여 주실 수 없을까요?"하고 조심스레 의향을 떠보았으나, 시인은 "그건 절대로 안되지? 하하하……"하고 웃음으로 얼버무린 바 있다. 이를 통해서 우리는 신석초가 감추고 싶은 비밀스런 체험을 추억처럼 간직하고 싶어 한다는 것을 알 수 있고, 그 체험의 형상화가 『비가집』계열로 나타난 것임을 확인하게 된다.

74) 신석초, 『수유동운』, 서언 p. 2

고백하며 12편을 수록하기까지 했다.[75)]

그런데 필자가 판단하는 『비가집』의 작품들은 모두 36편[76)]이다. 이들은 1961년부터 1963년 사이에 집중적으로 창작되었고, 자청한 것인지 알 수 없으나 간헐적으로 지상에 발표했다. 창작한도를 구태여 1963년까지로 잡는 것은 「북한산장」[77)]에서 "깊은 산장에 와/멀리 간 사람을/생각

---

75) 그러나 12편 중 「인습」은 1959년 6월 《현대문학》 에 이미 발표한 바 있다. 한편, 「나의 몸은」과 「나의 바다」는 1971년 11월 《예술원보》 를 통해, 그리고 「미지의 꽃밭」과 「눈부신 수풀」은 《현대문학》 (1962년 4월호)에, 「해변에서」는 1972년 1월 「해에서」란 제목으로 《월간문학》 에, 또 「어느날의 꿈」은 1967년 8월 《현대문학》 에 「춘몽」이란 제목으로 각기 발표되었던 것이다. 또 「십이월연가」는 「사시월령가」로 1967년12월 《예술원보》 에, 「북한산장소음」은 1963년 6월 「북한산장」으로 1963년 3월 《현대문학》 에 발표한 바 있다. 한편, 1975년 그의 사후 《문학사상》 에 「비가집」이라면서 발표된 10편의 작품들 중 5편이 이미 1962년 5월 「사매화십이첩(思梅花十二疊)」 으로 발표됐던 작품들과 일치하는 것으로 보아(「봄비소리」, 「미지의 꽃밭」, 「스카이라운지」, 「남산의 푸르름」, 「눈부신 수풀」이 서로 겹친다. 12편 중 「매화 한 가지」, 「새치장」, 「어떤 가을날에」, 「봄비소리는」 등은 시집 『폭풍의 노래』에 재수록 되었다.) 이미 석초가 「비가집」이라 이름한 작품들은 생전에 거의 공개되고 있었다고 보는 것이 정확하다.
필자가 생각하고 있는 『비가집』 시편이라고 생각하는 36편 중(주 76참조)시집 『수유동운』에 12편, 『사매화십이첩』의 계열, 그리고 사후 《문학사상》 에 『비가집』시편이라며 발표한 것 16편을 합쳐 모두 28편이 생전에 발표된 것으로 추정된다.

76) 36편은 다음과 같다. 「미지의 꽃밭」, 「매화 한 가지」, 「봄비소리」, 「아름다운 변모」, 「남대문 근처」, 「스카이라운지」, 「타는 두 별」, 「그대는 나를 위해」, 「정글에서」, 「우리는 다정스러이」, 「남산의 푸르름」, 「눈부신 수풀」(이상 《현대문학》 (1962.5)) 「매혹1」, 「매혹2」, 「어러진 꽃밭」, 「인습」, 「나의 몸은」, 「나의 바다」, 「해변에서」, 「어느날의 꿈」, 「둔주곡」, 「북한산장소음」, 「바다와 파라솔」, 「十 이월연가」(이상 『수유동운』에 수록)
「타는 별」, 「무제」, 「꽃과 보살」, 「나르시스」, 「어떤 가을날에」(이 작품들은 《문학사상》 (1975.5)」 에 발표된 10편 중, 《현대문학》 (1962. 5)에 발표되어 중복되는 것 5편을 뺀 것이다) 「꽃과 북」, 「태평로에서」, 「춘유」(「춘유」는 《심상》 (1975. 5)에 발표될 땐 「봄나들이」였다) 「입동과 코스모스」(이상 전집에 수록된 『비가집』 시편은 모두 31 편이다. 그러나 『비가집』 시편이 아닌 「강산」, 「야학의 부」 등 성격이 다른 시편들을 제외하면 엄격히 전집 속에 실린 『비가집』계통의 시는 31편 중 12편에 불과하다.) 「장미의 길」(《자유공론》 (1966. 7)), 「나르시스」와 「개나리꽃」(《심상》 1975. 5)을 모두 합하면 모두 36 편이다.

77) 이 작품은 약간 개작되어 「북한산장소음(北韓山莊小吟)」으로 시집 『수유동운』에

함이어"하며 이미 떠난 님을 보내고 아쉬워 하는 착잡한 심리를 자조하고, "이쯤에서 나는 머물러야 한다/꿈꾸는 수풀속에서/그윽한 내음과 뇌살하는 몸짓을/간직하기 위하여"(「무제(無題)」)라며 다가 올 이별의 조짐을 탄식하기 때문이다. 따라서 「장미의 길」[78] (《자유공론》(1966. 7))은 물론, 출전이 불확실한 「나르시스」[79]등은 그 내용으로 미루어 볼 때 이때 쓰여진 것으로 추정할 수 있다.

이외에도 『비가집』계통의 작품들로 「침류장만음」(이는 「풍우」, 「낙화」, 「두견」의 3편으로 구성되었다)(《여원》 1962. 5), 「갈닢파리」 (《사상계》 1962.10) 「삼각산 밑에서」(《현대문학》 (1963. 10)), 「설월」(《문학춘추》 1966. 2), 「호수」[80]가 있다.

2.2. 타는 잎, 지는 불

여성과의 사랑은 맑고 밝은 시들을 다작케 하는 원동력으로 작용했으

재수록된다.

78) "우리는 장미꽃이 피어우거진/낯선 뒤안 길을 걷고/꿈꾸는 듯한 뜰이 보이는/어느 문전에서/마주보며 껄껄 웃었다/그리고는 그대는/꿈꾸는 듯한 눈을/나에게 주고/다정한 한 밤을/고이 기대어가다"(「장미의 길」 전문)라는 이 작품은 「비가집」계열, 즉 "어느 꿈꾸는 듯한 뜰이 보이는/문앞에서/우리는 마주보고 껄껄 웃었다"(「우리는 다정스러이」)와 얼마나 유사한가를 확인할 때 명백해 진다.

79) 그의 사후 2편의 「나르시스」가 《문학사상》 과 《심상》 에 발표된다. 모두 『비가집』시편들에 속하지만 특별히 전자는 "오오, 잃어지는 너/배반하는 너여/내 그림자/둔주의 짝이여"에서처럼 '둔주(遁走)'라는 시어를 확인할 때 「둔주곡」 의 창작시기와 유사하지 않을까 추정할 수 있다. 부언하면 '잃어지는 너', '배반하는 너' 등에서 발견하는 이별의 징조까지 고려한다면 이 작품은 그 창작연대를 1963년까지 소급할 수 있다.

80) 「호수」는 《심상》 (1975.5)에 발표된 유고시들 중 하나이지만, 『비가집』 계통 의 작품들과 유사하다.("잠 못이루는/ 하늘빛 숲속으로/ 가만히 부르는 소리/ 한 마리 백조가 날아와 깃드는// 꿈결처럼 젖어드는/ 고운 꽃이파리/ 애끊는 여울에/ 구슬의 떨림이/ 이처럼 사무치는구나") 이외에도 "으스름 저녁에/나는 기찬 삶을 느끼노라/ 이 한때 슬프고도 빛나는"(「갈닢파리」), "늘어지는 삼각산 기슭/ 너의 자락에 내/ 그리움과 아쉬움을 담으리"(「삼각산 밑에서」) 등의 작품도 추정컨대 같은 범주로 분류할 수 있을 것 같다.

리라. 그러나 여성과의 사랑에서 빚어진 감각의 파편들은 "그대는 너무나 아름답고/나는 나이를 먹었고나"(「그대는 나를 위해」)에서 확인하듯이 오히려 늙어가는 자신을 쓸쓸하게 되돌아 보게 했을 뿐이다[81] 예상된 이별 이후 자신을 방문한 외로움 앞에서 그는 심리적인 공황에 직면했다.

이별로 인한 상실감은 가을을 대상으로 하는 많은 시편들에서 추락하는 낙엽으로 형상화된다. 타올라 비상하는 불꽃은 하강하는 '지는 불'로 형상화된다는 것이다. 열정적인 감각의 폭풍이 몰려간 후에 느껴지는 허탈감과 허무감은 이렇게 시화되었다. 중기에 오면 불꽃은 '지는 꽃잎'이나 조락하는 '이파리'의 비유가 나타내듯이 '꺼지는 불'의 부정적 의미를 내포함으로써 절망적인 상황을 더욱 부각한다. 이는 당시의 대부분의 작품에서 발견된다.

다시 광릉에 오니
단풍은 바람 함께 지네
상강에 쌓인 가랑잎 밟으며

— 「광릉」에서

온 산 붉은 나뭇잎
세월도 늙어
찬란한 익음으로 불들어
꽃같은 노을이 내리는
나뭇잎

— 「이상곡(履霜曲)」에서

아직은
산마루에
단풍도 다 들지 않았는데

---

81) 『비가집』 시편들은, 달콤하고 애뜻한 사랑의 감정을 노래한 것은 사실이지만 윤리적인 측면에서 파생되는 사랑의 갈등을 노래한 시들 역시 비례하여 많이 나타난다.
"욕구불만으로 외치는/ 현대의 네거리에서/우리는 잘못 태어난/레디와 젠틀맨이다/"(「정글」), "인습이여. 인습이여/ 완고하고도 강인한 매듭으로/ 얽매인 제물의 오랏줄이여//(중략)//내가 벗어나지 못함이여/" (「인습」)등은 그 좋은 예이다.

이절은
한로(寒露)와 상강(霜降)으로
우리를 내리 모는구나

—「추설(秋雪)」에서

이상의 작품들은 중기의 시편들에서 거칠게 고른 것이다. 많은 작품들이 단풍을 지는 불로 비유하며 추락하는 마음을 담고 있다. 활활 타오르던 불꽃은 조락하는 단풍이나, 이파리들로 비유되어 심리적인 하강과 비애를 느끼게 한다. 촛불처럼 시나브로 사위어 가는 인생이 가슴 아프다.

시인은 이제 자신의 생애를 새삼 돌아보면서 늙어가는 지난 생을 반추했다. 이때 자연은 슬픔의 등가물로써 나타난다. 고적한 자신의 내면풍경을 담아내는 주인공이 된다.[82] 대개 서양은 철저히 인간위주의 관점에서 자

---

82) 동양의 자연관과 서양의 자연관은 차이가 있다. 인간과 자연을 동등한 관계로 파악한 동양에 비해 대개 서양은 이원론적 태도를 견지한다. 서양의 자연관을 John.V. Hagoian은 인간과 실재Reality와의 관계를 빌어 다음의 3가지로 정의한 바 있다.(John, V.Hagoion, Symbol and Metaphor in the Transformation of Reality into Art, Comparative Literature XX—1(Univ. of Oregon 1968, winter) p. 45)

① 인간과 독립하여 존재하고 심지어 그것을 지각하는 인간의 의식을 훨씬 넘어서서 독립된 상태로 존재하는 실재: 대상은 주체에 개의치 않고 존재한다.
② 인간과 독립하여 존재하지만 단지 인식되어질 때만, 혹은 인식되어질 가능성이 있을 때만 의미를 갖는 실재: 주체와 대상은 상호교류의 관계에 놓이거나 변증법적인 관계에 놓인다.
③ 인간 내면의 개념으로서의 실재: 주체는 대상에 관계없이 존재한다.

①의 경우 실재Reality(좁게는 자연이므로 자연으로 함)는 인간과 무관하게 독립되어 존재한다. 이 경우 자연은 과학적 분석의 대상으로 존재한다. (유인희, 「동서자연관의 비교연구」, 논문집 13, (육군사관학교, 1975 pp. 36~37, 민희식, 「회화와 문학에 나타난 동양과 서양」, 《문학사상》 (1972. 11) pp.240~241)) 비록 ②와 ③은 적극적이냐, 소극적이냐에 따라 차이가 있을 수 있으나 인간의 인식이 개입한다는 점에서 상호 영향을 주고 받는다. 동양은 일찍이 서양에 비해 약 1,500년 빠르게 자연의 아름다움을 느껴왔다.(J. D. Frodshan, *Landscape Poetry in China and Euorpe,* Comparative Literature XIX-3(Univ. of Oregon 1967, summer) p. 193) 서양에서 자연의 아름다움에 경탄하고 때로는 자연을 통해 자신

연을 대립적 관계에서 파악한 반면 동양은 자연과 일체됨으로써 자연을 자기의 혈관을 통해 느껴왔다.[83] 동양의 경우 인물화보다 산수화가 많았던 것은 이 때문이다. 이런 까닭에 동양의 경우 자연과 인간을 동일한 대상으로 인식하고 이를 완상하는 자연관과 예술관이 생겨났던 것이다.[84]

석초 역시 이러한 동양의 전통 자연관에서 크게 일탈하는 것은 아니다. 그는 추락하는 낙엽이라는 자연의 대상에 찢어지는 자신의 내면을 투영했던 것이다. 자연의 자기투사는 정신적 고뇌가 강할 때 더욱 활발했다.

그러나 그는 「처용은 말한다」[85]에서 다시금 삶을 재충전한다.

의 슬픔을 나타내기 시작한 것은 낭만주의 시기에 이르러서 였다.(A. Preminger, *Encyclopedia of Poetics,* Princeton Univ. Press 1974 pp. 552~55 James Whipple Miller, *English Romanticism and Chiness Nature poetry,* Comparative Literature XXIV-1(Univ of Oregon, 1972, winter) pp. 216~236)

이만큼 자연을 느끼고 인식하는 감흥이 동양과 서양이 달랐다. 서양의 경우는 자연을 분석하고 그것을 인간의 조건에 맞게 변화시켜야 할 대상으로서 인식하고(유인희, 윗글 p. 39) 인간과 자연을 대립적인 관계로 설정한 반면에, 동양은 인간 자체를 자연의 한 요소로 인식하고 인간과 자연을 동등한 관계로 파악했다. 현상과 실체라는 이원적 사고를 배제하여 서로를 변화의 개념으로 인식했던 것이다. (유인희, 윗글 p. 45)

83) 민희식, 윗글 p. 241

84) 백기주(1984) pp. 72~81

85) 「처용은 말한다」는 《현대문학》 (1958.6)에 처음 발표되었다. 이후 「미녀에게」가 1960년 《사상계》 에 발표되는데, 이 시의 부제가「처용은 말한다」의 일장'인 것으로 미루어 「처용은 말한다」와의 연계를 도모한 것이었다. '처용 모티프'는 이후 1964년 《현대문학》 에 다시 대폭 개작되어 장시 「처용은 말한다」로 완결된다. 그런데 1958년 작품은, "깨어진 서라벌! 변형한 서라벌!/ 오오, 멸하여 간 내 옛나라의/ 서울이여!/ 깊은 세월의 수풀 속에 잠든/ 숫한 보석의 무덤들이여!/ 흩어져 우나니." 에서 확인하듯이 '처용'이란 소재를 통해 신라의 영화와 그것의 패망을 노래했다는 점에서 초기시의 「신라고도부」와 같은 경향임을 알 수 있다. 즉 초기시와 동일한 맥락이라는 것이다. 그런데 「미녀에게」 와 1964년 발표된 「처용은 말한다」는 처용이란 인물의 번뇌와 갈등에 초점을 맞춘 작품이어서 초기시와 명백한 차이가 있다. 하지만 「미녀에게」는 부제에서 확인하는 것처럼 완성된 작품이라기보다 일장(一章)에 국한되므로, 이글에서는 작품의 완성도를 고려하여 1964년 발표된 「처용은 말한다」를 검토의 대상으로 했다.

2.3. 빛, 타오르는 정신

1

바람이 휘젓는 정자 나무에 나뭇닢이 다 지것다
(중략)
그리운 그대, 꽃같은 그대,
끌어 안는 두팔 안에 꿀처럼
달고
비단처럼 고웁던 그대,
내가 그대를 떠날 때 어리석은
미련을 남기지 않았어라
꽃물진 그대 살갗이 외람한
역신의 손에 이끌릴 때
나는 너그러운 바다같은 눈매와
점잔한 맵시로
싱그러운 노래를 부르며
나의 뜰을 내렸노라
나의 뜰, 우리만의 즐거웁던
그 뜰을.

아아, 이 무슨 가면 이 무슨 공허한 탈인가
아름다운 것은 멸하여 가고
잊기 어려운 회한의 찌꺼기만
천추에 남는고나
(중략)
도(道)도 예절도 어떠한 관념규제도
내 맘을 편안히 하지는 못한다
지금 빈 달빛을 안고
폐허에 서성이는 나 우스꽝스런
제웅이여
(중략)
멸하고 또 멸하지 않은 대리석의
빛나는 조상(塑像)들이여

(중략)
이젠 사랑도 그리움도 없어라
이젠 으젓한 풍채도 높은 긍지도
없어라
(중략)
너의 수다스런 언어의 주술도
거만하고 실속없는 나의
화상을 남겼을 뿐이다
(중략)
싸늘한 다락속에
여인이 버린 패물조각과
소소히 지는 잎과 함께
차고 현란한 위조보석
(중략)
그러나 여기엔 정신적인 것은 아무
것도 없다

——「처용은 말한다」

이 시는 신적인 처용을 나약한 인간 처용으로 변모시킨 작품이다. 처용은 용왕의 아들로서 고귀한 신분이라는 것은 익히 잘 알려져 있다. 천상적 인물답게 아내의 부정을 너그러이 용서할 수 있었다. 그러나 석초는 처용을, 역신이 아내를 범할 때에도 어쩔 수 없이 비통해 하고 슬퍼하는 나약한 인간으로 변모시켜 인간적 고뇌와 갈등에 초점을 맞추었다. 한편, "비단처럼 고웁던 그대/내가 그대를 떠날 때 어리석은/미련을 남기지 않았어라"하고 탄식하는 대목에선, 비가집 계열에서 확인했던 사랑과 이별의 아픔을 엿보게 된다. 즉, 그는 '처용'모티프를 통해서 불꽃처럼 타올랐다가 사라진 자신의 사랑체험과 그 허망함을 피력한 것인지도 모른다는 것이다.

처용 설화는 감당할 수 없는 사건에 직면해서 고뇌하는 한 남성의 번민으로 변용되었다. 신적인 처용은 갈등하는 인간 처용으로 세속화되었다. 인간 처용의 회한을 듣는 것은 참으로 묘하다. 그는 신적인 인물을 일상적인 인물로 재정의함으로써 한 인간이 지닌 격정, 회한과 영탄 그리고 갈등의 모순심리를 부각시켰다. 요컨대 그는 처용을 현대적으로 수용하여 인간의 보편적인 본성, 즐기고, 미워하고, 싸우고, 사랑하는 등의 복합적인 감성과 인간적인 불안을 드러내고 싶었다는 것이다.[86)]

더구나 "아아, 이 무슨 가면 이 무슨 공허한 탈인가"하는 자탄은 처용 스스로 실재가 아니라 그야말로 화상(畵像), 즉 이미지로서만 존재하는 것에 대한 한탄이다. 그림이 실재를 모방한 것이라고 했을 때 화상으로 존재할 뿐인 처용은 이미 진정한 존재로부터 한 차원 결핍된 존재, 즉 피상적인 존재로 전락할 수밖에 없다. 신적인 처용은 화상일 뿐이다. 물론 그림이 실재와 같은 기능을 하거나 혹은 실재보다 더 신이한 힘을 발휘하기도 한다. 그의 초상을 붙인 장소엔 사악한 기운은 얼씬도 할 수 없는 것은 이 때문이다.

그러나 그것 역시 실재하는 존재를 모방한 것이라는 사실에 대해서는 의심의 여지가 없다. 실재하는 처용이 추구했던 모든 정신적인 가치가 실은 모방한 것일 뿐이라는 회한은 따라서 자연스럽다. 혹은 추구했던 대상은 아예 없었는지도 모른다. 보석도 위조보석일 뿐이고, 유사금강석[87)]일

---

86) 이는 신석초가 세익스피어의 햄릿을, "햄릿의 정신은 과잉의 정신이고, 반성의 정신이고, 자기 자신을 의심하는 회의의 정신이며, 허무의 정신이며, 또 부단히 예지와 행동 사이에 방황하는 불안의 정신이다. 그런데 그는 현실에서의 도피보다도 도리어 오만하고도 준엄한 태도로 세 속의 심연에 대하여 저항을 시도했다. 그리고 그 일이 결실되려는 전야에 뜻하지 않았던 운적인 계기가 자기 자신을, 그리고 주위의 모든 사람을, 그리고 모든 것을 멸망케 한다.(중략)참으로 햄릿은 두 개의 위험, 질서와 무질서의 두 심연 사이에 거꾸러진 불행한 사람"이라고 한 것을 연상케 한다. 석초는 자신을 둘러싼 세계와 갈등하는 나약한 인간으로서 햄릿에 관심을 둔 것처럼 신적 처용을 현대인의 한 초상으로 파악한 것이다.(신석초, 전집 2, p 135~136 참조)

87) 그러나 비록 유사 금강석이지만 긍정적 의미를 내포한다. "눈이 부시게 쏟아지는 저/ 금속의 별빛 소리는 내것이/ 아니어라/ 유사금강석이 낭비하는 이/불야성은/"이 그것이다.
김현에 의하면 하늘의 별을 '금강석'으로 표현하는 것은 발레리 시대 유행하던 기법이었다. 이는 석초가 발레리에 영향을 받았음을 말해주는 것이기도 하다.(김현 역 『P. 발레리』, 혜원 세계시인선③(혜원출판사. 1987) p.67 참조)
또한 "아름다운 시행을 하나의 금강석에 흔히 견주는 사실로 보아도 모든 사람의 정신의 순수성의 특질에 대한 느낌을 지니고 있는 것이다"에서도 금강석이 갖는 내

뿐이다. 기표만이 난무한다고나 할까. 실재하는 것은 없고, 그것을 지칭하는 기표만이 맴돌 뿐이다.

불멸하는 정신적 가치 추구는 사실 존재하지 않는 어떤 추상적인 관념을 좇는 행위였을 뿐이다. 애초부터 '불멸', '영원', '자유', '아름다움'이라고 지칭한 대상은 실재하지 않거나, 사실적으로 존재하지 않는다. 그것은 각자의 마음 속에 존재하는 이상일 뿐이다. 참된 가치는 곧바로 포착되거나 간취되는 것이 아니라 오히려 끊임없이 지연된다.[88] 따라서 화상으로 남은 처용도 기표에 지나지 않는다.[89] 그리하여 마침내 '정신적인 것은 아무 것도 없다'라고 선언한다.

그러나 그는 시의 끝부분에서 반전을 시도한다. 처용을 향해, "너는 너로 돌아가야 하리/ 네 자신의 위치로 태양처럼/ 고독한 너의 장소로/ 지혜의 뜰, 표범 가죽이 드날리는/ 그 속으로" 돌아가자고 외치는 것이다. 그리고 동이 튼다. 마침내 끝연에서

아침해가 비늘진 물결 너머로
굼실거리는 용의 허리 너머로
솟아 오른다
황금 빛 부채살을 펴고
바람 꽃을 헤치며
아득한 푸름의 맛단 곳으로
붉게 불타는 찬란한 구슬 높이
이글이글 뒤끓고
진동을 하며
보라색 안개의 가르마 위로
징 같은 태양이 솟아 오른다

포를 잘 확인할 수 있다.(송욱, 『시학평전』(일조각, 1963) pp. 269~270 참조.) 「처용은 말한다」의 후반부에 반전이 가능한 것도 이와 무관하지 않을 것이다.

88) William Ray, *Literary Meaning:From phenomenology to Deconstruction,* Oxford Basil Backwell,1984 p.170

89) Vincent B.Leitch, *Deconstructive Criticism:An Advanced Introduction* 권택영 역,(문예출판사, 1988) pp. 150~157

오오, 광명의 나랫짓이어……

하며 도래할 희망을 감격적으로 노래한다.

동이 트는 새벽, 황금빛으로 불타는 태양의 날개짓은 장엄하다. 우리는 이 시에서 한 가지 흥미로운 현상을 발견한다. '처용'을 소재로 했으면서도 마지막 부분은, 앞에서 살핀 「여명」의 '프로메테우스'모티프와 배경과 시어는 물론 어조마저 유사하다는 것이다. 처용은 프로메테우스와 놀랍게도 일치한다. 그가 서구적 발상법을 한국적 상황에 맞게 주체적으로 형질변경했다는 평가는 여기서 비롯한다.

아무튼 고뇌하는 나약한 주인공 처용과 자신을 동일시했던 시의 흐름은 후반부의 급격한 반전으로, 소생의 의지를 새롭게 다지는 것으로 전환했다. 과거 사랑의 실패는 오히려 상처 투성이의 자신과 대면케 하고 사랑의 무상함을 반성적으로 성찰할 수 있는 계기를 제공했을 것이다. 삶에 대한 의욕을 새롭게 고취하는 순간, 사회적 차원으로 작품의 시야가 확대되기 시작했다. 예컨대 분단조국의 모순 같은 사회적 분열과 장애에 다양한 관심과 반성을 촉구하기 시작했다는 것이다.90)

이러한 갑작스런 시적 변화를 사실 이해하기란 어렵다. 다만, 그는 이때 발레리로 대변되는 서구적 요소를 적극적으로 자기화 하고('프로메테우스' 신화를 '처용' 모티프로 형질변경한 것 등), 현실적 고뇌와 아픔을 탁월하게 형상화한 두보를 새롭게 인식했으며, 그로부터 시적 자양분을 섭취하고 시적 방향을 모색한 것이91) 이러한 변화를 가능케 한 것은 아

90) 두동강 난 땅이여
불르면 메아리치는
산하여
—「산하」
나라 땅이
둘로 갈라져
겨레가 원수로 되나니
—「동해의 달」

91) 석초는 이때 「발레리와 나」(《현대문학》(1968. 4) p.27)를 통해 "나는 지금 시와 우리말 기능의 관계에 대하여 정신을 팔고 있다……두보야 말로 시가 사회현

닌가 추측할 뿐이다. 현실로부터 유리될 수 없는 시의 기능과 역할을 새삼 다지면서 그의 시의 주제는 대사회적 차원으로 관심의 영역과 폭이 심화 확대되는 양상을 띠기 시작했던 것이다.

이상으로 중기시의 특징을 살펴 보았다. 중기시의 시작은 꿈같은 사랑에 관한 것이었다. 초기시와 비교할 때 이는 분명 급격한 변화였다. 안정된 생활과 풍요가 창작의 요인으로 작용했던 것이다. 더구나 여성과의 애틋한 사랑은 맑고 밝은 시들을 창작하게 하는 원동력이었다. 그러나 파행적인 사랑에서 빚어진 감각의 파편들은 오히려 늙어가는 자신을 쓸쓸하게 반추하게 했을 뿐이다. 그리고 이별. 이후 고적한 심정은 가을을 대상으로 한 많은 시편들을 통해 조락하는 낙엽으로 형상화 되었다. 대부분의 작품은 고독과 우수로 점철되었다. 그러나 이러한 경향은 「처용은 말한다」에서 극적인 전환을 맞았다. 이후 그의 시는 대사회적 차원으로 확대되기에 이른다.

실과 유리되지 않는 지고 지순한 언어예술로서 전형을 보여준 유일한 시인이다" 라고 평하면서, 현실과 시의 관계에 새삼 강한 관심을 피력한 바 있다. 그는 서구적 요소를 우리의 시각으로 형질변경하였을 뿐만 아니라, 동양에서의 시의 기능과 역할을 새삼 상기했다. 그 결과 이후의 그의 시는 민족 공동체적 관심을 시화하는 것으로 나타났다.

일월은 천지개벽을 하고
천도화를 피우고
태초에 한 무리의 조상을 낳았으니
—— 「천지」

오게 우리 못다 푼 원을
말하기 위하여
십일월 봉당자리에
기다리는 밤은 마냥 긴 때이네
—— 「기다리는 밤」

「기다리는 밤」은 한국일보에 「못다푼 원」(1967.12.13)으로 재차 발표되고, 《예술원보》에 다시 「십일월」로 제목을 바꾸어 발표한다.(1969.11) 그리고 마지막으로 간행된 시집 『수유동운』(1974)에 「십일월」로 재수록했다.

3. '꽃섬'과 우주적 합일

3.1. 공간의 시간화

후기시는 현실도피적인 회고적 시간의식에서 탈피하여 공동체적 관심과 연대가 주제를 결정하는데 큰 영향을 미친다. 세계 속의 한국적 위상을 천착하기도 하고[92], 민족내부의 모순을 제기하려는 방향[93]으로 전개되었다. 분명 인식의 변화와 확장을 확인할 수 있었다. 다음 시는 이를 집약적으로 보여 준다.

옛날엔 수령 백방들이
남녀 행차 이길을 지났니라
옛날엔 선비들이
나귀등에 책 봇짐을 실고
당나귀 방울 소리
이 길위에 울렸더니라   I

옛날엔 헤여진 갓에

---

92) 세계의 어느 곳이나
또 벽을 무너고 성(城)을 트는
인간의 혼은 남아가고 있나니……
——「세계의 어느 곳에서나」

오뉴월은
남도에
큰 가뭄이 들고
파리에서는
월남전 평화 협정
회의가 열리고 있는데
——「산하」

93) 「한국의 꽃」이란 작품은 북쪽의 진달래와 최남단의 여수 오동도에 가장 아름답게 개화하는 동백꽃을 연계시킴으로써 분단의 고착화를 부정하고 통일된 조국을 간절하게 기원하는 열망을 담았다.

풀죽은 그물 모시 두루말에
개나리 봇짐지고 공방대물고
율객들도 이곳을 지났니라

밀기름에 머리 빗어 내리고
치렁치렁 남갑시 댕기
길게길게 늘어뜨리고
꽃 무등서고 소고치며
남사당패도 이곳을 지났니라

역마 달리고
봉홧불 혀고
Ⅱ

임진왜란 왜병들도
이 길을 걸었을까

갑오봉기때 장대 집고
짚신 감발하고
농민군도 이 길을 지났을까
삼일운동 만세소리
이 길목에 메아리치고
육·이오때 피난나가던
시민들의 발걸음도
이 길목을 메웠었을까
Ⅲ

지금 남북을 뚫는
헌칠한 아스팔트
하이얀 하이웨이
시속 백 마일의 차가 달린다.
살 같은 국도위에 꽃이 핀다.
Ⅳ

——— 「하이웨이」

결코 장시는 아니지만 이 작품은 파란만장했던 역사의 흥망성쇠를 파노라마처럼 전개한다.이 시의 주제는 단순한 현실도피적 시간관에서 탈피하여 과거와 현재를 순차적으로 병렬시키고 미래를 낙관적으로 희망한다는 것에 있다. '길'이라는 소재가 그것을 가능케 했다.

길은 본래가 지향성과 회귀성이라는 양면성을 갖는다. 때문에 길은 모든 인간과 인간, 마을과 마을, 나라와 나라, 내부와 외부를 연결시킨다. 길은 단절된 지역과 지역을 하나의 공동체로 묶는 등질화의 원리가 된다. 뿐만 아니라 이 시는 '하이웨이'라는 일정한 공간에 시간의 개념을 내포하여 이를 역사화시키는 '공간의 시간화'[94]를 통해 하이웨이가 역사의 순환을 내포하고 있는 하나의 기호로서 기능하고 있음을 보여준다.

Ⅰ단락의 1, 2연은 '옛날'이라는 시간 부사어를 통해 과거의 불특정 시간을 부각한다. '수령방백', '선비', '율객', '남사당패' 등의 인물을 등장시켜 민족 동질성과 공동체적 연대를 희망하는 듯 하다. 3연의 남사당 무리들이 소고치며 한바탕 공연하는 장면을 '꽃무등'이라는 비유를 통해 긍정적으로 형상화한 것이 그것을 잘 말해준다.[95] 지금까지 소외받았고, 고통을 당해왔던 민중들이 역사의 전면으로 등장한다. 3연의 민중들이 벌이는 놀이판은 진취적이고 역동적이다. 세 연을 병립시킨 의도는 시간을 공간화하고, 역사의 흐름 속에서 민족의 생성과 부침, 그리고 민중에 의한 일체감을 도모했기 때문이다.

1~3연을 의미상 첫째 단락으로 의미상 묶은 Ⅰ단락은 Ⅱ단락으로 전개되면서 숨가쁘게 전환한다. 첫째 단락의 '울렸더니라', '지났니라'등의 회고적, 정태적 분위기는 두 번째 단락의 '역마가 달리고', '봉홧불에 지펴

---

94) 고영석, 「산업화 시대의 비관론적 역사관」《외국문학》(1984, 겨울)p.33
「하이웨이」와 같은 성격의 작품으로 「사당포음」(《예술원보》(1969. 11))이 있다. 이 작품은 「사당리의 노래」(《현대문학》(1970. 10))로, 다시 「사당리」(『수유동운』에 재수록)로 여러 차례 개작되어 발표되었다)이 있다.

95) '꽃'이 갖는 이미지는 늘 긍적적이다. 간혹 관능을 나타내거나("붉은 양귀비 꽃엽에 마성의 한 덩어리"(「배암」), "오뇌의 불꽃이 꽃바다에 타는"(「바라춤」), "불타오르는 꽃송아리"(「바라춤」)), 이외에도 허무를 비유하기도 하지만 ("한다발 허무의 꽃 묶음"(「새벽에 앉아」)), 대부분의 경우, '연꽃'이 상징하는 것처럼 재생과 희망을 내포한다.

지는' 등의 위급한 상황으로 돌변하면서 불길함이 고조되기 때문이다. 곧 이어질 수난을 예견한다. 이 단락은 짧지만 위기를 내포한다.

셋째 단락에 오면 이 땅에서 펼쳐졌던 온갖 고난과 수탈의 역사가 숨가쁘게 펼쳐진다. 역사의 전면에 등장하는 주인공들만 바뀌었지 역사의 공간으로서 하이웨이는 몇세기를 통해서 전쟁과 투쟁이 지속되어 온 혈투의 공간으로 부각된다. 그의 시에서 시간의 역행은 초기의 시들에서 간혹 찾을 수 있었으나 「하이웨이」는 공간을 역사화한 것이다.

전쟁은 권력을 획득하려는 세력 간의 공작과 음모, 그리고 추잡한 권모술수에서 기인하는 경우가 대부분이다. 백성을 볼모로 한 지배세력 간의 정쟁은 국가를 쇠약하게 하고 전쟁의 빌미마저 제공한다. 이 경우, 농민이나 남사당패 등의 천민들은 원하지 않던 무의미한 전쟁에 휘말리게 되고 고통을 당한다. 지배세력의 간악한 착취로 고통스런 현실을 감내해 온 그들에게 전쟁은 상황을 더욱 악화시킨다.

전쟁이 발발해도 그것을 제대로 해결하지 못하고 자신만의 안일을 좇는 지배세력의 무능함은 그들을 더욱 처참한 상황으로 몰고 간다. 실망한 피지배세력은 스스로 외세와 맞서 싸우기 마련이고, 목숨을 다해 투쟁하는 것이 보통이다. 그들에게 전쟁은 생존의 문제였던 것이다. 고통스런 우리의 역사를 되돌아 볼 때 피지배세력은 내적으로는 지배세력의 착취와 학정에 시달렸었고, 외적으로는 외세와 맞서지 않으면 안되는 이중의 고통을 감수해야 했다. 석초는 '하이웨이'를 소재로 하여 공간을 역사화함으로써 민족적 고통을 반성하고 이제는 모두가 합심하여 통일의 기틀을 다지기를 희망했던 것이다.

그런데 그는 시간의 긍정적 전개를 선언했으나 역사를 추진해 나가고 개혁할 방향은 담보해 내지 못했다. 희망찬 미래로 전진해야 한다는 당위성과 그것의 확신을, '남북을 뚫는/ 훤칠한 아스팔트'로 함축하지만 이것이 심정적인 차원에만 머문다는 느낌을 받는 것은 이 때문이다.

조국의 통일은 단지 선언적 구호에서 달성되는 것은 아니다. 그가 '지배/ 피지배'의 내부적 모순보다 외세의 침탈이라는 외부모순에 크게 주목했으나 낡은 사회를 부수고 새로운 사회를 건설할 주체적 세력을 형상화하지 못하고 막연하게 '민족의 일치'만으로 분단의 모순을 극복하려고 의도 했기 때문에 현실성이 결여됐던 것이다. 따라서 '분단된 산하' (「산하」)와 '찢겨진 강산'(「동해의 달」) 등에 나타난 심각한 민족모순이 단순히 시를 통해 심리적 차원에서 해소되는 것은 아닌가 회의하게 된다.

이러한 현상은 당시 작품에서 종종 발견된다. 역사는 되살아나도 시들어 갈 뿐이며,[96] 결국엔 시간은 정지할 수밖에 없다는 숙명적 시간관에 함몰한 것은 아닌가 한다. 자신을 둘러 싼 역사적 상황을 추상적으로 파악한 결과라는 것이다. 현실의 모순을 해결할 수 있는 실천방안을 모색하는 것이 불가능한 때 또 한 번 좌절한다. 불안정한 현재, 그리고 불투명한 미래는 그 어떤 희망도 조롱한다.

3.2. 바다, 태초의 공간

미래는 불투명하고 현실은 불안요소로 가득하다. 더구나 이때 직면한 아내의 갑작스런 죽음은 생의 의욕마저 상실케 했다. 이제 시를 쓰는 것조차 부질없어 보인다. 다음의 시는 당시의 통절한 심리를 잘 나타낸다.

한 평생 시를 하는 마음은

---

96) 무엇이 너를 긴장에서 깨게 했는가
무엇이 너를 허무한 연실속에서 파헤쳐 내고
천오백년의 신비의 지하로부터
누가 고이 잠든 선문(羨門)을 열러 제쳤는가
무엇이
역사가
문화가
무엇이 너를 죽엄의 꽃으로
다시 피게 하고
사바세계에 나와
바람에 슬리고
비에 씻기고
도 시들어가게 할 것인가
—— 「무녕왕릉지석」

한갖 부질없고 사치스러운
병이런 듯

연상(硯床)머리에 흩으러진
종이와 글발
한 다발 허무한 꽃 묶음
(중략)
여울져 밝아오는 내일은
젊은이들에게 맡겨 둘까나
──「새벽에 앉아」에서

시를 쓰는 마음조차 사치스럽다는 것에서 피폐한 내면을 엿볼수 있다. 종이와 글 역시 대상화된 사물이며, 허무한 꽃묶음에 불과할 뿐이다. 화자에게 내일은 없다. 내일은 젊은이들의 몫이다. 미래는 부재하고 현실은 암담하다. 아내의 죽음, 그래서일까 죽음은 방문객으로 조용히 다가 와 그 마저 손짓한다.

저문 산길가에
저 뒤둥글지라도
마냥 붉게
타다 가는
환한 목숨이여
──「꽃잎 절구」에서

이제 죽음은 거부할 운명이 아니라 코 앞에 닥친 현실이다. 수용해야 할 현재이다. 그렇다면 당연히 엄숙하고 고요한 명상처럼 맞이해야 하리라. 비록 삶이 나를 속일지라도 환한 목숨으로 지는 꽃이고 싶었다. 죽음의 공포로 초조하고 불안해 하기보다 그것을 겸허하게 수용하는 것이 오히려 죽음의 공포를 극복하는 것이다.

그런데 그가 이처럼 죽음 앞에서 의연할 수 있었던 것은 '꽃섬'이라는 이상적 공간을 상정했기 때문이다. 초기와 중기를 통해 줄기차게 갈망해 온 '저곳', 낙원이며 열반의 세계이기도 한 '꽃섬'의 존재가 바로 그것이다. '꽃섬'이 존재하기 위해 우선 바다가 배경으로 전제되어야 한다. 바다는, 흐르는 모든 것들이 모이고 용해되는 최후의 장소이다. 따라서 바다는 삶의 집착과 갈등이 모두 초극되는 상징적 세계이다.97)

얽매임없는 금빛 모래섬에서
모두들 꽃범벅이 되리
물결은 밀려와 그대들
품안으로 와락 달려들리

바다로 나가보라
바다로 나가 붙잡아 보라
아직 오염되지 않은 대기
아득함, 그리고 한쪼각 구름을

—— 「엑소더스」에서

바다는 삶과 죽음이 공존하는 신화적 공간이다. 번잡한 세사의 얽매임에서 탈피하여 '얽매임 없는 금빛 모래성'을 완성하는 공간이다. 현상적인 어떤 것으로부터 구애를 받지 않는 자유로운 육신과 정신의 상태가 보장되는 곳이 바다인 것이다.

잃어버릴 것 다 잃어버리고
허전한 빈 몸으로
혼자 바닷가엘 나와보네.
바다는 무량하게

---

97) 신석초, 전집 2 p. 36
"구름과 낯선 숲의 영역을 향하여 배 떠나는 하얀 비둘기들, 내 앞에 달려오는 수많은 항력있는 푸른 능선을 넘어서 가능의 세계, 이상의 극한 세계를 내 정신은 추구하여 간다"
이 시에서 '가능의 세계'가 공간적 차원이라면, '이상의 극한 세계'는 정신적 차원이다. 즉 전자가 현실적 차원이라면, 후자는 개인의 정신적 차원에 초점을 맞춘 것이다. 후기에 오면 이 모든 것이 하나의 큰 우주공간으로 합일된다.

찬란하게 물 튀기는
물 하늘빛
양광(陽光)으로 뒤덮여
불타는 꽃밭이어.

모래언덕에 오늘은
젊은것들이 와서
훨훨 옷을 벗네.

썰물이 다 밀려 나갔다가
들물이 다시 올라와
가득히 둘레를 채우는
크낙한 우주
몇 천만년이나 긴 날의
늪을 뛰어넘을
붕(鵬)새 나래는 어디 있는가.

——「바닷가에서」

이 시에서는 모든 세속적 집착과 욕망을 초극하여 마침내는 해탈의 경지에 도달한 의연함마저 읽혀진다. 세속의 질긴 끈이 끊어져 내리는 소리가 들릴 것만 같다. 이미, 그가 초기에 「돌팔매」나 「궁시(弓矢)」를 통해서 '바다=하늘'로 상정한 역동적인 상상력의 높이와 깊이, 그리고 구원이 여기서 완벽한 깨달음의 차원으로 완성되는 것 같다. 천만년이나 지속된 시간의 흐름을 초월한 우주론적 차원의 비약이다.

더구나 "나의 몸은 보물이요/땅이요, 하늘이로다/나의 몸은 바다요/바다위에 타는 태양이로다/나의 몸은 장미요/몰약(沒藥)이요, 태산이로다//나는 피었다가 닫는도다/나는 폭발하는 도다/오 하잘 것 없는 세계여"(「나의 몸은」)에서 확인하듯 '나의 몸은' 우주론적 존재로까지 비약한다. 자연과 우주와 합일하고 우주 안에서 통합된다. 바다는 태초이며 지금이며 미래인 신화적 공간이다.

밀려갔다 돌아오며
깨지고 부서지는
구름자락[98)]
모여서 짖어대는
구름자락
모여서 짖어대는 짐승들
사나운 붕새의 발톱들이여
바다여 바다여

——「파도」에서

이 시를 통해 우리는 태초의 시원(始原)의 공간으로서의 바다의 감각적 형상을 엿본다. 바다에 던진 돌(「돌팔매」)과 창공으로 쏜 화살(「궁시」)에서 하늘과 땅의 통합되는 우주론적 상상력이 마침내 밀려오고 밀려가는 구름자락 곧, '구름'과 '바다'가 일체되는 것으로 나타나는 것을 보라. 태초의 시간은 반복되고 계속되는 현재이다.[99)] 「바닷가에서」의 경우, 밀물과 썰물의 끊임없는 '들고 남'이란 우주적 질서와 인간의 존재론적 순환을 대비하면서 존재와 시간의 영원한 윤회를 언급한다. 역설적으로 이것은 무시간성이라고 봐도 좋을 것이다.

이런 경지라면 시를 쓰는 것 자체도 다 부질없다. 정신의 극한을 재현

98) 파도를 구름으로 비유하고 있는 것은 "바다=하늘"에서 나온 것이며, 초기부터 이어지는 상상력의 구조이다.「파도」는《신동아》(1971.1)에 발표되었는데,《예술원보》(1971.11, 15집)에 다시 발표된다.

99) 태초에 손이 있었나니
손으로
창을 쏘아 먹이를 구했었나니
(중략)
궁창(穹蒼)을 향해 대지를 향해
구름의 살을 던짐이여

——「창 쏘는 사람」

"원시인이 바다에서 처음으로 느낀 것은 경이였다. 경이는 필연적으로 종교를 낳고 초연한 대자연이 나타내는 모든 변환에 대한 관조는 인간의 내부세계에 가지가지의 이데아를 낳았으며 그것은 지식의 메스를 이루었다. 바다는 우리에게 미와 사상과 지성의 계시의 무상한 보고가 된다"(신석초, 전집 2, p.35 참조)

해 보려 했던 시작(詩作)이란 얼마나 부질없고 허무한 것인가.[100)]

내가 다시 붓을 들을 땐
정읍사(井邑詞)도 사미인곡(思美人曲)도
그다지 도움이 되질 않네

내가 다시 붓을 들을 땐
내 내부의 아득한 먼 바다
아무도 일찍이 발들여놓지 못한
꽃섬에 정신이 팔려있나니.
——— 「내가 다시 붓을 들 땐」

3.3. '꽃섬', 정주(定住)하는 일여(一如)의 세계

허무는 마침내 관념적 공간인 '꽃섬'으로 향할 수밖에 없게 한다. 그가 초기시를 통해서도 절망의 공간인 '이곳'을 탈피하여 희망의 공간인 '저곳'을 지향하고 끝내 도달하기를 갈망했던 것 역시 이러한 시·공간관에 기초했던 것이다. 초기부터 후기까지 일관되게 나타난 원망의 공간 '저곳'은 현실의 고통을 치유하기 위해 설정한 상징적 공간이고 구체적으로 '꽃섬'으로 비유된다.

그가 상정한 이상적 공간인 '꽃섬'은 도달할 수 없는 유년의 자궁이며 시간과 공간을 초월한 절대적 유토피아다. 아니 시간도 정지된, 따라서

---

100) 「새벽에 앉아」가 미래를 젊은이들에게 '맡겨둘까나'하는 설의법을 사용하여 창작에 대한 미련을 남겨둔데 비해 「내가 다시 붓을 들땐」의 경우 절필을 선언한 것이라고 봐도 좋을 정도로 단호하다. "구체적인 존재인 자연에서가 아니라 추상적인 세계인 의미의 세계에 살게 된 사실이 인간의 불안의 근본적인 원인이라면 인간의 궁극적으로 동경하고 모색하는 열반의 극락세계란 다름아닌, 언어로부터 해방된, 즉 의미의 세계에서 실체의 세계로 귀의한 상태를 의미하는데 지나지 않는다……언어가 없는 원초적 자연의 상태에 귀의하려는 것이 언어를 가짐으로써 소외된 모든 인간의 자연스러운 어쩔 수 없는 본능의 하나가 됨은 당연하다"는 견해는 이때 참고할 만 하다.
박이문, 『시와 과학』(일조각, 1975) pp.121~122

'역사도 사나운 토론을 그'치고, 시간도 정지된 '그윽하고 은밀한 장소'(「샘(泉)가에서」)이다.[101] 고난으로 가득 찬 현실로부터 탈피하여 이상적인 공간인 '꽃섬'을 설정하여 안착하기를 염원했다. 그러나 그것은 막연한 도피라고 단정할 수 없다. 그것은 죽음마저 초월한 육신과 정신의 마지막 귀의처이기 때문이다.

'꽃섬'은 불교적 해탈의 염원을 담고 있는 이상향으로 이해된다. 이성적 논리를 초월하여 돌연 등장하는 '열반'과 '꽃섬'은 이런 점에서 자연스럽게 이해할 수 있다.

임은 먼 열반에 계시고
나는 외로이 이밤을 우네

이세상 풍파에 떠밀리는 삶의 바다에
어느 연화가 피어 있으리요
얼어붙은 강둑에 바람이 이네
(중략)
우수경칩에 대동강이 풀린다 한들
조 건너꽃 꺾을 배도 없어라
—— 「우수경칩(雨水驚蟄)」에서

'임(열반)=연화=건너꽃'으로 표현되고 있는 해탈의 세계는 세상풍파

---

101) 이곳에 오면
모든 것은 쉬어간다
이곳에 오면
시간은 정지되고
역사도 사나운 토론을 그치고

가만히 속삭인다
오오, 그윽하고 은밀한 장소
이 수풀의 고요 이 깊은 곳
사랑의 먼 고장이여
—— 「샘(泉)가에서」

에 시달리는 화자가 지향하는 현실 초탈의 세계이다. 그런데 '여기'와 '피안'은 강을 사이로 격리되어 있을 뿐만 아니라[102] 피안으로 인도할 배마저 부재하니 끝끝내 도달할 수 없을 것만 같다. 그러나 반드시 도달할 수 있는 최후의 공간이다. 바다는 내 마음 속에도 존재하기 때문이다.

누가 알리
내 바다속 내밀한 속의
그 눈부시게 빛나는
꽃섬들을

——「나의 바다」에서

이처럼 '꽃섬'은 진여의 상태에서 체감하는 환상적인 도취를 구체화시킨 상징이다. 연꽃이 상징하듯 불교적 상상력을 통한 해탈과 재생의 간절한 염원을 표상한다.[103] 인생은 결국엔 구도의 길이고, 깨달음을 위한 여정 아닌가. 깨달음은 '꽃섬'으로 향하는 여정이며, 이는 대지와 바다가 맞닿고, 하늘과 바다의 합일이며 결국은 하나임을 내관(內觀)하는 깨침이기도 하다.[104]

---

102) 석초의 물은 '이곳'과 '저곳'을 연결하는 주요 매개체이다. 이는 초기시부터 일관되게 나타났다. '이곳'과 저곳인 '피안'은 강물로 분리되고 그 둘 사이를 매개하는 것은 '배'라는 매개물이다. 이는 불교에서 나룻배를 타고 강을 건너는 것을 인생으로 비유한 것과 연관있다. 불도(佛道)는 고해의 바다에서 고통 당하는 민중을 제도하길 원하는데, 이 때 나룻배는 통상 민중을 정토로 안내하는 중생구제의 원리로 비유된다. '차안/피안', '세속/ 성', '육체/ 정신'의 갈등을 형이상학적인 방식으로 극복하는 방식과 긴밀히 연계된다는 것이다. 초기시 「가야금」, 「춤추는 여신」에서 그 단초가 발견된 바 있다.

103) 반복되지만 '꽃섬'의 추구는 그의 시의 출발인 1930년대 이래 후기까지 지속된다. 꽃섬은 정신적 가치를 가장 첨예하게 상징한다. 우리가 세속에서 추구하는 대상은 애초부터 허무한 것이다. 이와는 달리 '꽃섬'은 불교적 상상력에 기반을 두고 해탈을 달성하는, 혹은 그 자체가 해탈이다. 이미 1946년 간행한 첫 시집 『석초시집』을 통해 그것의 단초를 읽을 수 있었다.
"붉은 꽃은 피어나서/ 아나한 숭어리를 들엇세라/붉게 피어난 연꽃이여!/ 네가 갈 「네안」이 어디런가/저리 밝고 빛난 꽃섬들이/ 욕구하는 입술과도 같이/모다 진주의 포말로 젖어있지 않은가"(「바다여」)

때문에 지상에서 부르는 그의 마지막 노래는 극적이다.[105] 비로소 각성하여 크낙한 우주에 자신을 던지며 부르는 노래는 모든 집착을 버리고 자기마저 잊는 것이다. 무념무상. 구름과 바다, 그리고 끝없는 우주의 심연 속으로 황홀하게 투신하여 물결로, 꽃배로, 돛으로 존재전환하는 놀라운 시적 상상력을 보라.

뛰어 들리
구름 속으로
광대한 바다
저 속으로

내 몸을 던지리
하늘 속으로
갓없는 우주의
황홀한 심연 속으로

날아가 물결 되리
가 닿을 언덕이 없다 하여도
날아가 꽃배 되리

---

104) '하늘은 온통 뒤덮인 바다'(「유파리노스 송가」), '하나의 태양은 변화하는 바다'(「빛의 돔」) 등은 물론, 이외에도 무수한 작품에서 "바다=하늘"이란 일관된 상상력의 구조를 보여준다.

105) "지상은 만개한 꽃송아리/ 바다는 열리고 숙녀는 흰말을 타고/ 먼 물녘으로 찰삭거리며 달리어간다/ 자줏빛 섬 눈부신 지평선으로/ 시트론의 꽃 핀 도시가 떠오른다/ 아침은 빛나는구나/ 대지의 아들들아 가라! 이슬과 꽃 사이를 가라/ 이곳엔 차디찬 계곡도 없고/ 사나운 독수리고 없고/아레스의 전차도 큰/ 천둥소리를 내며 굴러오지 않는/ 오직 미네르바와 베누스의/ 수논 꽃밭이 열려 있을 뿐/ 금연동이(金蓮盆)여, 꿈은 길다/ 열반(涅槃)은 너의 안켠으로/ 좇아서 온다/ 바다에서 황금새가 활짝 나래를 펴/ 황금 문까지 뒤덮는구나/ 숲길은 들판과 여울로부터/ 빛나는 바람이 불러온다/탐 스런 젖 무덤과/ 천금작물이 번식하는/ 싸리 꽃밭 다래동산으로/ 안개낀 여울이 흐르고/ 나무들은 부도라운 메스티의/ 머리 타래를 흔든다/ 사람들아 아름다운/ 이 아침을 노래하라/ 두 동강 난 땅도 없고/ 몸서리 칠 카인의 족속도 없는'지상천국'/ 영원한 평화의 뜨락을/ 오오 광명이여 아들들아/ 열어오라"(「지상의 노래」)

구름의 돛이 되리

——「해(海)에서」[106)]

이 시에서 두드러지는 시적 표현은 'A는 A가 되다'라는 동사은유이다. 동사은유는 필연적으로 비약이 개재되어 상상력을 자극하므로 시적 성공을 거두는 요인이다.[107)] 이때 동사은유는 시적 비약과 역동성을 획득하여 초월과 극복을 성취하게 하는 원동력으로 작용한다.[108)] 전술한 바도 있지만 이 시에서 '꽃배'는 '꽃섬'과 동일한 의미층 위에 놓일 수 있다.[109)]

상상치 못할 하늘의 높이와 바닷속 심연의 깊이는 진여(眞如)상태라는 정신적 깊이와 높이를 시각화한 것이다. 바다와 하늘은 의미론적 동위소 isotopy이다. 이는 불교적 상상력에 의해 더욱 빛난다.

---

106) 「해에서」는 처음엔 1972년 1월 《월간문학》 을 통해서 발표되나, 시집 『수유동운』에서는 제목이 「해변에서」로 변경되어 수록된다.

107) 김재홍, 「한국현대시 은유형태 분석론」, 『시와 진실』(이우출판사, 1984) p. 160 동사은유는 종교적인 상상력에 의한 시의 경우 많이 나타난다. 그래서일 까 석초가 "늙고 병드니/ 옛 가락의/ 놀라운 생각도/ 잘 떠오지 않고//뒷 절 종소리/ 울어 오는 새벽에/ 홍얼홍얼/ 만해의 유고를 읽으며/ 지새나니// 한 칸 가득한 문 바람/ 별난 문자의 하늘로/ 유마경 꽃이/ 환 히 피어 온다"(「만해유고(萬海遺稿)를 읽는다」)면서 불교적 상상력을 시적으로 활용한 대표적 시인 한용운을 기리며 초월적 상상력을 새삼 다지는 것은 흥미롭다. 석초 역시 후기에 접어 들면서 불교적 깨달음을 기조로 하여 작품을 왕성하게 창작했다.

108) 김재홍, 『한용운 문학연구』(일지사, 1983) p.188

109) 「해에서」처럼 '꽃섬'의 기능은 '꽃배'와 함께 나타나는 경우도 있지만, '배'와 '꽃섬'을 연계시키는 경우가 더 많다. 다음의 시들은 이를 잘 보여 준다.
"또 깊은 거울엔 고요가 기뜰이고/ 고요에 잠든 엽주(葉舟)는 저마다/ 홍보석을 실어서 옛날 왕녀가 버린"(「연」), "어느덧 빛과 그림자 얼크런진/ 순수한 진주의 바다 떠올라서/ 범주는 벽수의 거울을 건느고/ 지상한 나래! 오오 뜬 구름 쪽은/ 아득한 열배를 좇아 가노라/ 붉은 꽃 가지 꺽어서 던진 허무 의 섬을 찾아가노라"(「춤추는 여신」)
"구비구비 한숨지는 꽃잎 뜬/ 여울 우에로 배 떠나가라 들어라/ 내맘의 줄 흐득여 우는 소리를!"(「가야금」), "네 몸은 바다를 가는 일엽편주/ 네몸은 편주와 같이 어여쁘고/ 네 몸은 편주와 같이 수많은/ 꿈과 보석을 담아 있거만"(「기녀의 장」)

금연동이(金蓮盆)여, 꿈은 길다
열반은 너의 안견으로
좇아서 온다
바다에서 황금새가 활짝 나래를 펴
하늘 문까지 뒤덮는구나
숲 짙은 들판과 여울로부터
빛나는 바람은 불어온다.
——「지상의 노래」에서

'금연동이(金蓮盆)'와 황금새가 나래를 펴서 하늘로 비상하는 것은 마치 심청이가 '육지(地上界)→인단수(바다, 水中界)→용궁→연꽃→바다→하늘(天上界)'로의 회귀과정110)통해 자기희생의 종교적 시련을, 재생의 한 방식으로 승화하는 과정과 유사하다고 하겠다. 특히 연꽃의 재생이라는 점은 흥미롭다.

우리는 지금까지 시간과 공간을 초월한 일여(一如)의 세계인 꽃섬에 다다르는 긴 여정의 과정을 살펴보았다. 석초는 초기(1933~1959, 『석초시집』, 『바라춤』), 중기(1960~1964), 후기(1965~1975, 『폭풍의 노래』, 『처용은 말한다』, 『수유동운』)의 시적 변이와 지속성을 통해 존재론적 한계를 지닌 인간이 어떻게 그것을 초극해 내는가 하는 숭고한 의지를, 끈질긴 시작활동을 통해 보여주었다는 데서 큰 의의를 찾을 수 있을 것 같다.

초기시의 의고적 도피는 이후 공동체적 관심세계로 확대되었다. 중기시의 밝고 순정한 작품세계는 그러나 현실에서 봉착하는 개인적 고뇌와 난관 탓에 '지는 꽃'의 추락하는 아픔으로 시화됐다. 이후 죽음을 예견하면서 지상에서의 초월을 꿈꾸고, 하늘과 바다가 하나의 크낙한 우주를 생성하는 후기로 안착한다. 지상에서의 초월은 수직으로서의 하늘과, 수평으로

110) 김열규 교수는 심청의 탐색과정이 '천상계→지상계→천상계'의 순환구조를 갖고 있으며 '육지→바다→육지'의 순환이 '천상계→지상계→천상계'라는 순환, 바꾸어 말하면 우주적 순환 속의 지구적 순환이라고 주장했다. 천상에서의 몰락과 승화 사이에 죽음과 재생의 절차가 가능했다는 것이다. (김열규(1987) pp.123~124)

서의 바다를 모두 포괄하는 상징적인 우주인 '꽃섬'을 연출하였다.[111]

Ⅲ. 결론

시인연구의 경우 작품보다 시인의 삶에 큰 비중을 둘 때 그것은 한 인간의 궤적을 그려낸 인물 연구에 그치기 쉽다. 반면 작품의 객관적이고 과학적인 분석에 공력을 기울인다면 작품은 삶과 유리된 언어적 체계로 대상화할 위험성이 간혹 존재한다. 작품은, 작가의 의식과 작품의 내재적 구조가 상호 교호하고 침투하는 것을 전제할 때 의의가 있으며 마침내 문학사라는 확대된 의미망 속에 정당하게 편입될 수 있다.

신석초는 대가급 시인이라고 지칭되면서도 명성만큼 체계적인 연구가 진행되지 못했다. 설령 그를 연구했어도 기존의 대부분의 논문들은 당연히 작가와 작품연구에서 전제되어야 하는 문헌학적 전제를 소홀히 한 채 작품과 작가를 논했기에 진정한 작가론이나 작품론과는 거리가 멀었던게 사실이다. 혹은 이를 염두에 두었어도 보다 정밀한 연구에는 미흡했다.

이를 염두에 두고 이번 연구는 작가 연구에 있어서 가장 근본이 되는 실증적 태도를 견지하여 작가와 작품을 연구했다. 실증적인 연구는 가장 기본적이고 근본적인 연구태도이다. 더구나 신석초의 경우처럼 본격적인 연구가 진행되지 못한 시인의 경우 우선시되어야 한다. 이번 연구 역시 실증적 연구를 채택하여 석초의 시세계를 총괄적으로 조망하고자 노력했다. 그 결과 그의 시는 크게 세단계의 통시적인 구조와 원리로 전개된다는 것을 확인했다.

첫째 단계는 '고통의 삶과 신화적 회생'으로서 초기에 해당한다. 《신조

---

111) "가치관의 고저가 분명한 수직축 쪽으로 수평축이 기울면서 방위의 가치관은 전체적으로 원을 둥글게 그리게 되는 것이다. 이런 뜻에서도 원은 다시 한번 더 완결임을 의미하게 된다."는 견해는 참고할 만 하다.(김열규, 『한국문학사』 (탐구당 1983) p.27)

선》이나 《문장》 계통의 잡지에 시나 에세이를 발표하면서 본격적인 문학활동을 시작하던 시기다. 조선정신을 표방한 정인보의 영향 등으로 고전주의적 색채가 강했다. 역사적 기록이나 유물로 확인되는 신라와 백제의 찬란한 문화에 대한 동경과 회고는 국가상실의 위기를 자위하는 한 방편이기도 했다.

파시즘이 전세계를 휩쓴 음울한 시기, 가속화되는 일본제국주의의 침탈정책으로 한국의 많은 문인들이 침묵하거나, 자폐적 세계로 침몰했다. 지식인들은 조선의 얼을 학문적으로 접근했고 고전주의를 표방하여 묵시적으로 일본에 대항했다. 그러나 1940년 《조선일보》, 《동아일보》, 그리고 1941년 《문장》, 《인문평론》 등의 폐간으로 문인들은 그나마 발표할 지면마저 박탈당했다. 암흑의 시기였다. 신석초도 당시의 현실을 무덤으로 묘사하여 존재론적 위기를 표현했다. 그러나 해방을 맞으면서 실존적 위기는 상승하는 빛으로 전환했다. 희망은 강렬하게 타오르는 불꽃으로 형상화되고, 칠흑 같은 밤도 여명에 의해 물러났다. 「바라춤」에 오면 새롭게 재생하며 공동체적 유대와 사회적 연계를 희망했다.

둘째 단계는 '비밀한 사랑, 타오르는 정신'으로서 중기에 해당한다. 중기에 오면 그의 시는 추상적인 관념어나 생소한 어휘들이 많이 배제된다. 시행 역시 단축되면서 절제를 통한 언어의 조탁에 노력한다. 소재도 주변적이고 일상적 생활에서 많이 취했다. 사회활동을 활발하게 전개하고 생활이 많이 안정된 탓에 시에서도 참신한 감각이 돋보인다. 사회적으로는 근대화 운동이 전개되고 산업사회가 도래하면서 그의 시도 희망찬 미래를 역동적으로 표현했다.

더구나 여성과의 우연한 사랑에서 야기되는 환희를, 짧고 경쾌한 작품들을 통해 많이 노래했다. 불현 듯 찾은 사랑과 만족은그가 사후 발표할 의도로 발표를 꺼린 『비가집』의 시편들 속에서 많이 발견된다. 그러나 여성과의 사랑은 오히려 늙어가는 자신을 쓸쓸하게 반추하게 했을 뿐이다. 이후 이러한 고적한 심사는 조락하는 가을을 배경으로 지는 잎으로 비유된다. 그러나 그는 다시금 반전을 시도했다. 여명의 시간, 비상의 날개짓을 통해 결코 포기 할 수 없는 희망을 나타냈다.

셋째 단계는 '꽃섬'과 '우주적 합일' 로서 후기시의 세계를 일컫는다. 삶을 재충전하자 비로소 사회적 모순에 눈을 뜨는 계기가 마련되었다. 분단 조국의 불구적 상태를 지양하여 통일을 기원하는 작품이 활발히 창작될 정도로 소재의 폭이 확대됐다. 통일된 조국의 미래를, 뻗은 '길'로 형상화하면서 '공간의 시간화'를 도모했다. 그의 현실관은 민족 공동체로 확대되지만, 그러나 현실을 총체적으로 인식하지 못했다는 한계를 어쩔 수 없이 노정했다. 통일은 구호만으로는 불가능하다. 구체적 실천이 결여된 당위적인 외침은 공허한 만큼 허망하다. 따라서 현실은 관념화되고 이상화된다. 마침내 '꽃섬'의 이상적 공간을 설정하여 그곳을 추구하는 단계로 비약했다.

바다에 떠 있는 '꽃섬'은 각(覺)이 완성되는 공간이다. '꽃섬'은 연꽃으로 비유되는 것처럼 불교적 상상력에 의해 해탈을 달성하는 상징적 공간이다. 신석초는 '꽃섬'에 안착하고 크낙한 우주공간에 자신을 투신함으로써 대자연에 합일했다. 그러나 이는 시의 죽음을 선언하는 또 다른 목소리이다. 불교적 상상력에 의해 가능한 '꽃섬'에의 정주는 역설적으로 언어도단에 의해 가능하기 때문이다. 종착지는 '꽃섬'이고 따라서 그의 시는 더 이상 전진을 멈추었다.

제2부 현대적 고전주의

제2부 현대적 고전주의

Ⅰ. 전통과 영향

신석초의 시는 '전통과 현대', '동양과 서양'에서 야기되는 갈등과 긴장관계를 어떻게 창조적으로 변용했는가를 잘 보여준다. 지금부터는 그것을 구체적으로 살필 것이다. 서구사상으로부터 받은 영향은 동경 유학시절로 소급된다. 그는 당시의 상황을, "내가 사유와 행동에 대하여 이율배반적인 모순을 지각하고 전통과 새로운 것에 대하여 내적 충격을 느끼게 된"[1]시기라고 회고한 바 있다. 이는 시적 출발의 성격을 잘 말해 주는 것이다. 유년시절 두 가정교사로부터 한학을 집중적으로 학습하면서 자연스레 전통문화에 침윤되었고 청년시절 경도된 서구사상이 시 창작의 또 하나의 동인으로 작용했기 때문이다.

그는 서양적인 것과 동양적인 것을 결코 이질적으로 파악하지 않았다. 유학 당시 로망 롤랭, 투르게네프, 괴테, 입센 등을 접하면서 실천적 사상의 모범을 찾고자 했고 역사와 현실, 전통과 진보 사이에서 고민하고 그것의 해결점을 찾고자 노력했다. 그러던 중 전통과 인습에서 고민하던

---

1) 신석초, 전집 2. p. 9

발레리에게서 자신과 어떤 유사성을 발견했다. "발레리의 명석한 지성, 문학에 대한 그의 순수하고도 진실한 태도, 한 시대의 불안상황에 대처해 가는 명석한 그의 시정신 등이 나로 하여금 그에게 경도케 하였었다"[2]라는 고백은 이를 잘 말해 준다.

이것은, 그의 시세계를 해명할 때, 전통과 현대, 서구와 동양이라는 이질적 요소를 어떻게 시적으로 형상화했는가를 해명하는 것에 초점이 맞추어 진다는 것을 의미한다. 그 이유는 그가 1930년대의 고전부흥운동과 김기림 등이 주도한 서구 모더니즘을 지양한 새로운 시적 양식을 모색했기 때문이다. 따라서 이러한 측면을 구체적으로 밝혀야 신석초 시가 갖는 시사적 의의를 제대로 밝힐 수 있다고 사료된다. 여기서는 이것을 자세하게 다룰 것이다.

작가는 전통으로부터 결코 자유로울 수 없다. 전통을 무시하고 개성존중, 관습타파 등을 부르짖고, 과거와 현재의 불연속성을 극력 주창한 낭만주의도 기실 전통을 강박관념처럼 의식한 소치였다. 인간은 문화적 전통 속에서 자라고 성장한다. 작가는 전통의 영향 하에서 탈피할 수 없다고 했던 엘리엇T.S.Eliot의 주장은 이를 단적으로 말해 주는 예라고 하겠다.

전통이란 크게 보면 과거에 대한 의식이다.[3] 문학에 국한시킨다면 과거에서 계승된 표현방식, 관습, 기교, 언어 등을 포함한다. 유독 전통을 강조하던 시기가 있었다. 그것은 사상적인 흐름과 관계가 있다. 예컨대 서구의 경우 브룩스C.Brooks, 아놀드M.Arnold, 엘리엇T.S. Eliot 등의 신고전주의자들에 의해 강력하게 추진된 문예사조가 바로 그것이다. 20C 과학의 급격한 발달로 야기된 전통적인 가치의 몰락, 인간성 상실 등의 종말론적인 상황을 탈피하려는 목적에서 전통의 옹호와 회복을 강조했다. 요컨대 인간성 회복을 도모했다는 것이다.

한편으로 이러한 추세는 파시즘에 자극되어 나타났다. 파시즘의 위협

---

2) 신석초, 「시문학에 대한 잡고」(《예술논문집》 제11집, 1972. 9, p.11
3) A. Preminger (1974) p. 859

으로부터 자국의 문화를 수호하려는 문화옹호현상이기도 했던 것이다.[4] 우리의 경우 일제강점기 치하에서 고전부흥론으로 나타났다.[5] 이러한 현상은 두 방향에서 검토될 수 있다. 조선주의에 직결된 직관적 복고주의와, 현실을 타개하는 방법으로서의 비판적이고 실천적인 경향이 바로 그것이다. 확연한 구분은 아니지만 전자는 주로 《문장》을 중심으로 활동하던 지식인들에 의해, 후자는 《인문평론》을 주도한 지식인들에 의해 나타났다.[6]

굳이 파시스트의 위협에 대항하기 위한 수단이 아니더라도 20세기의 작가들은 문학적 효과를 위해 과거의 전통적 소재나 형식들을 차용하는 경우가 빈번했다. 전통적인 요소가 현대의 텍스트Text 속으로 들어와 인유, 모방, 원형, 패러디로 나타났다는 것이다. 따라서 전통과 상호 수수관계를 문제 삼을 때 당연히 상호 텍스트성이 부각되는 것은 이 때문이다.

상호 영향 관계는 시인이나 소설가가 고전의 주제나 형식을 빌어서 작품화하는 것, 소위 ①패러디라고 우습게 흉내내어 모작하는 방법,[7] 혹은 ②순전한 모방, 끝으로 ③과거의 주제나 패턴을 사용하되 새롭고 가치있는 작품을 쓰려는 경작(競作)(emulation) 등의 방법으로 구분하는 것이 일반적이다.[8]

현대 비평가들 중에서 전통을 무시하고 강력한 개성을 표방한 블룸 H.Bloom도 시인은 불가피하게 선배들로부터 영향을 받는 '간시인(間詩人)interpoet'일 수밖에 없다고 간주하고 그 영향관계로 문학사를 체계

---

4) 김윤식(1973) p. 431
5) _____(1973) pp. 320~342
6) _____(1973) p. 432
7) 대개 패로디는 조롱하거나 우습게 만들려는 의도를 지닌 채 하나의 텍스트를 다른 텍스트와 대조시키는 미학적 방법으로 이해되고 있다. 그러나 패로디의 개념 정의에 관해서는 이견(異見)이 분분하다. 린다 허천은 시대에 따라 패로디의 정의도 충분히 변경 될 수 있다고 주장하며 그 외연을 확장시킨 바 있다.
Linda Hutcheon, *A Theory of Parody*, 김상구·윤여복 옮김, 『패로디 이론』(문예출판사, 1992) 참고
8) 이창배, 「작가는 왜 고전을 현대화하는가」《문학사상》(1974. 3) p. 224

화한 바 있다.9) 결국 현대의 작가들은 소극적이든, 적극적이든 전통과의 연계선상에서 자신들의 존재론적 근거를 찾을 수밖에 없다고 하겠다.

언어를 사회이데올로기적인 것으로 보았던 바흐찐은 유명한 대화이론(le dialogisme) 즉, 텍스트Text 간의 다성적 교류인 다성구조polyphonic structure의 발화분석을 통해 텍스트의 상호관계를 설명한 바 있다.10) 바흐찐은 언어를 독백으로 보는 입장을 거부하고, 언어는 대화이며 타협이 아닌 모순이라고까지 주장했다. 그는 대화를 사회적・역사적 상황 속에서 끊임없이 생성되는 긴장과 갈등의 산물로 파악한 것이다. 대화를 통해서 타인을 인식하게 될 때 타자의 말은 당연히 중시될 수밖에 없다.

후대의 작가와 작품은 전대의 작가와 작품으로부터 결코 자유로울 수 없고 서로 상호작용한다는 것을 인정한다면 텍스트 내에서 재현되는 담론과 인용된 담론 사이에서 성립하는 관계가 중요하게 부각된다. 후대의 작가들이 전대의 것을 단순하게 모방하지 않고 새롭게 변형시키고자 노력하는 것은, 사회・역사적 상황 속에서 끊임없이 긴장하고 갈등하는 작품 간의 역동적 관계를 그대로 보여주는 것이기 때문이다.

---

9) 그러나 블룸H.Bloom은 전통에서 벗어나려고 애쓰는 과정에서 괴로워하는 시인을 묘사하고 있기 때문에, 적극적으로 전통을 수용하여 재창조하려는 시인의 경우와 차이가 있다. 즉 블룸Bloom은 현재의 시인은 전대의 선조들이 이미 사용 가능한 영감을 모두 고갈시켜 버린 상태에서 태어났기에 괴로울 수밖에 없다고 한 것이다. 그리하여 시인들은 선배들에게서 받은 '영향에 대한 근심 anxiety of influence'을 극복하여 나름대로 독창적인 권능을 고집하려고 노력한다고 하였다. 결국 전통이란 창조적인 활동을 저해하는 요인이며, 따라서 전통의 배격은, 푸코가 시대의 담론을 지배하는 문서보관소의 부정적인 사회・정치적 차원을 폭로한 것과 유사하다.

10) H. Bloom, *Anxiety of Poetic Influeuce*, 윤호병 편역, 『시적 영향에 대한 불안』(고려원, 1991)참고
김동욱 『대화적 상상력』(문학과 지성사, 1988)
Mikhail Bakhtin, *Marxism & Philosophy Language*(Volosinov. V.N) Trans, by Ladislav Matejka Harvard Univ.Press. 1986(1929)송기한 역(한겨레 1988)
Mikhail Bakhtin, *Speech Genres and other essays,*(ed) Cargle Emerson & Michael Holquist(trans)Vernwmcgee Univ. of Texas Press, 1986
이병혁 편저, 『언어 사회학 서설』(까치 1986) (특히 pp. 25~37)

바흐찐에게서 본격적으로 시도된 이러한 대화이론은 상호 텍스트성 interextuality이론으로 발전하면서[11] 그 의의를 더해가고 있는 실정이다. 그런데 바흐찐은 시는 담론을 재현하지 않는 것이 상식이라고 하였다. 소설이 발화의 재현이라면 시는 발화의 상태이기 때문이다. 따라서 시가 담론을 재현한다면 소설쪽으로 기울어질 것이라고 경고했다. 그러나 그도 말년의 논문에선 가장 순수한 시정시라 해도 시가 사용하는 언어의 재현적인 성격을 더 이상 피할 수 없다고 수정했다.[12] 즉 상호 텍스트성은 필수불가결한 것이다.

이는 시가 언어학적으로 독백을 지향하지만, 독백주의 원리가 일반적인 의미구성의 영역에서는 의미론적 단위들 간의 끊임없는 전위와 상충이, 그리고 텍스트 내에서는 상이한 요소들의 복수대화(polylogue)가 끊임없이 발생한다고 인식한 로트만의 주장과 대동소이하다. 이처럼 시적 텍스트 역시 다성적인 것이다. 로트만은 독백이 복수대화로 판명되며, 상이한 문화의 언어들 속의 다양한 목소리들은 결국 통일체를 형성한다고[13]하였다.

어떠한 시인도 전통에서 자유로울 수 없다. 우리가 이를 인정할 때 시가 전통적인 다양한 소재나 전대의 텍스트를 자신의 텍스트 내로 이끈 것은 당연하다. 이때 상대적으로 저자의 의도가 통일성의 원리 하에 달성된다면 시적 텍스트가, 그렇지 않을 경우 소설 텍스트(개방적 텍스트)가 성립되는 것이다. 소설이 다성구조인 것은 이 때문이다.

장르적인 규범이 흔들리고, 가치관이나 세계관이 위협당할 때 개방적인 텍스트를 지향하는 성향이 강해진다. 조선조 후기와 개화기의 시가들이 일반적으로 산문화 경향을 나타내는 것은 우연한 현상이 아니다. 김영

---

11) 최현무, 「기호학자 쥘리아 크리스테바」, 『프랑스 현대 비평의 이해』(민음사, 1984) pp.256~276

12) Tzvetan Todorov, *Mikhail Bakhtin: le principle of dialogue,* 최현무 역, 『바흐찐, 문학사회학과 대화이론』(까치, 1987) p. 103

13) Jurij Lotman, *Analiz Poetikcheskogo Teksta,* 1972, 유재천 역,『시 텍스트의 분석』(가나, 1987) pp. 23~24, pp. 180~189 참조.

철은 한국 개화기 시가의 신·구장르들이 상호작용하고, 변이양상을 보이는 것을 문학사회학적인 측면에서 자세히 분석한 바 있었는데 이것은 텍스트의 개방화라는 차원과 전혀 무관하지 않다.[14] 이처럼 작가들은 전대의 표현방식이나 관습 등으로부터 자유롭지 않다고 하겠다.

Ⅱ. 동양과 서양 사상의 영향과 해석

1. 동양사상의 축

신석초는 거듭, "전통이란 멀고도 끈기있는 것이어서 조급하게 끊으려 해도 끊어지는 것이 아니다"[15], "아무리 묵은 것이라도 새로운 사상으로 새로운 시대에 잘 적응시킨다면 그것이 새로운 것으로 된다"[16], 혹은 "우리가 이어받을 가치가 있는 좋은 것과 다시 시대의 변천에서 새로 마련되는 새것이"[17] 창조되어야 한다면서 전통의 창의적 연계와 생성성을 당연히 인정하고 주장했다.

문학의 경우도 예외는 아니어서 "문학의 위대한 유산은 영원히 살고 항상 새로운 시대에 숨쉬고 어떤 새로운 가치를 부여 하는 것"[18]이므로 새로운 시대에 창의적으로 창출되어야 할 문학적 전통을 강조했다. 그리고 이를 끊임없이 실천하기 위해 노력해 왔다.

전통을 계승하고 현대적으로 새롭게 창출하려는 노력은 그의 작품에서 잘 확인할 수 있다. 그것은 소재적인 측면이나 양식적인 측면을 통해 다양하게 표출되었다. 예컨대, 전통적인 설화 등을 소재로 하는 것, 시조

---

14) 김영철, 『한국개화기 시가의 장르 연구』(학문사, 1987) pp. 129~248
15) 신석초, 「새 인간정신에 부합하는 가풍」《여원》(1961. 4) p. 152
16) _____, 윗글, p. 152
17) _____, 윗글, p. 153
18) _____, 「이태백론」《월간문학》(1970. 5) p. 215

형식이나 향가 그리고 민요적 형식을 현대적으로 해석한 것이 그것이다. 그는 내용과 형식의 두 가지 방향에서 전대의 텍스트를 새롭게 해석하여 주제를 효과적으로 전달하기 위해 절치부심했다.

그런데 이처럼 소재와 양식이라는 두 가지 측면에서 상호텍스트성을 살피는 것은 다만 편의적이라는 것을 거듭 강조하고 싶다. 소재적 측면을 새롭게 해석한 작품과 양식적 측면을 새롭게 해석한 작품은 별개일 수 없다. 오히려 전통적 소재와 양식을, 불교와 노장사상을 기반으로 창의적으로 완성한 작품이 대부분이다. 또 한 가지 지적하고 싶은 것은 서구의 신화나 사상을 수용[19]한 경우이다. 이럴 경우 특별히 중요하다고 생각되는 것 외에는 크게 비중을 두지 않았다는 것을 밝혀두고 싶다.

1.1. 양식의 차원

양식적 차원에서 전통적 요소를 새롭게 해석한 방법은 크게 세가지로 구분할 수 있다. 첫째는 기존의 양식을 그대로 모방하여 재현하는 방법(모방적 재현(模倣的 再現))이다. 두 번째는 두 가지 선행양식을 혼합한 경우(병렬적 재현(竝列的 再現))이고, 끝으로 가장 많이 나타나는 형식으로서 기존의 선행양식을 새로운 형식으로 해석한 방법(주석적 재현(註釋的 再現))이다.

첫 번째 유형의 경우 선행양식의 의존도가 가장 클 수밖에 없고 작품수도 그리 많지 않다. 두 번째 유형은 하나의 작품 속에 두 양식이 병렬된 형태로서 이 역시 양은 많지 않다. 세 번째 유형은 선행양식을 의식하

19) '수용'이란 용어는 부당할지 모른다. 왜냐하면 신석초가 전대의 텍스트Text를 새롭게 읽어가는 독서를 통해 기존의 텍스트를 해체, 자신이 새롭게 쓴 것이기 때문이다. 즉 상호텍스트성intertextuality차원에서는 작품 속에 재현되는 선행담화가 어떻게 후대의 작품에 영향을 미치고 있는가 하는 실질적인 물음은 중요한 것이 아니다. 때문에 비교문학에서의 원천, 영향 연구와는 달리한다. 보다 중요한 것은 작품속에 여러 목소리가 혼재하여 그 작품이 발휘하는 작품의 양상에만 관심을 가진다는 뜻이다. 이런 까닭에 자국과 타국은 수용과 영향의 관계가 아니라 대등한 관계로 설정된다.

고 그것을 새롭게 해석하려는 작가의 의도가 가장 크게 개입한 경우로서, 창작욕구에 비례하여 작품 수도 가장 많다.

첫번째 유형으로 향가형, 고려가요형, 민요형이 존재하고 두 번째 유형으로 향가와 시조혼합형이, 그리고 세 번째 유형은 시조의 형식을 다양하게 실험한 작품이 이에 속한다. 세 번째 유형은 작가가 자신의 창작욕을 마음껏 발휘할 수 있다는 장점 때문에 가장 많이 창작되었다.

1.1.1. 모방적 재현

(ㄱ) 향가 형식

열치매 밝은 달 흰 구름을
조차, 떠나가는 이드련가?
가야금줄 잎도저서 흘러 가거라
내, 사념의 잎도저서 흘러 가거라.

그 옛, 푸른 강가 난주(蘭舟)를
안고 그리든 화도(花徒)들의 짓
사라저서, 눈길 머얼 사이에
떠도는 갈매기의 노래를 불러라

아야(阿也), 헛되어라, 생각은 여울
몰라온 「때」가 나를 지질으는저……

——「가야금」

이 시는 '가야금(伽倻琴)'이란 전통적 악기와 '화도(花徒)'등의 용어로 미루어 짐작할 수 있듯이 신라적 요소가 강하다. 소재는 물론, 형식마저 향가의 양식을 따르고 있다는 것을 쉽게 확인한다. 그런데 이 시는 소재보다는 십구체 향가 형식이라는 양식적 모방이 작품의 전체적 질서를 규정한다. 시의 부제로 '의향가체시작(擬鄕歌体詩作)'을 명시한 것을 보아도 명백히 알 수 있다. 이시는 향가의 정련된 형식인 10구체를 사구체,

사구체, 이구체 단위로 분할하고 이를 다시 종합함으로써 10구체 향가의 맛을 느끼게 한 것이다.

10구체 형식을 굳이 3연으로 분할한 것은 향가의 형식을 기저로 하면서 주제를 보다 효과적으로 전달하고 싶었기 때문이다. 단절과 종합의 형식은 흰구름을 따라 흐르는 달과 여울의 흐름을 자연스럽게 만든다. 더구나 앙장브망enjambement은 끊이지 않고 이어지는 소리의 선율과 물결의 흐름을 시각화하여 리듬의 효과까지 창출하여 시를 입체화 했다.

(ㄴ) 고려가요 형식

① 기본형식

다음은 고려가요 형식을 차용한 것이다. 「백조의 꿈」은 「정과정곡」을, 「십이월연가」는 「동동」을, 「산하」는 민요의 숫자요 형식을 계승한 것임을 한 눈으로도 쉽게 확인할 수 있다. 다만 「십이월연가」에서 흥미로운 것은 '동지'를 노래한 11연이다. 11 연은 황진이의 시조를 명백히 모방한 것이다. 그렇다면 「십이월연가」는 고려 속요와 시조 형식이 혼효되었다고 할 수 있다. 「산하」의 경우도 민요형식이지만 마지막 연을 시조의 종장 형식으로 처리한 것이 이채롭다. 이는 다음에서 살필 '복합형 양식'에서 다시 언급할 것이다. 이로써 미루어 보건대 석초는 과거의 시형식을 모방해도 일정한 양식에 한정되거나 국한되기보다 실험성이 강했다는 것을 알 수 있다.

내, 언제나, 물을 그리여워
못에 들어 사아 여너니,
저어, 동산 깊은 수풀은
하마, 이슷하여이다.

남이 아니 괴여준다 한들,

남이 아니 괴여준다 한들,
내, 그를 슬허타 하리.
내, 그를 어찌타 하리.
말고, 고요한 물위에 떠,
빈채 인양, 떠돌아 우니노니,
나는 하이얀 내 나래로
티끌도 없는 순수한 나의
우주를 그리노라.

제절로 살아 예는 내맘을
뉘가 알까 저어 하건만,
때로는, 높이 소리쳐, 홀로
빈 궁창(穹蒼)을 울려라.……
——「백조의 꿈」

② 민요 형식(월령체 형식)

정월 대보름에
달 뜨는 새 나루에
내 그대와 강배를 저어
버드나무 숲으로 간다
이월 한식에
남산에 핀 진달래 꽃 같아라
가는 진눈깨비에 젖어
붉고 고운 잎이구나

삼월 내린 꽃비에
불어난 강물이어라
기슭에 돋는 풀잎은
조금 푸르다

사월 초파일에
뒷절에 현 연등불에

휘황하게 불타는
두 가슴이어라
오월 단오날에
늘어진 수양버들에
그네를 매어 타고
풀은 푸샛 자락을 걸어두고

유월 유두에
물에 난 달 다워라
눈보다 흰 살갗은
벼랑의 폭포로 내린다

칠월 칠석에
은하를 거너는 별처럼
그렇게 허술히는
갈수 없어라, 우리 둘은

팔월 추석에
감나무에 떠 오르는 둥근 달 맞아
이슬 젖은 강 숲에
드며 나며
구월 구일에
산에 올라
산꽃을 꺾어
저녁 느즛이 돌아 오누나

시월 상달
개인 달에
붉게 타는 단풍녘에
이슷이 가는 둘이어라

동짓날 긴 긴 밤에
한 허리 둥여 매어

찬 눈달에
서려 누어
섣달 그믐날 밤
밀 촛불이 다 사윌 때까지
둘이는 어러져
해여울을 건넌다

——「십이월연가」

③ 민요 형식(숫자요)

일월에는 북쪽 테러가 오고
이월에는 어설픈 지눈개비가 내렸다
삼월에는 몽고풍(蒙古風)이 불어오고
사월에는 꽃비가 내리나니

삼월에는 임진강이 풀리고
사월에는 살구꽃 비가 내리나니
사월에는 산에 산에 연분홍빛 진달래 꽃물이 드나니

두 동강 난 땅이여.
부르면 메아리지는
산하여.

——「산하」

(ㄷ) 시조 형식

시조 형식은 시조의 초장, 중장, 종장을 각각의 연으로 독립시켜 모방한 시형식을 말한다. 다음 작품 「춘설」은 이를 잘 보여준다. 그런데 시조 형식의 모방과 현대적 해석은 '주석적 재현'에서 보다 다양한 양상으로 나타나므로 여기서는 예를 간략히 제시하는 것으로 그치겠다.

봄은 오려 하건만
때아닌 미친 풍설(風雪)이
강산(江山)에 불더라
세월(歲月)이 이리도 괴이쩍거늘
꽃은 언제 피려니

앙커나 올 봄이면
끌지 말고 온들 어떠리.

——「춘설(春雪)」

1.2.1. 병렬적 재현

동경 밝은 달 밤드려 노니
노라 이슷한 청루(青樓)우에 가야금
장고, 적소래 그윽한데
처용은 가서 도라오지 않고
옛나라 산하만 시름속에 남았구나
아해야, 잔가득부어라
창해에 벗긴 구름 소매 잡아
단술이나 마시자

——「동경밝은 달」

이 시는 의미상 전 5행을 전반부로, 후 3행을 후반부로 구분할 수 있다. 전반부는 처용을 소재로 하면서 동시에 「가야금」처럼 향가의 운율을 느끼게 했다. 후반부는 향가 형식에서 일탈하여 시조의 종장 형식으로 시상을 마무리한다. 그러므로 이 시는 형식의 단순한 모사적 재현은 아니다. 보다 복합적이고 입체적이다.

전반부의 첫행은 향가체 운율로 유장하게 시작한다. 그러다가 1~3행과 4~5행이 재차 구분되어 전체적으로 1~3(초장), 4~5(중장) 6~8장(종장)의 시조 형식으로 재편입된다. 즉, 이원적 구조 형식을 취한다는 것이다. 1~3행이 하나로 묶이는 근거는 앙장브망 enjambement 수법이 사용되고 있기 때문이다. 그러므로 이 시는 향가와 시조의 혼합형으로 분류가 가능하면서도 시조가 두 수 병렬된 양식으로 파악할 수 있다. 비록 처음은 향가형이 우세한 듯 해도 그것이 시조형식과 대등한 관계로 구성되기 때문이다. 상이한 양식의 병렬적 재현은 아니지만 비슷한 형식으로 다음의 작품을 예로 들 수 있다.

지난 가을날 단풍잎 지던 자리에
쌓이던 고운 것들은 다 갔어라

화사한 꽃무덤에 모이던
눈 흘림들은 다 갔어라

이제는 돌아와 서릿발 선 가지
서풍을 향해 눈 산을 대해 앉았으니
백발삼천장이 헛말이 아니어라.

——「백운대」

이 시는 일견 자유로운 형식의 작품처럼 보인다. 그러나 시상의 전개로 본다면 1, 2, 3연은 시조의 초장과 중장, 그리고 종장처럼 읽힌다. 즉, 1연(기), 2연(승), 3연(전,결)의 시상 전개가 가능하다는 것이다. 그런데 마지막 연은 그 자체가 시조의 원형에 가깝다. 그만큼 이 작품은 시조형식의 미적 논리 하에 작품이 전개되는 특이한 형식으로 구성되었다는 것을 확인할 수 있다. 이 작품은 다음에서 소개할 '주석적 재현' 중 '원형'형에 가깝다.

「바라춤」을 일견하면 다음처럼 시조의 형식을 행배열한 부분을 발견하게 된다. 무심코 읽으며 시조의 형식이 삽입되었는지 눈치채지 못하지만 정독하면 시조의 형식이 삽입되었음을 확인할 수 있다. 그가 특별히 시조의 형식을 차용한 것은 시조가 나타낼 수 있는 애절한 분위기를 효과적으로 전달하기 위해서다. 이조년의 시조[20]를 행배열을 자유롭게 했을 뿐 거의 표절에 가깝다.

이화(梨花) 흰 달 아래
밤도 이미 삼경(三更)인제
승방에 홀로 누워
잠을 이루지 못하나니
시름도 병인 양하여
내 못 잊어 하노라.

——「바라춤」에서

석초는 이렇게 전통적인 소재나 형식을 적극적으로 수용하여 새로운 가치를 창조하려는 끊임없는 탐구욕을 보여주었다. 그러나 그것의 성공 여부는 의문이다. 다만 전통의 현대적 계승이라는 측면에서 그 의의를 찾을 수 있을 것 같다.

1.3.1. 주석적(註釋的) 재현

신석초가 전통적인 시양식에 가장 큰 관심을 갖고 이를 현대적으로 계승하려는 것은 시조라는 형식이 갖는 매력 때문이다. 첨예한 비유를 구사하면서 주제를 함축적으로 담아내기에 단형의 시조시형은 가히 매력적이다. 이처럼 정제되고 간결한 고전주의적 형식은 과거 선비들이 이 땅에 구현해야 하는 이상적인 세계상은 물론, 스스로 지향해야 할 덕목과 자기 수양을 표출하는데 적합한 양식이었다.

더구나 시조의 장점은 그것이 개방적이라는데 있다. 개방적 양식 탓에 시조는 그 생명력을 후대까지 유지할 수 있었다. 즉, "한국 시가사상 오직 시조의 형식만이 시형으로 지속적인 가치를 이어온 것은, 시조의 질서가 한국시가 전체가 나눠 가지고 있는 보편적 질서와 가장 가깝"[21]기 때문이다. 시조는 고정된 형으로 존재하는 것이 아니라 개방적인 형식으로

---

20) 이화에 월백하고 은한이 삼경인제
일지춘심을 자규야 알냐마는
다정도 병인 양하야 잠못 들어 하노라.

21) 박철희, 『한국시사연구』(일조각, 1980) p. 25

존재한다. "그러기에 시조는 현대와 개인에 따라 확장·변이되고 또한 새롭게 나타날 수 있[22]"으며, 또한 이 때문에 시조의 기승전결의 구조는 한시나, 영시의 Sonnet와는 달리 얼마든지 변형이 가능하다. 개방적 양식의 장점을 최대한 살릴 수 있는 것이다.[23]

비록 그가 시조의 운율이 고전적인 계약과 규격이 있는 단시형이어서 현대시에 적용하기 어렵다고 했으나[24], 이는 시를 창작할 때 이미 시조를 염두에 두고 있었다는 것을 역설적으로 반증하는 것이라 하겠다. 때문에 가장 많은 작품 수를 통해서 형식상의 실험을 반복적으로 모색했고, 몇 가지 새로운 형식을 유형화할 수 있었다.

그가 기존의 전통적 시양식을 가장 창의적으로 변형시킨 것이 바로 주석형 재현이다. 주석형은 다시 3가지로 구분된다. 근본적인 틀을 유지하고 있는 '원형', 원형을 확장시킨 '확장형', 시조의 두 수를 병렬시켜 마치 연시조를 연상시키는 '중첩형' 등 바로 그것이다. 이외에도 몇가지 변형이 산견된다.

(ㄱ) 원형[25]

어제밤 비바람에
온갖 꽃이 다지는가
꽃잎이 펄펄 날아

---

22) 박철희, 윗책 p. 27
23) 이병기, 「시조를 혁신하자」(《동아일보》 1932. 1. 22~31, 3. 1~2. 4 연재) 필자는 시조가 형식적으로 정형(定型)이라기 보다 정형(整形)이라고 주장한다. 곧 자수의 가감이 허용되는 자유로운 형식이라고 간파한 것이다. 덧붙여 시조가 혁신되어야 할 필연성을 논하고 구체적인 방법으로 ①실감실정을 표현하자 ②취재의 범위를 확장하자 ③용어의 수삼(數三) ④격조의 변화 ⑤연작을 쓰자 ⑥쓰는 법, 읽는 법 등을 제시하였다. 이 글을 통해 이미 일제치하에서도 시조에 관해 상당한 연구가 진행되고 있었다는 것을 짐작할 수 있다. 조선정신만을 강조한 것이 아니라 그것을 표현하는 다양한 형식적 실험을 구체적으로 제시하고 있었던 것이다.
24) 신석초, 「시문학에 관한 잡고」《예술원논문집》 1.(1972. 9) p. 4
25) 원형에 속하는 작품들로 「화장」, 「춘설」, 「매화의 장」, 「매우」 등이 있다.

꽃잎이 가뜩 내 뜰을
덮는다
낙환들 꽃이 아니랴!
쓸어 무삼하랴!
놓고 보려 하노라

——「낙화」

꽃지는 산바닥에
두견이 운다

두견이 울음 속에
물소리 흐른다

으스름 달빛 아래
사람은 잠들고
나만 홀로 앉아 듣는다.

——「두견」

위의 두 시는 전체가 3연으로 구성된 작품이지만 실은 1연—초장, 2연—중장, 3연—종장의 시조의 원형을 유지하면서 연을 구분한 새로운 형식이다. 이호우 등의 시조시인들 역시 많이 실험한 대표적인 형식이다.

(ㄱ)-(1) 원형의 변이형

원형의 변이형이란, 시조의 원형을 유지하면서도 각 두 연을 의미화하여 구성한 유형을 말한다. 즉, 초장(1~2연), 중장(3~4연), 종장(5~6연)의 시형식인 것이다.

이러한 형식은 두 시조가 단순히 병렬된 시조와는 차이가 있다. 두 시조의 병렬이 아니라 각각의 장을 확대하고 중첩함으로써 주제를 보다 심화시키려고 의도했기 때문이다. 「낙와의 부」는 좋은 예가 된다. 이 작품은 시집 『석초시집』에서 1~2연(초장), 3~4연(중장), 5~6연(종장)이라는 시조의 형식을 갖추었다. 이렇게 묶을 수 있는 이유는 사상의 전개 때문이다. 가을 황혼과 국화빛 태양 아래 폐허를 거니는 '나'가 (1~2연), 서녘 바람과 달이, 깨진 기와와 폐허를 스치고 비출 때 (3~4연), 천년 왕국의 신라패망을 망연자실 감지(5~6연)하는 형식으로 구성되었기 때문이다. 5연의 시작이 '오오' 등으로 시작하여 시상의 전환을 가져 오는 것은 이 때문이다.

그러나 시집 『바라춤』에 재수록될 땐 7연으로 늘어나 있다(그런데 행의 수는 같다). 5~6연이 5~7연으로 확장된 것이다. 이것은 종장의 주제의식을 강화하기 의도가 강한 탓에 나타난 현상이므로 5~7연을 종장으로 묶을 수 있게 한다. 비교를 위해 다음처럼 수록했다.

가을에 황혼에
쓸쓸한 폐허를 걸어서
나는 혼자 헤매이도다.
—무한히 열린 창공에 물들어서

슬픈 국화빛
태양 아래 (나는 천상의 술을 마시고)
꽃잎과도 같이 헐어져
굴르는 푸른 파편들을 밟고 가도다

서녘 바람은 마른
나무 가지에 깃드리는
적은 새들을 고독히 하고

어느덧 달은 이슬에 젖어서
내 발 밑에 비명하는
깨진 보석을 비초이도다

오오 눈 앞에 헐어진
낙엽들이여 영화의 무덤우에

불가항력의 쪼각들이여

멸망하기 쉬운
시간은 물과 같이 흐르고
어데선 누가 단장하는 피리를 불도다.
——「낙와의 부」(『석초시집』수록)

가을 황혼에
쓸쓸한 폐허를 걸어서
나는, 혼자 헤메이도다
—무한히 열린 창공에 물들어서.

슬픈 국화꽃,
태양 아래(나는 천상의 술을 마시고),
꽃잎 같이 흩어져 구르는
푸른 파편들을 밟고 가도다.

서녘 바람은 마른 나무가지에, 깃들이는
작은 새들을, 고독히 하고,

어느듯, 달은 이슬에 젖어,
매 발밑에 비명하는 깨진
보석을 비초이도다.

오오, 눈앞에 흩어진 낙엽들이여,
영화의 무덤 위에 불가항력의
조각들이여!

멸망하기 쉬운
시간은, 물과 같이 흐르고,

어데선 애끊는 적소리

저멀리 드려 오도다.

——「낙와의 부」(『바라춤』수록)

(ㄴ) 확장형

확장형은 초장, 중장 혹은 종장 중에 어느 한 장이 여타의 장에 비해서 확대된 형식이다. 엇시와 사설시조를 대하는 느낌이다. 이러한 형식 역시 다양하게 나타난다.

(ㄴ)-(1) 중장 확장형[26)]

월성지(月城趾) 찾아드니
자취도 없노메라
이슷한 계림(鷄林)속에
잡목만 욱었노라
저손아 이 성이
반달같이 굽었느냐
김각간(金角干) 등에 멘
구리활같이 휘었더냐
나라를 지키던
그 엄위(嚴威)
어디다 두었느냐

밭가리 농사군의
말없는 등에
찬 낙일(落日)이 나린다

——「반월성지」

중장 확장형은 말 그대로 중장이 확장된 형식이다. 「반월성지」를 정사하면 '저손아'로 시작하는 5행과 '밭가리'의 12행에서 의미가 전환하는 것

26) 이 유형에 속하는 작품으로 「연꽃」, 「호접」, 「첨성대」, 「불국사탑 1, 2」, 「청산아 말하여라」, 「갈매기」, 「포말」 등이 있다.

을 확인할 수 있다. 즉, 「반월성지」는 1~4행까지 '월성지'와 '계림'의 황폐한 배경을 병렬적으로 제시하고, 이후 5행부터 신라 패망의 원인을, 시속의 청자를 향해 자조적이고 안타까운 질문을 던지고 묻는 형식을 취해 찾고, 12행에서 국가 상실감을 서정적으로 해소하는 형식을 취했다는 것이다.

전반부의 배경제시, 반복적인 질문과 탄식을 통해 국가 상실의 비운을 상승시킨 중반부, 그리고 천년 왕국의 패망이라는 격한 감정의 동요를 서정적으로 마감하는 구조는 이 시를 의미상 초장(1~4행), 중장(5~11행), 종장(12~14행)으로 읽을 수 있게 한다.

이외에도 다음의 시도 중장 확장형에 속한다고 할 수 있다.

내가 옛 동산을 거니다니
깊은 못 속에, 푸른 이끼 끼어 어리고,
붉은 연꽃은 피어나서
아나(婀娜)한 송아리를 들었에라.

붉게 피어난 연꽃이어!
네가 꿈꾸는 네안(涅槃)이 어디런가.
저리고 밝고 빛난 꽃 섬들이
욕망하는 입술과도 같이, 모두
진주의 포말로 젖어 있지 않은가.

또 깊은 겨울엔, 고요가 깃들고,
고요에 잠든 엽주(葉舟)는 저마다
홍보석을 실어서, 옛날 왕녀가 버린
황금 첩지를 생각게 하누나.

오오 내뉘야 오렴아! 우리.
「님프」가 숨은 이 뜰을 나려,
연 잎 위에, 오래고 향그러운 아침 이슬을 길으리.……

——「연꽃」

이 시 역시 의미상 2,3연이 중장으로 묶인다고 할 수 있다. 1연은 붉게 개화한 연꽃을 찬미하고, 2,3연은 연꽃을 향한 질문에서 현실을 초탈하고 열반을 꿈꾸는 화자의 끝없는 열망을 표출한다. 그리고 3연은 그러한 꿈이 끝내 도래할 것임을 희망하고 확신한다. 즉 초장(1연), 중장(2~3연), 종장(4연)의 의미구성을 취한 중장 확장형이라고 할 수 있다는 것이다.

(ㄴ)-(2) 초장과 종장 확장형

반월같이 둥근 모습은
맘의 바름과, 원숙
하늘의 가엾은 양양한
형태를 그렸음인가,

그렇지 않으면,
불함산(不咸山) 상상봉에
깊고 깊은 그윽한
천지를 상중함 인가.

달무리에 색인 뒤트는
용은 신비, 생성과 조화,
완성을 꿈꾸리려니,

아아, 어느 꽃다운 님이
열두 난간에 너를 걸어,
피어 오르는 옥부용을
빛나게 하였던가.

침을 몽롱한 청동의
호수속으로,
흘러 떨어진 겨레의
슬른 그리메가, 남몰래

안개처럼 어리메라.

——「경(鏡)」

「경」은 1, 2연-초장, 3연-중장, 4, 5연-종장의 의미 단위로 구성된 시조 형식임을 쉽게 확인한다. 1연과 2연은 문제를 제기하는 연이며, 3연은 이를 계승하고 4연에서 시상의 전환이 있고 5연에서 마무리하는 구성이다. 따라서 의미상 초장과 중장이 확장된 작품이다.

(ㄴ)-(3) 중장과 종장 확장형

새파란 젊음의 물결이
일렁이는 그대 모습에
멋진 웃음이 흐르고,

그대 손에 넘노는 갈매기의 나래.
쪽빛으로 열리는 쪽빛으로 열리는
하늘을 간다.

〈출렁이는 물살도 없이
고운 강물이 흐르듯
천년 시름의 학이 나노나.〉
발밑에 감도는 임자없는 구름,
발밑에 감도는 임자없는 안개,
구름 속으로 솟은 산봉우리를 간다.

깊깔은 질편한 강위를 간다.

가 없는 천체의 푸름위로
그대 한번 맞부딛쳐 보노나.

그래도, 저, 사상으로 나뉜
한 선을 넘지 못하노라.
분노해야할 임진강을.

초목도 울어야할 단발령을.

아쉽게 가로놓인 일선을
그대는 지킨다, 조용히,
때를 기다리며,
조국을 위하여.……

——「하늘을 간다」

이 시는, 웃음을 흘리며 선 '젊은 그대'를 건강하게 묘사하고(1연), 시선을 돌려 하늘과 산과 강 위를 자유롭게 비상하며 왕래하는 갈매기와 학의 아름다운 비행을 그렸다(2~5연). 그러나 휴전선을 앞에 둔 우리는 새처럼 자유롭게 날기는커녕 발걸음 조차 옮기지 못한다. 3·8선에 의해 국토가 토막났기 때문이다(6~8연).

요컨대 이 시는 자유롭게 하늘을 나는 새와, 동족간의 왕래조차 금지되어 오고 가지 못하는 현실의 모순을 대비시켜 분단 조국의 아픔을 선연하게 그린 작품이다.

이밖에 원형과 확장형이 혼합된 형식도 나타난다. 다음의 「낙엽의 장」이 바로 그것이다.

(一)
서리 바람이 산뜰을 휩쓴다.
낙엽이 낙화처럼 흩 날린다.
낙엽이 산뜰을 덮는다.

나뭇가지 사이로 파란
하늘이 터져온다,
산뜰이 갑자기 너그러워진다.

붉은 노을이 산정의
푸른 기와위에 번득인다.
뜰아래 단풍이 홀로
곱게, 곱게 불탄다.

(二)
낙엽이 가득한 산뜰에
주인이 홀로 거닌다.
머리 속의 사념이 푸른
바다 물경처럼 풀렁인다.

머리 위에 흰 구름이 돈다.
산사의 종소리가 운다.
(종소리는 가깝고 차게 떨어진다.)

주인은 말없이 국화꽃을 드려다 본다.
국화빛이 유난히 푸르다.
──「낙엽의 장」

(一)은 기본형인 '원형'에 가깝고, (二)는 2, 3연이 중장으로 묶이는 '중장 확장형'이다. 1연은 '주인', 2~3연은 '머리', 4연은 '주인'으로 시적 주체와 대상의 변화가 엿보인다. 「낙엽의 장」은 '원형'과 '중장 확장형'이 연시 형태를 구성한 독특한 작품이다. 「낙엽의 장」은 마치 『석초시집』엔 원형이, 『바라춤』의 경우 확장형이 상대적으로 우세하다는 것을 말해 주는 듯 하다.[27] 따라서 「낙엽의 장」은 원형에서 확장형으로 진행하는 과정을 입체적으로 나타내고 있는 것처럼 보인다.

그런데 동일한 작품이 시집에 재수록될 때 변화하는 경우도 종종 발견된다. 「무녀의 춤」은 그 중 하나이다. 이 작품은 『석초시집』에 실릴 땐 종장 확장형이었지만, 『바라춤』에 오면 '중장 확장형'으로 변모한다. 『석

---

27) 1946년 간행된 『석초시집』과 1959년 간행된 『바라춤』을 비교할 때 이와 같은 형식상의 차이점이 발견된다. 대체로 1930년대 보여준 형식적 실험은 「바라춤」에서 절정에 도달한다. 이후 1970년에 간행된 『폭풍의 노래』에서는 「추뇌(秋雷)」처럼 중장반복형이 보이기는 해도 다양한 양식상의 실험은 많이 절제되어 있기 때문이다. 이러한 양식적 실험은 초기에 많이 행해졌다. 따라서 1930년대의 시인으로 출발해서 1950년대 말까지 전통사상과 서구사상을 수용하여 변용, 재창조하는 그 기간이 중요하게 부각될 수 밖에 없고 이런 특징적 면모는 당대의 문학적 현상들을 참고할 때 그 의의와 특징이 찾아진다.

초시집』의 경우 3연이 '오오'로 시작하여 이하가 명백한 전환을 이루는 데 비해 『바라춤』에 오면 4연에서 전환한다. '쩔레 쩔레'로 시작하는 3연은 종장으로서의 급격한 전환은 나타나지 않는다.

공작이 깃
벙거지 제켜 쓰고
무녀야 미친 듯
너는 춤을 추다

꽃장선에 가린
입술은 신을 부르는데
웃고 도라지는
보석같은 그 눈매

「오오 무녀야 춤을 추어라
허튼 옷은 벗어라
신 없는 나라로 가자」

신은 없어도
네 몸은 빛나리
네 맘도 빛나리

(『석초시집』 수록)

공작 깃,
패랭이, 제껴 쓰고,
무녀야, 미칠 듯
너는 춤을 추다.

도홍선, 활짝 피어,
붉은 입술 가리고,
웃고 돌아지는
보석같은 그, 눈매!

쩔레 쩔레 흔드는,

신 솟은 몸,
저도 남도 모르는
귀신을 부르는데,

헐은 옷 떨치며
낙화로 흩날리고,
징소리, 쟁 쟁,
바람 집에 모이더라

(『바라춤』 수록)

(ㄴ)-(4) 종장 확장형

바다에 끝없는
물옷결 우으로
내 돌 팔매질을 하다
허무에 쏘는 화살셈치고는

돌알은 잠깐
물 연기를 일고
金 빛으로 빛나다
그만 자취도 없이 사라지다

오오 바다여!
내 화살을
어데다 감추어 버렸나?

바다에
끝없는 물결은
그냥 까마득 할 뿐

——「돌팔매」

하룻밤, 내가 달을 좇아서,
이름도 모를 먼 바닷가

모래 위에다, 장미꽃으로
비밀의 성을 쌓고 있더니,
밤이 깊도록, 내가 모래 성에서,
다디단 술에 취하여 있을 때,
문득, 그름이 몰려와서,
내 달을 흐레다.

아아, 내꿈이 덧없음이런가,
바다의 신이 나를 시기하였음이런가,
심연으로 달을 빠지다.

달이여, 너는 어디로 갔는가,
나는 헤매다, 나는 보다,
물결쳐 움직이는, 바다의 그 큰
모양을.……

——「흐려진 달」

두 작품 모두 종장이 확장된 형식임을 쉽게 확인한다. 그러니까 두 작품 1연과 2연에서 문제를 제기하고 이를 심화하다가 모두 3연에서 시상의 전환을 가져오고 4연에서 주제를 마무리하는 형식을 취한다는 것이다. 의미상 두 작품 모두 초장(1연), 중장(2연), 종장(3·4연)으로 묶일 수 있다고 하겠다. 다음의 「규녀」 역시 3연은 '오오'로 시작하여 시상이 전환한다. 즉, 초장(1연), 중장(2연), 종장(3,4연)으로 구성된 시조시형에 가깝다는 것이다.

종장 확장형의 많은 작품들이 '4-4-3-3'의 4연 14행의 소네트sonnet형식을 취하고 있어 흥미롭다. 이는 그가 서구시형에서 많은 영향을 받았음을 말해주는 것이다. 그가 이를 새로운 시조 형식의 질서 하에 위치시킴으로써 변증법적인 지양을 달성하고 있음은 주목할 일이다. 종장 확장형에 속하는 작품은 비교적 많은 편이다. 「촛불」, 「밀도를 준다」, 「돌팔매」, 「흐려진 달」, 「묘」, 「매화송」, 「풍우」, 「궁시」, 「사비수」 등이 있다.

네가 비밀한 장막 드리우고
꽃과 같은 규방속에서
내 여인이여! 너는 네가슴에다
무슨 허무의 심사를 그리는가?

깊고 그윽하고 범할 수 없는
무구(無垢)한 사원(寺院)속으로 너는 지니니라.
영원의 달(月), 프룬 모이와
스란속에 네 아리따운 열매를……

오오, 규녀! 감초인 옥석!
후원에 핀 난꽃 한떨기여!
네 숨은은 탄하기 어려워라

네몸은 익어 타는 듯 하여도
네 혼은 깊은 뜰 안에 있어
지샘이 가져오는 숲들을 헤매게 하누나.

——「규녀」

ㄷ) 중첩형

중첩형은 총 6연의 시가 1~3연, 4~6연으로 구분되고 이는 마치 시조 두 수가 병렬되어 하나의 작품을 형성한 것과 같은 형식을 취한다고 할 수 있다.

안압지 거친 둑에
가을 바람 소슬한데
먼 객이 와 거니노라.

선도산(仙桃山)에 지는 해는
우련 붉은 데
쑥밭 같은 갈대 속에

물새가 우노라.
나를 듯 선 임해전(臨海殿)아
네 어니 빈 다락만
찬들에 서 있는다.

안압지 깊은 물은
천추의 묵은 전설의
돌과 함께 풀었에라.

따에 떨어진 은하수야
잊어진 옛 궁지(宮池)야
어느해, 임이 너를 건늬더냐.

수멸수멸 수미는
물거울에
맑은 찬 달이 빠져
객이 보며 머뭇노라.

——「안압지」

이 시는 1, 2, 3연이 의미상 완벽한 시조 한 수를 이루고 있고, 4, 5, 6연 역시 마찬가지다. 그렇다면 이 작품은 마치 두 편의 시조가, 하나의 주제로 수렴되어 한 편의 작품을 완성한 형식을 취한 셈이다. 그러나 자유로운 형식을 추구하기 때문에 이를 굳이 연시조의 형식으로 유형화하지 않고 중첩형으로 규정하였다. 작품 「종(鐘)」역시 이 유형에 속한다.

나라이 망하면
종도 우지 않던가.

네가 한갓
지나는 손의 시름을
이끄는
기인한 보물이 되었을 뿐.

꿍하고 네가 울면
신라산천 사백주가
한데 엎드려
대응도 하였으리.

나라이 망하면
종도 우지 않던가
오오, 묵묵한 종이여!

가을날 단청이 떨어지는
옛 정 소슬 추녀에
구름이 돈다.

울어라. 종 울어 보렴.
네가 큰 소리를 내어
또 한 번 천지를
뒤흔들어 보렴……

——「종」

이상에서 살핀 것처럼 석초는 전대의 텍스트를 새롭게 독서하여 기존의 정형적인 형식으로부터 탈피하여 새로운 형식과 의미를 창출하려고 노력했다. 물론 이와 같이 시의 양식을 유형화하는 것은 자의적이고 무모하기까지 할 수 있으나, 이러한 시도를 통해서 그의 실험 정신을 확인하는 자리가 됐으면 한다. 비록 기존의 텍스트가 갖는 언어체계나 관습적 양식을 해체하여 새롭게 재구성하는 이상적인 창조행위 Creative activity 라고 하기에는 미흡하지만 시도 자체는 긍정적이라 하겠다. 석초의 경우 이것은 양식적 측면은 물론이고 소재적 측면까지 이어졌다.

1.2. 소재[28]의 차원

슬프다, 찬 달이여!
연기 낀 서라벌의
옛 하늘로, 헛되이,
네, 먼 꿈을 보내는가.

아스라한 날과 달이
흘러가고 또, 와도,

네—
인간의 어지러운 풍파를
긑이지는 못할넨가.
어느 초월한 악공이 있어,
널 부러, 홍량(弘亮)한 소리를 내여,
창해에 담뿍 어린 구름을
깨끗이 쓸지는 못하는가.
멸한 나라, 옛 빈 터전에,
남은 찬 달과 연기,
오오, 애달픈 침묵의
적이여!……

——「적」

「적」은 제목 그대로 전통악기인 '적(笛)'을 소재로 한 것이다. '적'이라는 악기가 토해내는 애련한 선율을 신라 패망의 상실감으로 연계시켜 비애를 고조시킨 작품이다. 적이라는 악기는 한국인의 애절한 정서를 환기하여 비극적 정조를 불러일으키는데 적절하게 활용된다. 상실감은 영탄적, 회고적인 언어사용이나 운율에 있지 않고 적이라는 악기가 내포하는 상징적 의미에 있다. 악기의 내포적 의미가 보다 크게 작용해서 작품은

28) 여기서는 한국적 대상을 소재로 수용한 경우만을 다룬다. 외국의 경우는 발레리를 다룰 때 언급하기로 한다.

전체적으로 우울하다.

그런데 이 시와 유사한 주제의 작품군을 이루는 「서라벌 단장」의 시편들은 대개 전통적인 소재를 채택하여, 작품의 주제를 영탄적으로 읊조리므로 이 유형에 속한다고 하겠다. 다만 아쉬운 것은 정형성이 강해서 전통적인 소재를 활용하여 어떻게 주제의식을 강화하고 있는가를 살펴보기에는 다소 미흡하다는 것이다.

「처용은 말한다」처럼 확실한 본보기를 보여주는 작품은 사실 드물다. 말 그대로 소재의 창조적 계승이라고 할 수 있기 때문이다. 1장에서 작품을 분석할 때 거론한 것처럼 그는 전통적으로 내려오던 처용의 이미지를 현대적인 인간 처용으로 새롭게 해석하였다. 동해 용왕의 아들이며 벽사진경으로서의 신적 처용이 아니라, 사랑하는 여성을 빼앗기고, 일상에 찌든 현대의 소시민적 나약성을 드러내는 인간으로 새롭게 창출했던 것이다.

이렇게 석초는 양식이나 소재면에서 전통을 새롭게 해석하는 탐구정신을 끊임없이 보여주었다. 그의 철저한 노력은 형식과 내용 면에서 완벽한 조화를 이룬 「바라춤」에서 절정을 이룬다. 이 작품은 불교적 소재와 이미지를 효과적으로 구사하고 향가나 고려가요, 시조 양식을 시의적절하게 채택함으로써 전통적 요소가 주제를 전달하는데 어떻게 기여하는가를 가장 확실하게 보여준다. 즉, 그는 생래적으로 각인된 동양사상을 기반으로 전통적 소재를 현재화하고 양식적 변화를 실험함으로써 전통의 창의적 가치를 모색하였다고 하겠다.

이상에서 정사한 것처럼 석초는 전대의 전통적 요소를 외면하지 않고 적극적으로 수용하여 주체적인 해석화를 끊임없이 모색하였다. 그런데 전통을 창조적으로 계승하려는 이러한 노력은 서양사상의 주체적 해석이라는 또 하나의 축과 함께 논의되어져야 한다.

2. 서구사상의 영향과 수용

2.1. 발레리의 이입

프랑스 상징파 시의 이입은 1916년 6월《신문계(新文界)》와, 같은 해 9월《학지광》에 발표된 백대진의「20세기초두구주대문학가(二十世紀初頭歐洲大文學家)를 추억(追憶)홈」, 그리고 억생(億生)의「요구와 회한」에서 비롯된다.29) 그후 1918年 간행된 김억의「석류(石榴) Les grenades」가 이하윤의 번역으로《동방평론(東方評論)》에(1932. 7. 1)에 최초로 소개된 후,30) 이종길 번역으로「꿀벌 labeille」이《순문예(純文藝)》창간호(1939. 8. 1)에 실린다.31)

시가 아니라 시인, 그중에서도 발레리에 관한 최초의 언급은 이생(李生)이「해외문단소개」란(《시원(詩苑)》(1935. 4. 1))을 통해 엘리아르Paul Eluard, 발레리Paul Valery, 브레통Andre Breton 등을 간략히 두 페이지에 걸쳐 소개하고 언급했으며, 이후 김문집에 의해 본격적으로 소개된다.32)

이후 신석초가 신문지상에 발레리에 관한 글을 심층적으로 발표하기 시작했다.33) 전술했던 것처럼 석초는 법정대 철학과 수학 중인 1932년 경부터 발레리의 글을 탐독해 왔고 가정교사를 두면서까지 불어 공부를

---

29) 김학동,『한국근대시의 비교문학적 연구』(일조각, 1981) p. 20
이밖에 프랑스문학과 한국문학과의 비교문학적인 것에 관한 것은 김학동,『한국문학의 비교문학적 연구』(일조각, 1972)와, 김학동『비교문학론』(새문사, 1997)을 참조할 것.
30) 김병철,『한국 근대번역문학사연구』(을유문학사, 1988) p.733
31) ＿＿＿, 윗책, p. 734
32)《동아일보》(1938. 2. 18~2. 20)에「현대의식의 권화 폴·바레리-백서와 위기와 그의 미래성」이란 글을 발표하면서부터 본격화된다는 것이다.(김병철,『한국근대서양문학 이입사 연구(下)』(을유문화사, 1982) p. 428 참조. 그런데 한 가지 의문은 필자의 조사로는 김문집의 연재는 2회로 그쳤는데 김병철은 3회 연재로 기술하고 있다는 것이다.)
33) 신석초,「바레리 학사의 〈테스트氏〉 고(考)」,《조선일보》(1938. 11. 9)

할 정도로[34] 불어실력도 수준급이었다. 신문 이외에도 「바레리-바리에테II」(《인문평론》 (1940.2.1)), 「바레리-연구단편」(《문장》 (1941.4)) 등의 글을 통해서 당시 발레리에 관한 그의 이해의 폭이 어느 정도인지 가늠케 한다.

더구나 석초에게 불어를 개인지도 했던 잔느 시게노부인은 발레리와 당시 어깨를 겨루던 거장 폴·클로델과 일본에서 만나 친분을 나누고 있었다는 구체적 사실[35]을 참고할 때 발레리에 대한 석초의 관심의 폭과 강도가 어느 정도였는지 짐작할 수 있다.

이처럼 석초는 1930년대 초부터 발레리에게 강하게 경도되었고, 자신의 작품이나 시평 등에서 발레리가 자신에 끼친 영향의 정도를 지속적으로 언급하고 있어서 주목된다.

2.2. 역시(譯詩)와 그 영향

석초는 발레리의 작품을 번역하지 않았지만 발레리의 시와 산문에 대한 탐독은 대단했었다. 밝힌 것처럼 발레리에 대한 경사는 시를 창작할 때에도 많은 영향을 끼쳤는데 다음의 작품들에서 영향의 일단을 엿볼 수 있다.

부론드의 꿀벌이여!
그대 촉이 그처럼 가늘고 치명적이고 여하하든지
나는 나의 정다은 꽃바구니우에
오로지 레―스와 같은 꿈만을 던지다.

「사랑」이 소멸하였는지 혹은 잠드른 가슴의 아름다운 유방을 쏘라
내 자신의 살찌고 반역적인 육체에
붉은 빛 다소간 나타나도록

---

34) 신석초, 「불계일인(佛系日人) 「시게노」 여사」《신동아》 (1968.5) p. 296
35) ______, 윗글, p. 296

나는 예민한 고통을 원한다.
강하고 잘 완성된 고통을
잠드론 고뇌보다 한 층 더 낫지않은가!

황금같히 귀중한 이 최후의 자극으로 빚어진 내감각이여!
이것없이는 「사랑」은 소멸하든지 깊이 잠드리라!

—— 「꿀벌(密蜂)」[36] (이종길역)

넘치는 너희 알들에 이기지 못해
방긋 벌어진 단단한 석류들아
자신의 발견들로 터질 듯 빛나는
숭고한 이마들을 나는 보는 듯!
오, 방긋 입 벌린 석류들아,
너희가 당해낼 나날의 해가,
자존심에 시달린 너희 더러
루비 간막이들을 찢게 했더라도,

또 메마른 금빛 껍질이
그 어떤 힘의 요구에 따라
과즙의 빨간 보석들로 터진다 하더라도,

이 눈부시게 빛나는 파열은
내가 전에 지녔던 하나의 넋더러
제은밀한 얼개를 꿈꾸게 하는구나.

—— 「석류들⑨」 (박은수역)

녯적에는 자(紫)초소호금(胡琴)의 엽헤서

36) 1939년 이종길이 번역한 이 작품은 박은수(『발레리시전집』(民音社, 1987))나 김현(『발레리』(혜원출판사, 1987))과는 많은 차이가 발견된다. 그나마 「꿀벌」은 초기번역의 수준을 가늠할 자료라도 있어서 최근의 번역과 비교도 해 볼 수 있지만 「석류」는 자료를 구할 수도 없어서 현재의 번역과 당시의 번역을 대조할 수 없는 형편이다. 그러나 「꿀벌」로 유추해 볼 때 그때와 지금의 번역이 많이 달랐을 것으로 추측된다.

지금에는 청사(靑紗)가린 들장밋헤
소백(素白)의 은반(銀盤)에 담어서
오랜 열망 뒤 밀도열매를
네 아담스러운 우슴에 주거니

익어서 터지려는 항아의 열매!
그래도 자기 숨길일내
열분 비단의 잔디로 싸어서
유방에 붉은 은밀한 끝이
애써 지난날의 근심을 깨우려나
오! 아미(娥媚)한 여인이여!
미감(媚感)으로서만 감춘 이 감로로써
반쯤 버러저서 꽃닢과도 같은
네 입술은 물들게 하여라

있는 듯 마는 듯
이 과육의 이슬이 사러지는 동안
붉어서 구든 황금 씨알이
내가 사준 영혼의 밀유를 꿈꾸게 하노나
——「밀도를 준다」(《신조선》(1935. 12))

익어 터지려는 이 밀도열매!
오오랜 열망이 와서 어린
항아의 담을 반에 놓아서
네 아담한 웃음에 주거니
그래도 제 몸 숨김일래
엷은 비단의 잔털로 싸어서
유방의 붉은 은밀한 끝이
애써 지난 날의 근심을 깨우려나

오오 아나(娥娜)한 여인이여!
매혹으로서만 감춘 단 이슬로
반쯤 벌어져서 꽃잎과도 같은

네 입술을 물들게 하여라

있는 듯 마는 듯
이 과육의 이슬이 사라지는 동안
붉어서 굳은 황금 씨알이
내가 가진 영혼의 밀우를 꿈꾸게 하는다
——「밀도를 준다」(시집『바라춤』에 수록)

「밀도를 준다」의 개작문제는 문제삼지 않더라도 석초의 시는 발레리의 시와 비교해 볼 때 발상법이 유사하다. 특히 발레리의 「석류」가 이미 1932년도에 번역 발표되었다는 사실에서 그 영향관계를 추청해 볼 수 있다. 위의 작품 외에도 석초의 작품 중에서 여성을 화자로 하여 관능적 이미지를 노래한 많은 작품이 발레리의 시편들과 유사하다는 사실 역시 간과할 수 없다.

하나의 예를 들어보자. 편의상 앞에서 분석한 「낙와의 부」, 「비취단장」과 발레리의 「해변의 묘지 le Cimetiere Marin」를 언뜻 비교해 봐도 「비취단장」에서의 '절'과 「해변의 묘지」에서의 '사원(寺院)', '밤'에서 '새벽'으로의 시간이동, 「낙와의 부」에서의 '파편'과 「해변의 묘지」에서의 '대지의 파편', '폐허' 속의 묘지 등이나, 그외 여러 시어나 발상법에서 유사성을 발견할 수 있다. 이외에도 발레리의 「나르시스 단장」에서의 거울 모티프와 석초의 「화장」, 「바라춤」에서의 거울 모티프의 상사성 등 헤아릴 수가 없이 많이 발견된다.[37]

---

37) 자세한 것은 발레리의 시 「나르시스는 말한다」, 「해변의 묘지」, 「젊은 운명의 여신」, 「나르시스 단장」 등을 특히 참조.

2.3. 대립과 지양

2.3.1. 석초와 발레리의 조건

이처럼 신석초는 발레리의 시작 태도와 명료한 지성에 매료되었고 발상법에서 크게 영향 받았다. 특히 그는 카프에 회의를 느끼고 사상적으로 방황할 무렵 강하게 발레리에게 경사되었다. '전통과 진보에 대한 태도'38), '역사와 현실에 대한 자세'39), '동양적인 일면'40), '매력있는 언어의 결정체'41) 등에 큰 영향을 받았다고 자주 고백했다. 그는 발레리를 정확하게 파악하고 주체적으로 수용하고 있었던 것이다. 발레리는 서양인이고, 자신은 동양인이었기에 동화된다는 것은 상상할 수도 없는 일이라고 거듭 밝힌 것도 주체적 수용과 무관하지 않다.

때문에 석초와 발레리와의 영향관계는 단순히 영향이나 수용의 문제가 아니라, 석초가 발레리를 어떤 식으로 해체하여 자신의 창조적 독서행위로 새롭게 재구성했는가를 밝히는 것에 있다. 이것이 두 사람 사이의 영향관계를 논하는 관건이다.

발레리는 19C 후반에서 20C 전반을 관통하는 격변기의 중심에 존재했다.42) 아인슈타인의 상대성이론이 발표되었고, 정치적으로 두 번의 전쟁을 앓았으며, 문화적으로 서구문화중심주의가 서서히 붕괴하던 시기였다. 전쟁은 그의 시작에 크나큰 영향을 미쳤고 발레리는 격랑처럼 몰아친 시대의 조류에 민감하게 반응했다.43)

정치적, 문화적, 사상적으로 혼란스럽고 불안정한 시기가 계속되었다.

---

38) 신석초, 「발레리와 나」《현대문학》(1968. 4) P. 27

39) _____, 윗글 P. 27

40) _____, 윗글 p. 27

41) _____, 윗글 p. 27

42) 김현, 「문학의 보편성과 특수성-발레리의 경우」, 『현대프랑스문학을 찾아서』(홍성사, 1978) p. 160

43) 이병애, 「폴 발레리의 시세계-차거로운 개성의 풍요로운 시」, 『발레리의 시집』, 김현 역(혜원 출판사, 1987)p. 23

발레리는 유럽중심주의의 문화와 사상이 몰락하는 것을 통탄했다. 그는 서구지성의 절대성을 포기하지 않고 오히려 더욱 더 강렬하게 밀고 나가는 보수성을 보여 주었다. 발레리가 자유시를 제작하면서도 가장 고전적인 전통의 규율에 순응하여44) 사물들의 무질서와 모순을 강력한 질서로 정립코자 했던 것도 이러한 이유 때문이었다. 그는 인위적인 규칙과 제약에서 발견되는 우연적이고 비합리적인 요소를 제거하고 견고한 지성의 도움을 받아 창조적인 상태로 나아가자고 호소했다.45)

발레리에 의하면 시인이란, 지속적인 회의과정을 통해 원초적이고 근원적인 삶에까지 역류하여 인간의 생각 속에 숨겨진 '우리 자신의 실재'를 발견하려고 애쓰는 사람이다.46) 그리하여 발레리는 말레르브가 산문을 보행으로, 시를 무용에 비유한 사실을 인용하여 산문은 목적을 지향하지만 운문은 자신의 목표를 포함하고 있는 행위체계이며, 설령 그것이 어떤 것을 추구한다 해도, 그것은 어떤 관념적 목표, 하나의 상태, 관능적 쾌락, 꽃의 환영, 혹은 어떤 황홀경, 삶의 극한 상태, 존재의 최고지점일 것이라고 강조했다.47)

발레리는, 시는 사용된 후에도 사라지지 않으며 잿더미 속에서도 다시 태어나 조금 전의 자신으로 무한히 돌아가도록 창조되어 있고, 이것에 근거하여 우리는 시의 형식 속에서 재생을 지향할 수밖에 없다고 하였다. 이때 시는 우리의 영혼에게 있는 그대로의 자신을 재구성하라고 부추키는 예술이라고 정의했다. 시적 형식은 자동적 automatiquement으로 자신의 본성을 회복시킬 수 있는 예술 양식인 것이다.48)

발레리가 우연적인 산물들의 혼돈에 질서를 부여함으로써 예술의 창조적 의미를 가능케 하는 지적 능력인 지성의 훈련을 강조한 것도 이와 무

---

44) Marcel Raymond, *De Boudelaie au surealism*, Paris, Libraivie Josecorti, 1963, 김화영 역(문학과 지성사, 1983) p. 200
45) ________________, 같은 책, p. 231
46) ________________, 같은 책, p. 202
47) Paul Valery, *Oeuveres Complétes*, Gallimard, 1960, 심재상 역, 정현종 외편, 『시의 이해』 (민음사, 1983) p. 241
48) __________, 윗글, p. 243

관하지 않다.49) 그는 영감을 믿지 않았고 이성에 의한 창작으로 시적 감동을 불러 일으켜야 한다고 주장했다.50) 우연적인 영감이란 것은 꿈과 같기 때문에 그것은 지성에 의하여 질서잡혀야만 한다. 그런데 문제는 언어에 대한 불신이었다. 언어는 마치 자신이 여기 존재하는 것처럼 믿게 만들고, 그 자체의 실용성, 혹은 습관성 때문에 정확히 말을 하려면 할수록 모호해 질 뿐, 시가 "추구하는 음악의 상태는 절대로 될 수 없다고 생각"했기 때문이다.51)

발레리는 음악적인 연속이 결코 훼손되지 않는 '순수시'는 절대 존재하지 않는다고 주장했다. 언어의 실제적이고 실용적인 부분, 논리적인 형태, 관습, 그리고 불합리성은 '절대시'의 창조를 불가능하게 만드는 요인이다.52) 완성된 시작품은 존재치 않으며 단지 끊임없는 의식의 명료함, 끊임없이 제작하는 시정신만이 존재할 뿐이다. 비록 순수시의 세계는 완전하게 도달할 수 없는 목표지만, 가장 이상적인 세계이며, 음악적인 세계라고 거듭 강조했다.53)

그의 시관(詩觀)을 가장 잘 알 수 있게 하는 작품은 「젊은 운명의 여신」이라는 512행의 장시이다. 발레리는 1917년 알베트 모켈레게 보낸 편지에서 이 시의 제작동기와 과정을 자세히 밝히고 있어서 흥미롭다. 편지에 의하면 원래 이 시는 30~40행으로 제작될 예정이었다. 그런데 당시 발발한 전쟁으로 자신이 정신적 자유를 상실했다고 판단했으며, 시를 통해

---

49) Jubith Ryan, Creative *Subjectivity in Rilke and Valery,* Comparative LiteratureXXV-1(Univ. of Oregon, 1973) p. 2

50) 박은수(1987) pp. 232~233
발레리는 말리르메에 관한 편지에서 어떤 최면상태에서 아름다운 걸작을 창조하기보다 철저히 의식하고 온전히 맑은 정신으로 시를 쓰는 것이 낫다고 하였다.
박은수의 번역은 앙드레 라갸르드 & 로랑미샤르 「폴 발레리-생애와 그의 詩學」. 발레리 전집 4, 'Poesis'

51) 김현, 「폴 발레리의 시와 방법」, 『현대프랑스문학을 찾아서』(홍성사, 1978) pp. 173~174

52) 김현(1978) p. 174
박은수(1987) pp. 231~232

53) 이병애(1987) p. 26

서 정신의 회복이 가능하다고 인식하게 됐다는 것이다. 오랜기간 시작에 몰두했고 마침내 제작한 작품이 「젊은 운명의 여신」이다. 시를 창작하는 가장 중요한 요인은 이처럼 명징한 사유와 이성에 의한 휴머니즘의 발현이다. 발레리는 시를 사적 법률로 생각하고 고전적인 형식을 띤 지적 탐구의 일환으로 간주했다. 이러한 현상은 비록 그가 자신의 조국을 위해 싸우지 못할 바에야 적어도 모국어를 보존하겠다는 확신에서 취해진 조처였다.54)

이렇게 발레리는 서구지성을 대표하는 데카르트적 지성의 힘을 믿고 의식의 절대성을 추구하는 외로운 작업에 몰두했다. 그에게 시란, 정신의 단련을 시험하는 하나의 방법이었으며, 수학은 그런 정신의 가능성을 고양시키는 추상화된 사유였던 것이다.55)

발레리가 추상, 구상의 이원적 기질의 소유자라는 것, 구상의 모티프는 과학에의 집념에서 찾아진다고 이해한 것은 따라서 당연한 현상이다. 과학(수학)에 대한 발레리의 집념은 곧 추상화를 의미하며 구상에의 의지는 사고의 건축을 통해 나타나고, 이는 서구의 전통적인 기하학에 결부된다. 추상과 구상의 변증법적인 지양을 논한 것은 이 때문이다. 이런 까닭에 추상의 구상화는 문명으로 이해될 수 있으며, 유토피아의 의망문제(意望問題)라는 측면에서 발레리를 해석학적 방법으로 접근한 연구자도 발견된다.56)

이것은 이병애가, "절대적 권태, 투명한 허무감의 늪에서 빠져 나오려 할 때 그를 잡아준 것은 희랍건축의 양식이었고, 전쟁으로 정신의 자유를 잃었을 때, 자신을 지탱한 것은 고전적인 시의 규칙에 자신을 묶으면서였다."57)면서 명징한 이성을 통한 발레리의시의 제작과 자기확신을 주목한

---

54) 박은수(1987) pp. 23~24
김현(1978) pp. 182~183

55) 김현(1978) p. 161

56) 김현곤, 「P. Valery의 구상에의 의지-그 건축에 대한 해석학적 시론」 불어불문학 연구 7집(한국 불어불문학회, 1972) pp. 33~60

57) 이병애(1987) p. 25

것도 이와 무관하지 않다.

이상을 통해서 석초가 발레리에게 경도되었었던 이유가 상당부분 밝혀졌으리라 판단된다. 발레리를 책으로 접했을 때, 석초는 지식과 사상의 혼란 속에서 의지할 것 없이 부유하고 있었다. 발레리 역시 자신처럼 지식과 사상에 대해 고민하고 방황했다. 그리고 열악한 시대적 상황에서 지적인 회의와 실천을 서로 고민했다는 것에서 동질성을 느꼈던 것이다.[58] 석초와 발레리가 처한 상황과 그 유사점을 정리하면 다음 같다.

첫째, 시대적 상황에 대처하는 방법이다. 발레리가 몰락하는 유럽정신을 안타까와 하고 희랍의 기하학적 세계로 빠져 들어갔듯이 석초 역시 일제의 식민정책에 의해 학살당한 우리의 정신을 회복하기 위해 조선의 고전주의로 몰입해 갔던 것이다. 열악했던 시대적 상황을 슬기롭게 대처하는 발레리의 태도에서 하나의 본보기를 배울 수 있었다고 했던 석초의 회고는 이러한 억압적인 시대적 배경과 무관하지 않다.[59]

둘째, 문학적 분위기와 교류에 관한 것이다. 발레리가 앙드레 지드와 스테판 말라르메를 만나 시와 문화적 유산을 논했던 것처럼 석초 역시 이육사와 정인보를 만나 조선얼을 시적으로 형상화하고 상실된 문화적 자존심을 치유코자 했다.

셋째, 전통적인 것의 현대적 수용이다. 발레리가 전통적인 고전양식에 심취하여 우연적이고 모순된 것을 지성의 힘을 통해 질서를 잡아갔듯이 석초 역시 전통적인 사상과 소재 그리고 형식적 질서에 민감하게 반응했다. 그가 과도한 감정의 유출을 지적인 '중화'를 통해 격에 맞추려고 했던 것,[60] 즉, 시가 우연에서 산출된다고 해도 시인의 잠재적인 경향, 습성, 시대정신이라는 잠재적인 매카니즘과 지성이 결합될 때 온전한 시가 창작된다고 하여 작가의 정신과 기법에 의한 시의 산출을 논한 것[61]은 좋

---

58) 신석초, 「발레리와 유럽정신」 《예술논문집》 (1962. 12) pp. 18~28
59) ______, 「시문학에 대한 잡고」 《예술논문집》 (1972. 9) p. 11
60) ______, 「멋說」 《문장》 (1941. 9) p. 11
61) ______, 「우연에서 산출」 《현대문학》 (1964. 9) pp. 46~47

은 예이다

넷째, 시적 형상화에 관한 것이다. 발레리가 인간의 실존적 문제, 즉 삶과 죽음, 자아와 우주, 정신과 육체, 현상과 실체들의 철학적, 추상적인 문제들을 추상적인 관념으로서가 아니라 생생하고 구체적인 현실의 이미지로 감각적으로 형상화한 것처럼[62] 석초 역시 생의 근원적인 문제를 감각적, 관능적으로 표현하여 생의 구경(究竟)를 노래했다.

이외에도 발레리와 석초가 끊임없는 개작과정을 통해 절대시의 완성에 도달하려 노력한 점[63], 발레리가 섬광처럼 운율의식을 느낀 것처럼[64] 석초 역시 「바라춤」을 창작하면서 고시조의 운율이 잠재의식처럼 잠복해 있다가 자신도 모르게 솟구쳐 나왔다는 것[65], 발레리와 석초의 작품에서 등장하는 유사한 이미지[66] 등이 발레리에 대한 석초의 경사가 어느 정도인지 말해준다.

그러나 석초는 발레리를 단순히 모방적으로 수용한 것은 아니다. 그는 발레리의 시작 태도와 발상법에 영향을 받고 이를 한국적인 체험으로 소화하고자 노력했다. 그는 발레리를 주체적으로 수용한 것이다. 그가 전통적인 시의 운율이나, 소재 그리고 사상을 적극적으로 수용하면서도 이를 현대적인 의미로 창조적으로 계승한 것처럼 발레리의 영향도 동양적으로 새롭게 해석하여 소화했던 것이다.

---

62) 이병애(1987) p. 18

63) 신석초, 전집 2 p. 249

64) 김현(1978) p.173
이병애(1987) p.26

65) 「바라춤」을, "어느 곳에서든 문득 내가 암송하였던 고시조가 잠재의식과도 같이 떠올라서 그대로 옮겨 쓴 것이 더러 있다"고 특별히 부연 설명한 것은 이를 잘 말해준다.(『바라춤』 ((통문관, 1959, p. 16))

66) 김현,(1978) pp. 175~176
"의식과 관능적인 육체의 대립은 발레리가 자주 사용하는 이미지에서까지 작용하고 있다. 의식의 명료함을 나타내주는 이미지로 발레리는 자주 새벽, 바다, 샘, 천사 등을 사용하고 관능의 이미지로 뱀, 나무 등을 사용" 등을 지적하는 것은 석초가 발레리로부터 상당한 영향을 받았음을 시사하는 것이다.

2.3.2. 대립과 지양

발레리의 명석한 지성, 순수하고도 진실한 태도 등은 시인으로서의 한 귀감이었다. 그러나 석초는 그를 좋아할수록 그로부터 뛰쳐나오도록 애써 왔으며, 생래적으로 자신은 동양의 전통사상에 심취했고, 발레리는 서양의 전통사상에 몰입했기에 일치할 수도 없다고 주장했다. 발레리나 노장사상으로부터 자신이 배운 것은 무애(無碍)의 사상이고 독백의 사상이며 창조의 사상일 뿐, 궁극에 있어서 한 작가의 작품은 그의 경험과 지식의 총화라고 주장하였다.[67]

석초는, 자신은 전통의 세례를 받고 태어난 후 서구시와 서구사상을 접하고 다시 향가와 고려가사, 시조 등을 섭렵함으로써 정신적 패턴은 동양적인 것과 서양적인 것이 혼합물의 상태로 존재한다고 하였다.[68] 이처럼 그는 발레리의 명석한 지성과 태도에 영향을 받은 것이지 무비판적으로 추종만 한 것은 아니다. 석초와 발레리가 근본적으로 다를 수밖에 없는 것은 석초도 누누히 얘기했지만 발레리는 지독히 서구적이었고 자신은 동양의 전통사상에 누구보다도 강하게 이끌려 왔다는 것에서 기인한다.

이것은 발레리가 동양적인 무상의 감정과 우주적 합일의 감정을 공유하고 있었음에도 끊임없는 회의과정을 통해 그때마다 새로운 부정을 통해 다시 출발점에 서는 것-이는 발레리가 시의 가치를 완성된 시보다 이상적인 작품을 위해 끊임없이 개작해 가는 과정에 둔것과 같다-에 비해 석초는 지난한 정신의 탐구과정을 통해 마침내는 해탈의 경지에 도달하려고 노력한 차이이기도 하다.[69]

---

67) 신석초, 「시문학에 대한 잡고」 pp. 11~12
68) ＿＿＿, 「나의 시의 정신과 방법」 《문학사상》 (1975. 5) pp. 279~280
69) 이병애(1987) pp. 26~28
이외에도 김열규의 글((1983) p. 52), "이런 면에서 동양인의 〈보리〉며 〈열반〉 그리고 〈도〉는 특이한 것이라고 융의 학통을 이은 프란쯔(Marie-Louise von Franz) 교수는 지적하고 있다. 그것은 각기 개성적 차이가 있기는 해도 필경, 〈두 가닥의 움직임〉이 하나의 〈합일을 향한 움직임〉을 마무리 짓는 결과 있기 때문이다."고 한 지적 역시 대립의 상황을 종합해내는 동양적 사고를 말하는 것이다.

발레리가 서구의 기하학에 바탕을 둔 추상의 구상화를 지향할 때, 석초가 「유파리노스 송가」를 창작하여 마찬가지로 추상에의 구상을 시도해 보지만 만족하지 못한 것과도 연관이 있다. 석초의 경우, 희랍의 가하학에 토대를 둔 과학정신이 아니기 때문에 시각적인 공간화보다는 줄곧 사유를 통한 내면적인 시적 공간화를 지향할 수밖에 없었던 것이다.

김현곤은 발레리의 추상에 대한 구상에의 의지는 전통적 문화나 문명에만 경도된 것이고, 그의 건축 역시 기성 문화권에 속했던 전통을 재인식하는 차원에만 머물렀기에 미래에 다가올 현대문명에 적극적으로 대응하지 못하고 회고주의적 태도에 머물렀다고 지적했다. 즉, 그의 감성은 고전의 문, 즉 과거로 향하는 문만을 열었을 뿐, 미래로 통하는 문은 굳게 닫아버리고 있었다는 것이다.[70]

이러한 역사의식은 발레리의 대표작 「젊은 운명의 여신」을 통해 잘 확인할 수 있다. 명백히 이 시는 화자가 침대에서 바다로 향하는 공간의 확대와, 밤에서 새벽으로 긍정적인 시간의 추이를 나타내고 있으나, 시적 화자의 명료한 의식은 오히려 관능적 이미지인 육체와 대립하여 상반된 성격의 회의와 반성만을 보여준다는 점에서 의식의 궤적만을 보여 줄 뿐이다.[71] 이에 비해서 석초의 「바라춤」에 등장하는 시적 화자는 끊임없는 회의와 좌절에 봉착하지만 끝내는 새롭게 재생의 의욕을 불태운다. 「바라춤」의 여성화자가 부세(浮世)로 재편입되는 한 편의 극적인 드라마를 연출하는 것은 이 때문이다. 이는 불교적 세계관과 관계있다고 하겠다.

또한 석초는 대립되는 것을 지양하여 변증법적인 종합을 보인 반면에, 발레리는 상반되는 대상을 대립상태에 위치시키고 하나의 선택만을 강요하는 이원적 사고를 보인다는 점에서 차이가 발견된다. 발레리가 추상적인 관념을 구체적이고 현실적 이미지로 형상화하면서도, 현실 속에선 오히려 참다운 것을 발견치 못하는 아이러니에 빠진 것은 이 때문이다. 이는 순수한 정신을 찬양하면서도 그 정신과 대립하는 것을 부정하는 도식

70) 김현곤(1972) pp. 33~60
71) 김은자(1978) pp. 122~124

주의에서 기인한 것이다.[72] 이는 정신의 명징성이 아니라 정신의 불모상태에 다름아니다.[73]

이에 반해서 석초는 대립적 관계를 지양한 변증법적인 종합을 통해 창조적인 이미지로 창출하는데 성공했다. 발레리가 이원적 사고체계를 유지한 반면 석초는 대립을 지양하여 해탈을 통한 우주질서의 차원으로까지 확대될 수 있었음은 이 때문이다.[74] 이러한 차이는 두 시인이 처한 시대적・문화적 배경의 상이에서 찾을 수 있을 것이다.

1930년을 전후하여 유럽에서는 유럽중심주의적 관점을 견지하려는 사조가 유행했다. 전통적으로 문화의 중심이었던 유럽이 미국과 소련의 거대한 용트림에 불안을 느끼고, 전통의 쇠퇴를 심각하게 자각하고 반성하는 움직임이 일었는데, 그것이 유럽중심주의적 역사관이었다. 유럽의 지성인들은 이성과 지성을 표방하고 자국의 문화를 옹호하기에 주력했다[75] 때문에 발레리의 지성은 나찌 수용소의 비인간적인 횡포나, 후진국의 피해는 애써 외면했다 오로지 유럽중심주의적 사관에 입각하여 서구 중산층을 대변했을 뿐이다.[76]

발레리가 제1차 세계대전 당시의 어려운 상황을 극복하기 위한 대안으로 언어 존중의사를 피력하면서 「젊은 운명의 여신」을 창작했고, 1935년엔 파시즘에 대항하기 위해 「나의 파우스트」를 집필한 것은 유럽 중심적 문화의 위기에 대한 반응으로 이해되어야 한다.

이에 비해 석초는 일제 식민치하에서 침묵을 지켰다. 물론 발레리와

---

72) Marcel Raymlond,(1963) p. 215

73) ______________, 위의 책, p. 216

74) 김열규(1983) p. 52
"신화 속에는 이같은 〈두조각의 움직임〉 내지 〈두가닥 내는 움직임〉을 다시 하나로 합일하는 움직임이 있게 된다. 그러나 이 두 가닥의 움직임과 합일하는 움직임은 결코 단선적이 아니다. 그것은 고리를 이루면서 순환한다. 융은 이것을 신화가 지닌 〈심리적힘;Psychic energy〉이라 부르고 있다. 양분론 대립의 통합이 신화의 기능"이라는 이와 같은 견해는 석초의 시가 갖는 신화적이고 우주적인 성향을 상기시킨다.

75) 김윤식(1973) pp. 203~213

76) 김현(1978) pp. 161~162

석초가 처한 상황은 분명 다르다. 그럼에도 불구하고 극한상황을 대처하는 두 지성의 태도는 흥미롭다. 석초는 실천적 투쟁보다는 무너져 내리는 조선의 정신을 시로써 형상화하는 쪽을 택했다. 발레리가 전쟁 중에 끊임없는 시작행위를 통해서 위기상황에 맞서는 즉각적인 행동을 취한 반면 석초는 행동하기보다 시를 통해서 추락하는 정신적 가치의 회복에 비중을 두고 있었다. 그러나 그들 모두 문화적인 행동을 취했다는 점에서 동일하다고 하겠다.

이런 여러 차이에도 불구하고 석초는 서구의 시형식과 소재를 주체적으로 소화하는데 성공했다고 할 수 있다. 양식적인 측면에서 살피자면, 영시의 소네트에 의한 '4-4-3-3'의 주제와 전개, 그리고 이를 시조의 유형(주석적 재현 중의 '원형의 변이형')적 질서로 다양하게 변주함으로써 전통과 이질이 빚어내는 묘한 관계를 변증법적으로 종합하여 새로운 양식으로 변모시켰던 것이다.

소재면에서 검토할 때도 마찬가지이다. 가령 석초는 외국의 신화소인 '프로메테우스'를 소재로 했지만 이를 한국적인 것으로 변용시켰다. 프로메테우스를 얽어 맨 쇠사슬을 유교적인 인습의 사슬 혹은 일제의 억압적 통치 상황과 체험으로 비유하여 변용시켰던 것이다. 사슬이 상징하고 있는 억압적 상황을, 강력한 생의 의지로 무너뜨리고 환희가 넘치는 자유로운 세계로 비상할 것을 염원할 수 있었던 것은 이 때문이다.

끝으로 시적 발상법과 상상력의 구조가 거의 흡사한 석초의 「바다에」와 발레리의 「버려진 포도주(잃어버린 술)」를 비교하면서 차이점을 살펴보자.

바다에 끝없는
물결 위으로
내, 돌팔매질을 하다
허무에 쏘는 화살셈 치고서.

돌알은 잠간

물연기를 일고
금빛으로 빛나다
그만 자취도 없이 사라지다.

오오, 바다여,
내 화살을
어디다 감추어 버렸나.
바다에
끝없는 물결은
그냥 가마득할 뿐,……
—— 「바다에」[77]

언젠가, 나 대양에서,
(어느 하늘 아랜지는 이제 모르나),
허무에 바치는 공물인양 조금의
값진 포도주를 쏟은 적 있다.……

누가 너의 허실(虛實)을 바랐으랴, 오, 리쾨에르여?
어쩌면 내가 점장이 말에 따랐던 건가?
아니면 못내 울적한 마음에 겨워,
피를 생각하며, 포도주를 따랐던 건가?

장미빛 물거품이 한 가닥 일고나서
티없이 깨끗한 바다는 또다시
여느때의 투명을 도로 찾고……

버려진 그 술, 취한 물결들!
나는 보았다. 쓰디쓴 대기 속에서
가장 깊은 명상들이 뛰어 오름을
—— 「버려진 포도주」[78]

---

77) 「바다에」는 『석초시집』에 수록된 「돌팔매」가 본래 발표작이다. 석초는 이 작품을 후에 개작하여 「바다에」(1965.12)라고 개제(改題)하였다.(오택근(1976), p. 31 참조)

일찍이 석초는, "「바다에」(처음 발표한 제명은 「돌팔매」이다—인용자 주)라는 이 시편도 전혀 발레리의 사상과 그의 방법에서 힌트를 얻었다고 해도 과언이 아니다. 광막한 바다에다 던져보는 한 알의 돌, 이것은 무엇이었을까. 그리고 이것이 가져온 것은 무엇이었던가. 다만 까마득한 바다의 물결 뿐 아무것도 없다.

한 알의 돌이 무한대의 공간에 던져진 사실 뿐이다. 여기에는 아무 것도 없다. 만약 어떠한 의미가 있다고 하면 이 '유무(無有)의 무(無)', '없는 것의 있는 것'이라고나 할 이 시는 발레리의 「잃어버린 술」에서 얻은 이미지의 재구성에 지나지 않는다"[79]라고 고백한 바 있다. 발레리 시의 이미지를 재구성했다는 언급은 발레리에 대한 그의 경사가 어느 정도인지 확인케 한다.

두 작품이 바다를 배경으로 한 것은 동일하다. 그런데 석초는 바다를 향해 '돌알'을 던지는데 비해, 발레리는 '포도주'를 쏟는 공간으로 설정했다는 것에서 차이가 있다. 따라서 발상법은 유사하나 주제의식은 차이가 있다고 하겠다. 발레리의 경우는 포도주가 내포하는 성서적 의미, 또는 포도주라는 액체가 대양에 용해되어 물로 환원되는 과정이 함축하는 상징적 의미가 중요했으나, 석초는 돌이라는 고체와 바다라는 액체, 그리고 미미한 돌의 존재와 거대한 대양의 상호 비교를 통해 존재의 의미를 찾고자 했다.

김은자는 발레리와 석초의 비교문학적 검토가 지금까지 단편적으로 이루어져 왔다고 지적하면서 「바라춤」과 발레리의 「젊은 파라크」를 세밀하게 분석하여 공통점과 이질점을 지적한 바 있다. 그 결과 두 시가 "비유나 공간, 시간, 작품효과의 측면에서 대체적인 공통점을 공유하고 있다"[80]고 분석했다. 작품을 세밀하게 분석하여 유사성을 밝힌 점은 분명 의미있는 작업이다.

---

78) 오택근(1976) p.33에서 재인용
79) 신석초, 『50인 자작시와 그 엣세이』(창문사,1965) p.72 (오택근, 위의 논문 p.31)
80) 김은자(1978) pp. 113~130

그런데 시적 형식이 유사하거나, 동일한 시행이 반복된다고 해서 석초가 발레리의 영향을 받았다는 것은 아니다. 그렇다면 그것은 단순한 모방의 차원에서 논해야 할 것이다. 중요한 것은 석초가 분명 발레리에게 영향을 받았으나 소네트 형식을 시조형으로 형질변경한 것처럼, 서구적 양식이나 소재를 한국적 체험과 양식으로 소화했기 때문에 언급할 가치가 있다고 판단된다.

석초는 발레리를 그대로 모방한 것이 아니라 자신의 개성과 문화와 맞게 적절히 변용시킬 줄 알았던 현대적 시인이면서 고전주의자라는 세틀 Thomas W. Settle의 말은 따라서 옳다.81) 이렇게 석초에게서 발견되는 서구와 동양의 변증법적인 종합은 서구적 감수성에 경도되었던 김기림의 지적 세련와는 구별되어야만 할 것이다. 여기서 석초가 갖는 문학사적인 의의와 성격을 찾을 수 있다.

Ⅲ. 결론

지금까지 전통의 지속과 새로운 해석이란 측면에서 석초시의 세계를 검토하였다. 이를 통해서 석초시의 문학사적 의의와 성격이 잘 드러났다고 판단된다. 작가는 전대의 작가나 문학적 관습, 표현방식, 기교 등에서 결코 자유로울 수 없다. 즉 시인은 '간시인interpoet'일 수밖에 없다는 것이다. 또한 작품 역시 '상호텍스트 성 interextuality'이 말해주듯 상호교섭한다. 석초도 전통적인 동양사상을 한 축으로, 발레리로 대표되는 서구사상을 또 한 축으로 하여 창작활동을 수행했다. 그 영향관계를 이번 연구에서 고찰한 것이다.

전통사상의 영향과 그것의 창의적 해석은 양식적인 측면과 소재적 차원에서 살폈다. 전자는 다시 모방적 재현, 병렬적 재현, 주석적 재현으로 유

81) Th. W. Settle(1972) pp. 101~106

형화했다. 모방적 재현은 세부적으로 향가 형식, 고려가요 형식, 민요 형식으로 또한 주석적 재현은 원형, 확장형, 중첩형 등으로 구분할 수 있었다. 물론 앞서 밝혔듯이 이러한 유형화는 무리가 있는 것이 사실이다. 그러나 자의적인 유형화를 고집한 것은 그의 형식적 실험성을 강조하고 싶었기 때문이다.

소재차원의 경우도 대표적인 작품 「처용은 말한다」에서 확인하듯 신적(神的)인 처용을 나약한 인간 처용으로 변모시켜 현대인의 소외와 불안을 부각하는 새로운 글쓰기를 시도하고 있었음을 확인할 수 있었다. 전통의 현대적 해석은 전대의 텍스트를 새로운 독서행위를 통해 어떻게 재구성했는가를 살핀다는 점에서 중요한 의미를 갖는다고 하겠다.

서양사상의 경우도 마찬가지다. 그는 발레리로부터 큰 영향을 받았다는 것을 에세이 뿐만 아니라 작품을 통해서 다양하게 표현하였다. 그러나 본질적인 차이를 나타낼 수밖에 없었기에 그는 발레리를 자신의 눈으로 해체하여 새롭게 재구성하였다. 이것 역시 양식적인 측면과 소재적인 측면에서 나타났다.

서구적 감수성을 세련된 지적 유희를 통해 선보인 김기림이나 고전의 세계로 함몰해 간 전통추수주의자들과 달리, 석초는 '동양/서양', '고전/현대'라는 전환기적 상황과 대립적 상황을 변증법적으로 종합하여 새로운 이미지로 창출했다. 이것이 1930년대 그의 시적 출발과 그 이후의 그의 시가 갖는 문학사적 의의와 성격이라고 하겠다.

제3부 문학론

제3부 문학론

Ⅰ. 카프의 활동과 탈퇴

신응식(申應植), 즉 신석초의 문학활동은 1930년대 중반 유인(唯仁)이란 필명을 사용하면서부터 본격화된다. 석초는 카프 내부에 창작 방법 논쟁을 야기시켰다는 점에서 비평사를 통해선 비교적 중요한 비중을 차지하고 있었다. 그럼에도 불구하고 이를 자세히 다룬 논문은 발견되지 않는다. 설사 이 사실을 언급하더라도 석초가 유인(唯仁)이라는 구체적 확인 없이 석초와 유인을 당연시 하고 있는 실정이다.

따라서 여기서는 가장 기본적인 물음을 제기하고 이를 해결해야 할 필요성을 느끼게 된다.

첫째, 과연 석초(石艸)는 유인(唯仁)이고, 유인은 신응식(申應植)인가.
둘째, 석초가 유인이라면, 카프 시기의 문학관과 그 이후작품에서 발견되는 문학적 상이(相異)는 어디서 기인하는가
셋째, 석초가 자신의 전기적 사실을 고의적으로 은폐한 이유는 무엇인가

이상의 근본적인 질문들이 해명되지 않고서는 작가연구는 요원하다.

유인이, 「문학창작의 고정화에 항하여」[1]를 발표한 때는 카프가 대내외적으로 홍역을 앓던 때였다. 「염군사(熖群社)」와 「파스큘라(PASKULA)」, 그리고 기타 동조자(임정재, 이종규, 박종화 등)들에 의해 발전적으로 통합된 카프[2]가 내부의 사정(군기(群旗)사건 등)과 일제의 탄압으로 크나큰 위기에 직면한 시기였던 것이다.[3] 더군다나 1931년 9월 제1차 검거는 신석초도 개입된 사건이라는 점에서 그 중요성을 더한다.

---

1) 《조선중앙일보》 1931. 12. 1~12. 8연재

2) 카프 결성에 관한 사항은 아래의 글 참조
박영희, 「현대한국문학사」《사상계》 (1959. 1~1959. 4 연재)
박영희, 「초창기의 문단측면사」《현대문학》 (1960. 3~1960. 4 연재)
김기진, 「한국문단 측면사」《사상계》 (1959. 12)pp. 196~206
권영민, 「카프의 조직과정과 그 배경」, 『한국 민족문화론 연구』(민음사, 1988) pp. 208~250
김윤식, 『한국근대문예비평사연구』(일지사, 1986) pp. 30~40

3) 당시의 군기사건은 카프 내부에 심각한 물의를 일으켰었다. 곧 이어지는 카프 제1차 검거와 맞물리면서 내부 분열의 위기로 비화될 조짐을 보였던 것이다.
박영희, 「초창기의 문단측면사」《현대문학》 (1960. 3) pp. 222~228
조선프로예맹 중앙위원회 서기국, 「예맹분규과 카프성명」《조선일보》 (1931. 4. 28)
박태원 역, 「하리코프에 열린 혁명작가 회의」《동아일보》 (1931. 5. 6)
권 환, 「하리코프 대회 성과에 조선 프로예술가가 얻은 교훈」〈동아일보〉 (1931. 5. 14)
김용길, 「반 카프 음모 급(及) 「군기」에 관련된 문제」《이러타》 (1931. 10.)
안좌우, 「31년 조선 프로 예술 운동」《동광》 (1931. 12)
임 화, 「1931년간의 카프 예술운동의 정황」《조선중앙일보》 (1931. 12. 17 ~ 12. 13)
송 영, 「1931년의 조선문단 개관-회고와 비판」《조선일보》 (1931. 2. 16 ~ 12. 17)
이현린, 「「카프」분규에 대한 대중적 견해」《시대공론》 2호 (1932. 1)
현 인, 「프롤레타리아 예술운동-금작의 회고와 전망」《시대공론》 2호 (1932. 1)
——, 「예술운동의전망—프로예맹을 중심하여」《비판》 (1932.1)
홍효민, 「조선프롤레타리아 문화연맹에의 결성 방략-현단계적 필연성을 논함」《삼천리》 (1932. 2)
특히 홍효민은 당시의 조선프로예술운동을 사적(史的)으로 개관한 뒤, 당면한 위기를 타개하기 위해서는 조선프로레타리아 예술동맹을 해산하고 각유(各有)의 부문으로 돌아가 〈작가동맹〉 · 〈시인동맹〉 등을 조직하여 결국은 〈조선프롤레타리아문화연맹〉 으로 확대개편할 것을 주장했다.

카프 제1차 검거의 직접적인 원인 몇 가지를 지적하면 다음 같다. 첫째, 박영희가 신간회의 경성지부 해소위원이 된 것, 둘째, 동경서 발간된 기관지 「무산자(無産者)」를 안막이 몰래 들여와서 배포한 것, 셋째, 영화 「지하촌(地下村)」의 제작을 시도한 것, 끝으로 프로연맹이 연극활동을 위해 〈신건설사(新建設社)〉를 발족시켜 운영한 것 등이 그것이다. 여기서 우리는 영화 「지하촌」의 상영을 주도한 사람으로 강호, 임화, 신응식 등이 관련되어 있음을 확인하게 된다.4)

안막은 유인이 카프에서 활동한 맹원 중의 한 사람이었음을 가장 구체적으로 드러내주는 글을 남기고 있어 흥미를 더한다.5) 안막의 글을 통해서 비로소 문헌상으로 유인이 카프의 맹원, 즉 카프 서기국의 책임자로 활동했다는 사실을 확인할 수 있기 때문이다. 그런데 문제는 유인(唯仁)과 신응식(申應植)과의 관계이다. 유인은 과연 신응식인가? 이러한 의문점은 송영과 박영희의 글을 통해 동일인임을 확인할 수 있다.6)

신응식, 곧 석초가 유인일 것으로 예상은 했으면서도 혼동한 이유의 하나는, 석초가 신응식이란 본명을 사용하여 「싸베트文學의 새로운 과제」(《문학건설》 창간호(1932年 12月))라는 글을 발표했기 때문이다. 이전의 평론과는 약간 성격을 달리하는 글을 본명으로 사용했다는 사실이,

---

4) 백철 (1949) p. 182
김윤식 (1986) p. 43
박영희 「초창기 문단 측면사」《현대문학》(1960. 3) p. 228
김기진, 「나의 회고록」《세대》(1965. 4) pp. 202~203

5) 안 막, 「조선프롤레타리아 예술운동약사」《사상월보》(1932. 1)
안막은 조선 플로레타리아 예술운동사를 다음처럼 3기로 구분한다.
제1기(1925-1927) 카프의 창립에서 방향전환론의 제창까지, 방향전환 이전이다.
제2기(1927-1930) 1927년 방향전환 제창부터 1930년 4월 카프 조직확대까지
제3기(1930. 4이후) 1930년 4월 카프의 조직확대 그 이후
그는 제3기에 해당하는 조직확대기의 조직표를 아래와 같이 제시하였다. 이미 2기에 접어들면서 카프 조직원이 수 백 명을 초과했다. 다음의 조직표를 통해서 우리는 신석초가 서기국 책임자로서, 그리고 연극부원으로서 활동한 카프의 맹원이었음을 확인하게 된다.
〈도표〉

신응식과 유인을 동일인물로 간주하기 어렵게 했던 것이다. 동일인이라면 민감한 사안에 대한 자신의 입장을 하나는 본명으로 그 외의 것은 필명으로 발표할 수 있을까 하는 의문이 들었던 것이다. 또 하나, 《별곤건(別乾坤)》에 글을 발표한 '석초생(石初生)'과 어떤 관계가 있는지 불분명했기 때문이었다.[7] 석초 역시 첫 시는 '석초(石初)'라는 필명을 사용하여 발표하기 때문이다.

몇 가지 의문은 구체적인 문헌을 통해서 비로소 해결되었다. 이제 우

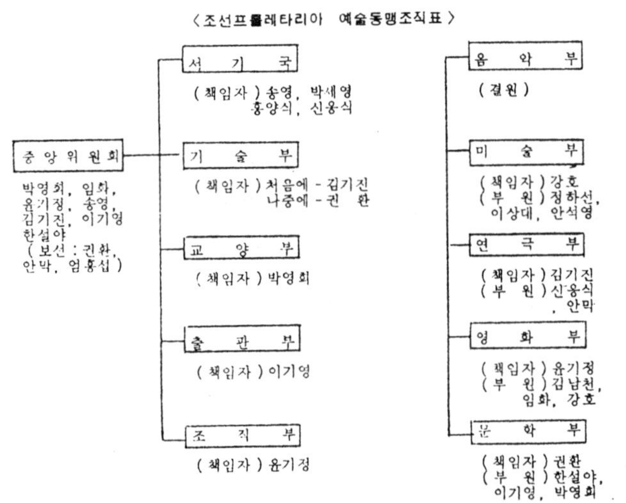

6) 송 영, 「1932년 창작의 실천방법」〈중앙일보〉(1932. 1. 3~1. 16)
"이론적으로는 유인 신석초군의 논문'이란 부분이 보인다.
박영희, 「현대한국문학사」《사상계》(1959. 4) p. 312
박영희의 글에서도 "신응식(석초) 발표한" 등의 구절이 발견된다.

7) '석초생(石初生)'이란 필명을 사용한 사람이 신석초(앞서 언급한 것처럼 1935년 《신조선》에 '석초(石初)'라는 필명으로 처음으로 시를 발표했다.) 외에도 《별건곤》에 1927년 8월 「경쾌한 풍자 '연애 공산주의'」와, 이후 같은 잡지 1930년 1월호에 「얼골도 모르는 연애」를 발표한 작가가 있다. 그런데 「얼골도 모르는 연애」를 쓴 작가는 후기에, "엇던 젊은 친구의 가지고 잇는 것장도 없는 책 속에 이렇게 길고도 자미잇는 사실이 적혀 잇기에 긔자인 나(석초생(石初生))는 그대로 이 잡지에 옮겨서 소개한 것이다" 라고 한 바 있다. 1927년이면 그가 신병으로 제일고보를 중퇴할 때이고 그 뒤 1929년은 그가 일본 유학길을 떠난 이후여서 《별곤건》의 기자로 활동한 석초생과 시인 석초는 다른 인물임을 확인할 수 있다.

리는 신응식, 곧 신석초가 유인이란 필명을 사용하여 카프의 맹원으로 활동했음을 확인하게 되었다. 더구나 그가 발표한 글은 카프 내부에서 일었던 창작방법에 관한 논쟁의 한 부분을 담당했기에 이를 계기로 그의 문학관을 살펴볼 수 있는 기회를 얻게 된다.

1. 유물변증법적 창작방법과 세계관

석초는 1930년대 초의 문학현실을 다음처럼 파악했다.

> 사실, 우리들의 문학적 완전히 개념화하고 예속화하고 고정화하고(중략) 「표면의 공허한 포말」로 떠잇다.(중략) 모다 구속된 것가티 동일한 유형 가운데 칩거되여잇고 현실을 호도하는 공식적 비속기계론과 형이상학적 왜곡된 주관이 그것들을 지배하고 잇다.[8)]

그는 작금의 문학이, 자각한 인테리겐챠의 급진성에서 기인한 관념적 산물에 불과하고 극히 개념적이고 주관적인 것에서 연유한다고 파악했다. 지금까지 예술의 '푸로파칸다'를 옹호한 정책은 오히려 실천을 방해할 뿐이라고 주장했다. 이런 까닭에 지금은 '과학적 방법에 의한 생명있는 프로레타리아 예술문학을 건설할 것이 요구'되는 시기라고 못박았다.[9)] 이를 위해서 개념적이거나 추상적인 이론으로부터 과감하게 탈피해야 할 것을 주장하며 구체적인 대안으로 유물변증법적 창작방법을 제안했다.[10)]

---

8) 유 인, 「문학창작의 고정화에 항하여」《중앙일보》(1931. 12. 1)
9) ______, 윗 글(1931. 12. 2)
10) 석초는 일본의 中野重治의 논문을 예로 들면서 문학은 '부르-문학'과 '프로-문학' 양계열이 있는 것이 아니라 문학은 곧 프로문학일 뿐이라고 주장한다. 그리고 '유물변증법적 예술'의 건설을 위해 다음의 3가지 요소를 강조했다.
① 우리들을 앙양시키는 허억(虛億)의 길을 가지 않고 용서없는 현실에서 '일체의 가면을 벡기는 길'을 간다.
② '우관성(偶觀性)의 반점(斑點)'의 밑에서 현실의 객관적 변증법을 해명할 수 있을 것
③ 「녯것」가운데서의 「새로운 것」의 탄생, 「새로운 것」의 「녯것」에 대한 승리를

신석초는 예술이란, 결코 추상화된 정치적 슬로건도 아니며 절대로 노동대중과 유리된 채 창작될 수 없다고 설파했다. 그러나 문단은 오히려 그것과는 반대 방향으로 나아가고 있었다. 이글에서 그는 대중과 유리되어 도식화하는 문학의 실태를 구체적으로 지적했다. 예를 들면, 권환은 사회 현상을 노동대중의 눈이 아니라 작가의 주관적이고 낭만적 시각으로 현실을 인식할 뿐이며, 한설야는 노동계급의 구체적 생활에 대한 인식은 결여된 채 그들에 대한 연민만을 강조하고(「공장지대」), 임화는 아직도 고귀한 문학을 신봉할 뿐이며, 송욱은 농민의 계급적, 경제적 관계를 간파하지 못하고 주관적 정열의 슬로간만을 무모한 정열로 토해내며, 이기영은 노동대중도 계급도 없이 다만 변장술을 지닌 영웅만을 그렸을 뿐(「이중국적자(二重國籍者)」)이라고 비판한 것이 그것이다.

그는 파제에프의 견해를 수용하여 위에서 비판한 작가들이 대체로 낭만주의적이고 추상적인 경향에 매몰되어 있다고 비난했다. 프로 예술가는 현실을 신비화하거나 영웅적인 인격을 내세우며 허위의 길을 가면 안될 뿐만 아니라 '사물의 가장 표면적인 외부적 가시성'으로부터 청결한 생활의 제광경을 파악하는 인물이어야 한다고 주장했다. 계속하여,

> 멧번이라도 되푸리한다면 유물변증법은 현상을 그 구체적 복잡성, 다양성에서 취급하고 그 가운데서 그 모든 현상을 인도하는 근본적 경향을 발견하며 그리고 될 수 있는데 까지 일체의 연관과 모순을 고구하여 부단한 실천의 기준에 의하여 그것을 확증할 것[11]

을 주장하였다. 그가 결론적으로 내세우는 유물변증법적 창작방법은 ① 노동계급과 함께 생활하면서 ②문학과 실천과의 긴밀한 관계를 통해 정치적 현실을 구체적으로 형상화하고 ③유물사관의 철저한 인식 하에 ④ 부르조아 예술을 비판적으로 계승하는 것을 말한다.[12]

표현하는 것.

11) 유 인, 윗 글(1931. 12. 7)

12) 석초는 이론과 실천의 변증법적 극복을 도모하지 못하고 실천이 없는 기계적이고

요컨대 그는 프로계급 출신이 아니면 프로작가가 될 수 없다는 주장이다. 그러나 당에 속하지 않고서는 진정한 예술작품을 생산할 수 없다는 좌익적 성향에는 반대한다. 이것 역시 문학의 공식화에 불과하다는 것이다. 그러나 그는 이처럼 좌편향적 실태를 비판만 하는 것은 아니다. 그가 백철의 「해조음」을 비판한 것은 우편향적인 작품에도 메스를 가한 것이기 때문이다. 그러므로 그는 도식적 좌편향과 순응적인 우편향 모두를 부정한 셈이다.

이후 그는 재차 유물변증법적 창작방법의 필요성을 주장한다.13) 이 글은 이전의 주장을 보다 심화한 것이다. 그는 변증법적 리얼리즘은 극복해야 할 대상이며 다시금 우리 문학은 "유물변증법의 ×(당-인용자 주)파성의 우에 서지 않으면 안된다"고 주장했다. 그는 여기서 작가의 세계관이 모든 것에 선행한다고 주장하며 한설야의 「변증법적 사실주의의 길」, 백철의 「변증법적 창작방법」 그리고 임화의 「탁류에 항하여」를 예로 들어 공격했다.

> 여러 사람들은 아직도 세계관과 방법을 기계론적으로 분열하는 낡은 사상에 서서 다만 슬로건을 여러 가지로 정식화할 뿐이고 그리고 그것을 비상히 비속화할 뿐이고 어떻게 하여 어떠한 특수한 방법을 가지고 우리들의 과제를 실현할 수 있는가 하는 문제에 대하여는 아무런 해답도 없는 것같이 보인다.

그는 이들이 아직도 세계관과 창작방법을 기계론적으로 분열시키는 낡은 사상에 기반하여 추상적인 문제를 제기하는데 그쳤고 이로 인해 문학이 고정화된다고 비판했다. 즉, 석초는 계급적 인식에 대한 불철저한 사

개념화일 뿐인 슬로간적 문학은 배격했다. 그러나 석초의 주장은 변증법적 리얼리즘을 이론적으로 체계화하지 못했을 뿐만 아니라 안막의 「프로예술의 형식문제-프로레타리아 리아리즘의 길로」《조선지광》(1930. 3)나, 김기진의 「변증법적 사실주의-양식문제에 대한 초고」(《동아일보》(1929. 2. 25~3. 7 연재))를 크게 탈피하지 못했다는 비판을 받았다.
장사선, 『한국리얼리즘 문학론』(새문사, 1988) pp. 136~137

13) 유 인, 「예술적 방법의 정당한 이해를 위하여」《신계단》(1932.10)

유가 현재의 문학을 고정화시키고 관념화시킬 뿐이라고 주장한 것이다. 특히 그는 임화의 '사회적 사실주의'를 날카롭게 비판하면서 작가는 객관적 현실의 현상만을 볼 것이 아니라 현상의 배후에 가려진 본질의 세계를 실천적 사유를 통해 구명할 것을 촉구했다.14)

사유는 직관보다 깊고 바르고 완전하게 현실을 반영한다.15) 즉, 현상의 배후에 놓여진 본질을 파악해 내는 힘이라고 할 수 있다. 이는 객관적 현실을 있는 그대로 파악하고 그 내부에 흐르는 어떤 법칙이나 경향을 제시하고 그것을 과학적으로 인식하는 것과는 달리, 예술적인 형상화를 통해 역사발전의 필연성을 인식하는 방법이다. 그리하여 석초는 변증법적 유물론의 세계관을 "현재의 시대의 인류의 ××(계급-인용자 주) 투쟁이 가져온 모든 것 가운데서 가장 본질적인 적극적인 문학의 테마로" 규정할 것을 강조했다.

신석초가 이 글을 통해 주장한 것은 문학의 예술적 형상화에 관한 것이다. 그가 과학과 예술이 분리된 채 결코 대립하는 것이 아니라고 거듭 강조한 것도 이 때문이다. "예술가는 일정한 관념의 광휘 가운데서 사취(捨取)한 모든 현상, 직관에서 우연적인 것을 버리고 고유한 것을 선택하여 일정한 과학적 개념의 원조에 의하여 그것을 정리하고 통일하고 그리고 재현한다"는 주장은 이를 잘 말해주는 것이다.

이것은 사회과학이 사회적 현실에 대한 개념적 인식이며 예술은 사회

---

14) 임 화, 「탁류에 항하여」《조선지광》(1929. 8)
이 글에서 언급되는 사회적 사실주의는 명확한 개념규정에 의한 것은 아니다. 임화 자신도 본문에서도 "팔봉은 이 말을 변증적 사실주의 인용하였고 그러나 어떠한 의미로든 '적당한 명칭'이며 여기서는 더 일반적이고 구체성이 있는 사회적 사실주의"로서 부르겠다고 명백히 밝히고 있기 때문이다. 석초도 '프로레타리아 레아리즘'을 '사회적 사실주의', '변증법적 사실주의'라고 부명(付名)할 수 있다고 하였다. 이러한 사실로 미루어 볼 때 이 때의 '사회적 사실주의'는 1932년 4월 소련 공산당의 문학단체개편에 대한 결의나, 동년 10월 거론되어 소련에서 1934년 8월 '제1차 전소련작가 대회'에서 발표된 '사회주의 리얼리즘'과는 다른 개념임을 확인하게 된다.

15) 소련과학아카데미 편, 『마르크스레닌주의 미학의 기초이론II』 신승엽 외 옮김(일월서각, 1988) p.110

적 현실에 대한 형상적 인식인 것을 말하는 것과 같다.[16] 그는 주장하기를, "예술과 과학의 내부연관-그것은 물론 내용에 관해서도 양자 사이의 차이를 제거하는 것은 아니다-은 그 어느 것이든 객관적 현실을 인식하는 도구라는 점에 있다"[17]고 했다. 따라서 예술가는 생활의 제법칙에 따라 자신의 생각을 형상조직 속에서 재현하는 것이다. 그리고 그것에 의해 예술가는 철학적 결론에 접근해 간다. 어쨌든 철학은 과학적 지식의 일분야인 것이다.[18]

이외에도 그는 문학은 단순한 선전이나 선동 팜플렛이 아니며 정치 경제를 그대로 보도하는 것과 같은 논문이나 기사는 더욱 아니라고 보았다. 문학은 예술적 창조물이며 예술적 형상으로서만 존재하는 것이다. 문학은 분노하고 투쟁하는 기능도 있으나 이것이 전부가 아니라는 것이다. 현실이 부단히 운동하고 발전하는 것처럼 문학은 발전하고 변화하는 현실을 예술적인 형상화를 통해 드러내야 하는 것이다.

2. 카프 내부의 논쟁과 그 양상

이상의 글을 통해서 신석초는 변증법적 리얼리즘의 일회성, 도식성, 고정화를 비판하고, 새로운 유물변증법적 예술의 창작방법을 통해 예술적 형상에 관한 인식의 문제를 강조했다. 이 과정에서 카프 내부에 창작방법논쟁을 촉발시켰고 곧 다음의 글들을 통해 비판받았다.

석초의 글에 즉각적인 반응을 보인 것은 이기영이었다.[19] 그는 석초의 처음 글을 문제삼으면서 창작 방법이 현재 중요한 문제임에는 틀림없으나 유인의 '반동적 작품타박적 비평'은 아무런 도움이 되지 않으며 이는 단지 '기교에만 치중'하는 작품만을 낳을 뿐이라고 비난했다. 그러나 이기

---

16) 이동면, 『リアリズム論入門』 (東京:理論社 1969) 이현석 역(세계, 1987) p.23
17) 소련과학 아카데미편, 『마르크스레닌주의 미학의 기초이론 I』 신승엽 외 옮김(일월서각, 1988) p.292
18) 소련과학 아카데미, 윗책 p. 293
19) 이기영 「문예시감」 《중앙일보》 (1931. 12. 14)

영의 글은 객관적, 과학적인 설득력을 결여한 다분히 심정적인 차원에서의 논박했다는 점에서 한계가 있다.

임화[20]는 카프 내부의 위기 상황을 "우리들이 특별한 새로운 기도와 전향이 없이는 우리들이 운동의 우익화한 일화견주의(日和見主義)와 그에 대한 조정적(調停的) 경향에 이끌리어 구할 수 없는 파멸과 패배의 와중으로 미끄러지"[21]게 될지 모른다는 절박감으로 묘사하면서 신석초가 우익적인 경향을 지녔다고 비난했다. 임화는 "문학상에 표시된 일체의 관념적 도식주의와 좌익적 일탈의 위험과 싸우며 사물에 대한 정확한 인식으로부터 출발하여 현시의 계급××(투쟁-인용자)의 전체적 다양성, 일층 복잡화하고 있는 계급관계와 그와 연관되는 모든 현상을 관철하고 있는 법칙을 발견"[22]하고 이를 구체적으로 표현할 것을 주장했다.

임화는 관념적 도식주의, 좌익적 일탈을 초래한 인물로 석초를 지칭하고 호되게 비판했다. 임화는 다시금 모든 현상과 사건을 프롤레타리아 전위의 눈으로 보아야 한다며 강하게 사회적 사실주의를 강조했다. 프로문학의 독자성과 당파성을 강조하는 볼세비키즘적 주장은 물론, 프롤레타리아 리얼리즘의 당위성 역시 재차 강조한 것이다.

송영은 1931년의 창작이, "리얼리즘에 입각치 못했고 유물변증법적 예술적 방법을 파악치"못했다고 비판하며 그것은 결국 작품 속에 계급적인 분석이 제대로 표출되지 않았기 때문에 나타난 결과라고 주장했다.[23] 그는 자신의 작품 「오수향(吳水香)」의 결점까지 정직하게 폭로하면서 유물론의 관점에서 현실을 파악하고, 현실 속에서 살아있는 인간의 모습을 그려내는 리얼리즘 방식으로서의 예술적 형식을 강조했다.[24] 그는 비교적 신석초의 견해를 수용하면서 유물론에 입각한 리얼리즘 창작방법을

---

20) 임 화, 「1932년을 당하여 조선 문학운동의 신단계-카프 작가의 주요 위험에 대하여」(《중앙일보》 1932. 1. 1~1. 28 연재)
21) ______, 윗글 (1932. 1. 1)
22) ______, 윗 글(1932.1.28)
23) 송 영, 「1932년의 창작의 실천방법」(《중앙일보》 1932. 1. 3~1. 16)
24) ______, 윗 글(1932. 1. 7)

거론한 것이 특징이다.

한설야는 변증법적 척도로서 현실의 내재적, 필연적, 역사적 노선을 있는 그대로 봐야 한다고 역설하면서도[25] 계급문학은 언제나 그 주제의 강화에 전력을 기울여야 하고, 소위 기교 편승주의를 버려야 한다고 주장하며[26] 석초를 공격했다.

백철은 소련과 독일 그리고 일본의 프롤레타리아 문단에서도 유물변증법적 창작문제가 중요한 문제로 대두되고 있음을 지적[27]하고 우리의 경우 작품은 늘 정당하고 명확한 계급적 분석 위에서 창작되어야 한다고 강조했다. 그는 계급적 분석의 방법으로, ①프롤레타리아적 관점에서 계급투쟁을 파악하고 ②계급적 관점은 광범한 대중생활에서 취재해야 하며 ③인간은 일정한 계급적 조건에 제약된 산인간으로 묘사할 것이며 ④ 대중생활이 구체적으로 작품 속에 있어야 할 것을 제안했다.

이상의 계급 분석의 바탕 위에 비로소 작품이 창작된다고 하며 「카프시인집」은 정당한 계급분석이 달성되지 않았다고 비판했다. 그러면서 백철은 유물변증법적 창작방법 문제를 실천적으로 체득하기 위해서는 개인적 차원의 침묵적 행동을 지양하고 조직적 행동을 통한 합목적성을 인식해야 한다고 강변[28]하며 내부 분열을 초래한 석초를 강하게 비판했다.

박태석은 전술한 글보다 체계적으로 석초를 강력하게 비판하고 있어서 주목된다.[29] 그는 석초가 범한 오류로 다음의 3가지를 제시했다.

첫째, 유인은 유물변증법적 창작방법을 그대로 밀수입했음.

둘째, 조선에 있어서의 우리들의 운동을 구체적, 역사적으로 파악하지 못했음.

---

25) 한설야, 「변증법적 사실주의의 기로」(《중앙일보》 1932. 1. 3~1. 16)

26) _____, 윗글(1932. 1. 19)

27) 백 철, 「창작방법문제-계급적 분석과 시의 창작문제」《조선일보》(1932. 3. 6~3. 20)

28) _____, 윗글(1932. 3. 20)

29) 박태석, 「창작방법의 기운」《문학건설》(1932. 12) pp. 45~51

셋째, 한 개를 부정하려다 다른 것까지 부정하게 되었음.

박태석은 석초의 첫 번째 오류가 파제예프가 레닌그라드 푸로레타리아 작가총회에서 한 연설 「유물변증법에 입각하는 예술을 위하여」를 신석초가 기계적으로 밀수입한 것에서 온다고 주장했다. 더구나 그것마저도 석초가 제대로 소화시키지 못했다고 비난했다. 그 구체적인 예로 석초가 주장한, '문학은 예술적 형상의 한 시스템'[30]은, '예술작품은 보편적 관념에 의하여 결합된 제현상의 한 시스템'[31]이라는 파제예프의 글을 잘못 인용했다고 지적한다.

그러나 박태석은 독자들의 현명한 판단을 핑계삼아 이 부분에 대해서 더 이상의 논의를 진행시키지 못해서 유감이다. 더구나 석초의 글에서 한 부분만을 확대 해석하여 비난했다는 비판에서 자유롭지 못하다. 즉, 석초의 두 번째 논문 말미에 보면 석초가 과학과 예술을 구별하면서 "과학은 제관념의 규정의 위에 건설되는 것이며 예술은 제현상의 표현 위에 창성되는 것이다."[32] 라고 분명하게 밝히고 있기 때문이다.

석초의 두 번째 오류는 석초가 주장하는 문학의 고정화라는 것이 세계관의 부족이거나, 변증법적 유물론의 편향에서 기인하는 것이 아닌데도 불구하고 석초가 이를 당연시 했다는 것에서 문제가 발생한다고 했다. 박태석은 석초가 '사실의 반분(半分)'만을 보았으며, 설령 석초의 견해가 타당하다고 해도 그것은 석초가 작가적 실천이 아닌 철학적 연구만을 내세우는 추상적 이론에 빠져있다고 공격했다. 박태석 역시 대부분의 비판자들처럼 조직의 분열을 조장하는 관념적 도식주의에 석초가 매몰되었다고 비판한 것이다.[33]

박태석이 하나를 부정하려다 다른 것까지 부정하게 되었다며 석초의

---

30) 박태석, 윗글 p.48
31) ______, 윗글 p.48
32) 유 인, 「예술적 방법의 정당한 이해를 위하여」《신계단》(1932. 10) p.44
33) 제1차 검거는 1931년 2월부터 8월까지 70명이 검거된 사건을 말한다. 김남천, 고경흠 등은 유죄판결, 나머지는 불기소되었다.

세 번째 오류를 지적한 것은, 석초가 임화의 「탁류에 항하여」를 '관념에 찬 레아리즘'이라고 비난한 것을 논박하기 위해서다.[34] 박태석은 석초가 리얼리즘의 비판적 흐름을 간과하고 있다고 비판했다. 그러나 이는 박태석이 다소 성급했다. 석초는 두 번째 논문에서 "인류의 긴 역사가 가져온 사상적 문화적 제유산을 우리들이 그것을 비판적 실천적으로 연마할 것을 기달리고 있다"면서 리얼리즘의 비판적 전개를 언급했을 뿐만 아니라, 이전의 논문에서도 "유물변증법적 예술의 건설은 선진제국의 많은 동지들의 문학작품은 물론 일체의 부르조아지의 문학에서의 기술적 섭취와 한께 열성있는 창작 메솟트의 연구의 결과에서만 수행되는 것"이라고 분명하게 밝힌 바 있기 때문이다.

박태석은 석초의 글을 체계적으로 비판한 본격적인 글이긴 하나 카프의 내부분열을 조장할 위험성에 지나치게 민감해 있었던 것 같다. 따라서 석초의 글을 흥분상태에서 독파한 것 같다. 구체적 증거보다 감성적 대응으로 일관했다는 느낌을 주는 것은 이 때문이다.

이후 추백萩白(안막(安漠))이 자신의 논리를 정당화할 목적으로 석초의 글을 인용한 바 있다.[35] 안막은, 비교적 실천적 효과를 갖다 준 것으로 생각되는 논문으로 석초의 「예술적 방법의 정당한 이해를 위하여」를

---

34) 임화는 「탁류에 항하여」에서 '사회적 사실주의'가 속학자배(俗學者輩)의 관념적 분석처럼 단순히 내용과 형식에 관한 단순한 분리가 아니라며, 내용과 형식의 분리를 주장한 김기진을 비판했다. 그는 내용의 우위에서 형식을 바라 본 것이다. 그러나 석초는 임화의 이러한 견해를 '기계적 결부'로 파악했다. 석초는 레닌의 반영론을 토대로 하는, 인식의 한형태로서의 문학을 주장했던 것이다. 임화의 공격적인 글을 시작으로, 카프의 주도권은 볼셰비키파화 한다.
이선영 외, 『한국근대문학 비평사 연구』 (세계, 1989) p. 337

35) 안막은 이미 변증법적 리얼리즘의 구체적 특징을 논의(「푸로예술의 형식문제-푸로레타리아리아리즘의 길로」 《조선지광》 (1930. 3~1930. 6))한 바 있다. 그런데 이 글은 일본의 장원유인의 논문을 많이 인용한 것이었다. 그후 사회주의의 리얼리즘을 이 땅에 본격적으로 소개하면서 추백(萩白)이라는 필명을 사용한 글(「창작방법의 재토의를 위하야」 《동아일보》 (1933. 11. 29~12. 17))에서, 자신이 이전에 변증법적 리얼리즘을 소개하면서 이를 무비판적이고 기계적으로 답습했다고 우회적으로 자기비판했다.

제시했다. 그러나 석초의 글은 파제예프의 기계적 섭취일 뿐이라고 비판하고 특히 '세계관=창작방법'을 주장한 석초의 창작 방법은 유물변증법에 얽힌 작가의 방법론이므로 사회주의 사실로써 이를 배격해야 한다고 비판했다.

안막은 세계관에 대한 리얼리즘의 승리[36]로 '발자크', '톨스토이'의 세계관과 창작방법 간의 관계를 거론하며 사회주의 리얼리즘을 적극 수용할 것을 강력하게 주장했던 것이다. 스스로 사회주의 리얼리즘의 본격적인 소개자로 자처했다. 이후의 비평계는 사회주의 리얼리즘을 수용하자는 적극적인 파와 거부하는 파, 그리고 절충적인 입장을 견지하는 중도파로 비평계가 구분되어 다양한 양상을 나타냈다.[37]

임화와 김남천의 「물」논쟁이 비평사에 중요하다는 것은 기지의 사실이지만, 임화가 김남천을 호되게 비판하면서 유인의 비평적 오류를 인용하고 있는 것은 잘 알려져 있지 않다. 즉 임화는 김남천의 작품 「물」이, 석초가 주장한 유물변증법적 창작방법에 의거하여 창작된 것이라고 비판함으로써 석초를 우회적으로 공격했던 것이다. 석초는 단순히 '공식적 계급투쟁으로부터 산인간을, 혁명적 투쟁 대신에 철학연구' 라는 슬로건을 내세운 것에 불과하다고 비난했다.

---

36) 이동면(1987) p. 48.
소련과학아카데미 편, 『마르크스 레닌주의 미학의 기초이론II』 이현석 역(일월서각, 1988) p. 39
역사문제연구소 문학연구모임, 『카프문학운동연구』(역사비평사, 1989) pp.89~90.
요컨대 발자크의 세계관은 정통왕당파와 봉건주였지만, 그의 작품은 귀족의 몰락과 부르조아의 발흥을 가차없이 생생하게 묘사했다. 이러한 현상을 '세계관에 대한 리얼리즘의 승리'라고 부른다.

37) 사회주의 리얼리즘이 한국에 소개되면서 벌어진 논쟁은 카프의 마지막 논쟁이었다. 카프는 점차 와해되기 시작했고, 위기를 감지한 맹원들은 창작방법 논쟁을 지속하면서 카프를 존속시키고자 노력했다. 자세한 것은 다음의 책들을 참고할 것
장사선(1988) pp. 147~169.
김윤식(1973) pp. 93~100
──, 『한국근대문학 사상사』 (한길사,1984) pp. 226~242
이선영 외(1989) pp. 368~369
역사문제연구소 문학연구모임(1989) pp. 100~110

임화는 김남천의 「물」에 등장하는 인물은 추상화된 인물들에 지나지 않는다면서 이는 유물변증법적 창작방법에 의해 빚어진 오류임을 간접적으로 내비쳤던 것이다.[38] 임화는 「물」에는 계급적 인간 대신에 '산인간'과 '구체적' 인간이 대치되었고 혁명적 운동 대신에 물에 대한 산인간의 욕망만이 그려져 있다고 비판한 것이다. 더구나 김남천은 '산인간'을 내세웠으나 그것에 실패했음은 물론, '구체적 인간'조차 그려내지 못했다고 공격했다.

이에 대해 김남천[39]은 즉각 반격했다. 즉 자신은 유인의 이론에 전혀 영향을 받지 않았으며 작품상의 우익적 편향은 작가의 실천 속에서만 찾아져야 한다고 임화의 글을 논박했다. 그는 임화가 작품을 평할 때 작품 자체에 주목하고 작품과 부절(不絶)한 관계에 있는 작가의 실천은 문제 삼지 않고 있다고 비판했다.

이에 임화는 실천이란 비록 개인적인 것이라 하더라도 역사적, 사회적으로 제약되며 또 문학이 표명하는 것은 경험주의적 의미에서의 실천이 아니라 그 시대의 사회계급의 실천이라면서 이는 계급투쟁의 실천과의 연관에서 파악되어져야 한다고 주장했다.[40] 김남천의 작품은 유인의 우익 일화견주의적 창작이론의 영향 하에 존재하여 유인의 창작방법이 갖는 도식주의, 문화주의로부터 자유롭지 않다고 역공했다.[41] 김남천과 임화의 논쟁은 직접적으로 유인과 논쟁을 벌인 것이 아니라 자신들의 견해를 입증하기 위한 논쟁 중에 석초의 글을 인용한 것이다. 석초에 대한 우회적인 비판이라는 점에서 색다른 면모를 보여준다.

박영희는 신석초와 함께 1933년 10월 7일 카프를 탈퇴하기 위해 탈

38) 임 화, 「유월 중의 창작」《조선일보》(1933. 7. 10)
39) 김남천, 「임화적 창작평과 자기 비판」《조선일보》(1933. 7. 29~8. 4)
40) 임 화, 「비평에 있어 작가와 그 실천의 문제」《동아일보》(1933. 12. 19~12. 21)
41) 김남천은 자신의 계급적 실천은 이미 수형생활을 통해 증명된 것이지만 임화는 그렇지 못하므로 실천의 선봉에 섰던 자신을 평가할 자격이 없다고 근본적인 문제를 제기한 것이다. 김남천은 작가적 실천을 주장한 것이고, 임화는 개인의 경험보다는 사회적 계급의 경험의 중요성을 강조한 것이다. 이들의 논쟁은 다분히 감정적이었다. (자세한 것은 김윤식의 책(『한국현대문학사론』(한샘, 1988) pp. 151~176, pp. 353~359 참조)

퇴서를 제출한다. 그러나 서기국이 이를 반려하므로 전향서를 대신 제출했다. 박영희는 전향하는 자신의 입장을 변명하려는 심사에서 「최근문예이론의 신전개와 그 경향」42)이란 글을 발표한다.43) 이 글에서 박영희는 위에 소개한 석초의 두 논문 외에 백철, 안막 등의 견해를 빌어서 자신의 입장을 정당화하려고 애썼다.44) 이 글은 임화와 김남천이 보인 논쟁과는 달리 자신의 입장을 변호하기 위해 석초의 글을 인용했다는 점에서 석초를 비난했던 글들과 명백히 구별된다.

이렇듯 전술한 논쟁은 ① 석초가 직접 관여한 경우, ② 비평가들의 논쟁 중에 예로 인용되어 비판당한 경우, ③ 자기변호를 위한 변론으로 석초의 논문이 채택된 경우로 요약된다. 이렇듯 석초의 논문은 당시 카프 내부에 세계관과 창작방법 간의 문제를 본격적으로 거론케 한 도화선이었다는 점에서 큰 의의를 갖는다고 하겠다.

3. 사유와 실천의 괴리

신석초는 카프 내부에 활발한 논쟁을 초래한 두 편의 글 이후에, 이와는 조금 성격을 달리하는 글45)을 발표한다. 이 글은 직전에 발표된 함대

---

42) 《동아일보》 (1934. 1. 2~1. 12)
43) 박영희의 전향에 관해선,
김윤식(1984) pp. 307~322
_____, 『근대한국문학연구』(일지사,1983) pp.244~252
_____, 『한국 근대사상 비판』(일지사, 1984) pp. 244~266
_____ (1973) pp. 35~38 pp. 164~175
임헌영, 홍정선 편 『한국근대 비평사의 쟁점』(홍성사, 1986) pp. 403~406
김용직, 『한국근대 문학의 사적 이해』(삼영사, 1982) pp. 248~275
44) 석초의 논문을 많은 부분 인용하면서 자신의 입장을 옹호한 부분에 관해선 다음의 글을 참조.
김윤식(1973) pp.164~175
김시태, 「한국프로 문학비평 연구-1920~1930년대를 중심으로」 동국대 박사논문(1977)p.95.
45) 신응식, 「싸베트문학의 새로운 과제」 《문학건설》 (1932. 12)

훈의 글[46]의 후편 격이다. 함대훈의 글이 1931년까지의 러시아 문학을 다룬 반면 석초의 글은 1932년 라프RAPF가 해산되고 새로운 사회주의 건설을 목적으로 하는 소비에트 문학이, 소비에트 작가동맹의 결정을 받아 들인 후에 전개될 문학의 장래를 조심스레 예견하고 있기 때문이다.

석초의 글은 그가 본격적으로 사회주의 리얼리즘 Social Realism 이란 용어를 쓰지 않았지만 그것을 인식하고 있었음을 추측케 한다. 이미 1932년에 진입하면 사회주의 리얼리즘이란 용어가 소련에서 공공연히 논의되었다는 점, 또 1932년 4월 23일 소련의 당중앙 위원회에서 내건 결의를 석초가 인용[47]하면서 그것은 "사회주의를 건설하며 있는 전 싸베트 문학을 엇덧케 정당한 방향으로 운전하여 갈 것인가 하는 데 대한 위대한 지시엿고 지도이엇다"[48]며 다가올 사회주의 리얼리즘을 예고하고 있기 때문이다. 사회주의 리얼리즘의 최초의 수용은 백철로 알려져 있지만[49] 이미 이렇게 석초에 의해 당시 러시아 문단의 분위기가 소개되고 있었던 것이다.

그러나 본격적으로 사회주의 리얼리즘이 소개될 땐 침묵한다. 이는 사회주의 리얼리즘이 그가 내세운 "세계관=창작방법"을 배격하고 등장했기 때문일 것이나, 이미 석초는 카프에서 요구하는 실천적 행위와 자신의 사유 사이에서 심각한 괴리를 느껴 심한 갈등에 빠진 상태였다. 그는 박영희와 함께 탈퇴서를 제출하는 것으로 카프 활동을 마감한다. 그의 탈퇴는 백철

---

46) 함대훈(「혁명 십사년간 싸베트 문학의 전망」《비판》(1931. 11))의 글은 1917년 러시아 혁명 후 1931년까지 러시아 문학을 전체적으로 개관한 것이다. 미래파로부터 "항상 주도적 세력을 가지고 푸로레타리아 레아리즘의 길로 점차 예술적 완성하여 도달한" 소련문학의 흐름을 일목요연하게 기술했다.

47) "중앙위원회는 최근 수년의 연간에 있어서 사회주의 건설의 괄목할 만한 성공(2차5개년의 성공-인용자 주)을 기초로 하여 문학과 예술이 양적으로 극히 현저한 정도로 성장하였다는 것을 인정한다"는 부분이 바로 그것이다.
사회주의 리얼리즘에 대한 비판은 Georg Lukacs, *Critical Realism and Social Realism-Realism In our Time*, George Steiner ed. N.Y.Harper & Row 1971, 문학예술연구회 역(인간사, 1986) pp. 114~136참고

48) 신응식, 「싸베트문학의 새로운 과제」《문학건설》(1932. 12) p.81

49) 장사선(1988) pp. 140~144

이나 박영희의 경우처럼 문학사를 통해 큰 의의를 갖는 것은 아니었다.50)

신석초의 두 편의 글(「문학창작의 고정화에 항(抗)하여」와 「예술적 방법의 정당한 이해를 위하여」)은 1931년 제1차 카프 검거사건 이후 프롤레타리아 리얼리즘이 더 이상 발전태세를 갖추지 못하고 남감한 처지에 빠져 돌파구를 찾지 못하는 상황에도 불구하고 창작의 고정화를 비판하고 나서면서 본격화되었다. 그러나 그가 새로운 창작방법으로 내세운 유물변증법적 창작방법도 실은 변증법적 리얼리즘과 큰 차이를 발견할 수 없었다.51) 임화 등의 소장파가 주도한 볼셰비키화한 창작방법이 개념화하고 고정화된 창작방법이라고 비판했지만 오히려 그의 글이 제1차검거 시기에 발표되었다는 점에서 결국은 예술성만을 강조한 시대착오적인 이론이며 우경적 입장에서 카프의 분열을 조장할지 모른다고 비판 받았다.52)

그러나 이것은 그가 카프의 소장파인 볼셰비키파들의 창작방법의 문제점(도식성, 단일성, 비속성)을 비판한 것이지 프롤레타리아 리얼리즘 자체를 부정한 것은 아니었다. 그는 낡은 것을 부수는 경향 문학을 주장하여 역사발전 법칙의 필연성을 주장했던 것이다.

다만 그가 작가의 실천을 강조하면서도 그것에 대한 구체적 대안을 제시하지 못했고 실천을 통한 세계의 변혁에 능동적으로 대처하지 못한 것은 비판받아야 할 것이다. 안막은 그의 견해를 세계관과 창작방법을 동일시한 기계적인 이론이라고 호되게 비판하지 않았던가. 그는 과거 볼셰비키 강경파의 도식성이나 안이함 그리고 공식성을 비판하고 그 원인을 작가들의 사상적 수준의 저열함에서 찾고 그것의 극복을 작가의 철저한 세계관의 형상적 인식에서 찾았다. 그러나 석초는 예술의 형상적 인식을 다른 모든 실천과의 조직적 연계없이 직접 철학적 사유로서의 변증법적 유물론과 관련지음으로써 오히려 예술에서 철학적인 것을 강조하는 이론으로 비판받기에 이른 것이다.53)

---

50) 김윤식(1973) p. 183

51) 이선영 외(1989) p. 370

52) 임화와 김남천 간의 「물」 논쟁과, 박태석이 석초를 비판하며 조직의 분열상을 거론한 것이 좋은 예이다. 주) 35 참조.

그럼에도 불구하고 그가 세계관과 창작방법 사이의 관계를 명백히 하려는 노력을 통해 사회주의 리얼리즘의 도입 후에도 두 창작방법 간의 관계에 대한 활발한 논의를 초래했다는 점에서 비평사적인 의의는 인정되어져야 할 것으로 판단된다. 변증법적 리얼리즘과 이후 도래할 사회주의 리얼리즘 경계선상에서 세계관과 창작방법이라는 문제를 제기하며 문학이론을 재검토할 수 있게 되는 기회를 제공했고, 문학이론의 방향을 새롭게 설정하려고 노력한 것은 주목할 만한 시도였던 것이다.

이렇게 인생에서 가장 중요한 청년기를 카프의 맹원으로서 활동한 사실은 그의 창작에 긍정적이든 부정적이든 큰 영향을 미쳤을 것으로 사료된다. 특히, 그가 신병으로 제일고보를 중퇴한 1927년 경은 카프의 제1차 방향전환이 이루어진 해이고 이때부터 본격적으로 과학적 사상에 입각한 문학론이 펼쳐지던 시기였음을 감안할 때 더욱 그렇다. 특히 당시는 박영희가 주도한 '목적의식성' 문학이 맹위를 떨치던 시기가 아니었던가.

더구나 석초가 1931년 경, 일본 법정대학 철학과에서 공부했다는 사실만 보아도 그가 당시 유행했던 사회사상을 외면하기 어려웠을 것이다. 오히려 민감하게 반응했을 것이다. 그리고 위에서 검토한 것처럼 창작방법의 논쟁을 주도하기도 했다. 그러나 그는 전술한 것처럼 탈퇴서를 내기 전부터 이미 카프의 노선과 괴리를 느꼈고 탈퇴서를 제출 했을 땐 이미 카프시절 주장한 논지와는 대립적인 작품을 구상하고 창작하고 있었다.[54]

이처럼 갑작스런 변화처럼 보이는 그의 사상전환은 어디서 비롯되는가. 그의 고백처럼 당시 거세게 일던 사회사상에 심취하긴 했지만 근본적으로 그의 태생. 즉 전통적인 선비가문에서 대부호의 아들로 태어난 신분적 상이를 무시할 수는 없었을 것이다.[55] 따라서 그의 전향선언이 카프

53) 역사문제 연구소 문학사연구모임(1989) p. 100

54) 석초의 첫 시집인 『석초시집』의 서문은, "이 시집은 내가 서기 일천구백 삼십삼년으로부터 삼십팔년에 쓴 것이다. 이래 나는 시를 쓰지 않겠다"고 밝히고 있음을 확인할 때, 이미 1933년부터 창작은 시작되고 있었음을 알 수 있다.

55) 석초는 많은 문학서적을 탐독했다. "좌익서적들도 읽었다. 그것은 그당시 대유행했던 것이다. 내가 사유와 행동에 대해서 이율배반적인 모순을 지각하고 전통과 새로운 것에 대하여 인보 선생에게서 받은 인상은 아무래도 이조 500년대 양반

내부의 붕괴를 촉발하고 목적문학론에 종식을 가져왔다는 해석은 당치 않다.[56)]

이후 석초는 민족문학파쪽으로 기운 것도 아니며[57)] 박영희나 백철 그리고 임화처럼 지속적으로 비평활동을 전개한 것은 더더욱 아니었다. 그러나 카프시절의 활동은 나름대로 그의 시의 출발과 전개에 적지 않은 영향을 끼친 것이 사실이다. 즉, 카프 맹원으로서 느꼈을 회의와 실망과 애증은 1930년대가 가져왔던 허무적 분위기와 함께 초기의 시작에 영향을 미쳤던 것이다.

시인으로서 활발하게 활동한 이후에 굳이 과거의 카프 활동기와 탈퇴 등에 대한 사실을 알리고 싶지 않았을 것이다. 더구나 1952년 고향인 화양에서 면장을 역임하였고 1956년 한국문학가협회 사무국장, 1957년 한국일보 논설위원겸 문화부장 등, '반공'과 '멸공'이 생활화 되던 시기에 그가 역임했던 직업들은 과거의 카프의 활동경력을 오히려 은폐하는 것이 당연했지 않았을까.[58)]

카프 시절의 활동경력은 의도했건 아니건 점차 은폐되었고, 전술한 것처럼 탈퇴 이후는 카프의 성향과는 전혀 다른 시를 창작했다. 실천과 사유 사이에서 갈등과 번민에 빠졌던 그는 새로운 정신적 지주를 찾고자 방황했으며, 마침 이때 엄밀한 이성적 사유에 의한 언어의 결정체로서의 문

기질을 그대로 계승한 분이라는 점이다"라고 회고하는 것을 확인한다면, 실상 카프의 사상과 그의 생래적 환경과 기질은 본질적으로 부합할 수 없었던 것인지도 모른다.

신석초, 전집 2, pp. 8~9, pp. 66~67

―――, 「발레리와 나」《현대문학》(1968. 4) pp. 26~27

56) 홍희표(1983) p. 118

57) 비록 민족문학 계열이 내세운 심정적이고 복고주의적인 고전주의는 아니지만, 1930년대 세력을 확장한 파시즘에 대항하기 위한 인티테제로서 전세계는 자국문화 옹호 현상이 두드러졌다. 우리의 경우도 예외없이 우리의 것에 대한 관심이 학술적으로 고조되면서 고전 탐구에 심혈을 기울이기 시작했다. 석초도 이런 분위기에 큰 영향을 받았던 것이다. 그는《문장》 중심의 직관적 고전주의(김윤식(1973). pp. 320~342)에 가깝다고 할 수 있다.

58) 그가 「비취단장」을 1935年《문장》에 처음 발표했다고 한 것도 이런 것들과 무관하지 않을 것이다. 자세한 것은 김윤식(1975) pp. 25~26 참조.

학을 강조한 발레리에 서서히 경도되어 갔던 것이다.[59]

Ⅱ. 멋, 유희로서의 예술

1. 관념의 유희

석초의 시적 출발은 전술했듯이 카프 탈퇴 이후 본격화된다. 자신의 카프 활동기를 부정하고 '시의 본연성 회복'을 위해 매진할 것을 다짐한다. 그는 시의 본연성을 전통성과 순수성에서 찾았다.[60] 《시학》에 작품을 발표하면서 에세이 형식의 문학론을 발표했는데, 이 글에서 카프 탈퇴 이후 전개될 그의 예술관을 구체적으로 확인할 수 있다.

그의 시론은 관념과 사유의 유희적 표현에 관한 것이다. 다음의 글은 그의 문학관을 잘 보여준다.

> 시작(詩作)한다는 것은 관념의 유희를 하는 것이다. 시인은 이 유희에 의하여 현실이 설정하여 있는 경계를 초월하려 한다. 자아의 고양이라든가 자아의 완성의 이념 또 어느 것은 인류의 고원한 사업에 의하여 유역(有役)케 하리라는 생각은 법외한 자홀(自惚)이기는 하지만 그들은 이러한 긍지를 가지면서 때로 고난하기도 한 지상한 유희에 빠지게 된다. 그래서 그가 얻은 것은 그 가운데에 최상의 것이 말하자면 우리에게 최대한 의의를 부여한다.[61]

---

59) 신석초, 전집 2 p. 9.

60) "그 시기(석초가 카프를 탈퇴할 무렵—인용자 주)는 우리나라 시가 한편으로는 사회주의 사상과 기계적 리얼리즘에 의하여 경조(梗粗)해지고 '얻은 것은 이데올로기요 잃은 것은 예술'이라고 누가 말한 것처럼 상실된 예술성—일방에 있어서는 그와 대조적으로 형식주의에 떨어져 공소해진 무내용성과 기궤(奇詭)한 어휘의 남용의 곁길에서 시의 본연성으로 돌아가 보려는 지적인 빛깔이 떠오르는 때이다"라고 당시를 회고한 것은 이를 잘 말해 준다.(전집 2. p.278)

61) 신석초, 「이상과 능력의 문제」 《시학》 1939.5

시창작을 '관념의 유희'로 정의한 이러한 관점은 이후 '멋'이라는 개념으로 확대된다. 그는 '멋'을 한국적 미의식으로 규정한다. "멋지다 혹은 멋이 있다고 말한다. 이 어휘는 특이한 것이다. 지나(支那)에서 말하는 풍류라든가. 악취(樂趣)라는 것에 근사는 하지만, 스스로 의미가 다르다. 또 멋은 맛이라고 하면 안된다. 멋이라야만 한다"면서 그 독자적인 미의식을 강조하였다.

계속해서 그는 멋의 속성에 대해서 정의하길, "멋은 일종의 소비작용이므로 무용성"을 특징으로 하고, 예술의 경우 "비실용적인 관념이 각양의 유희로부터 시작"62)되는 것이라 하였다. 그는, "서태후는 그의 생활을 멋내기 위해 필요 이상의 막대한 궁전을 지었다"63)는 엉뚱한 예를 들면서 예술은 "비실제적인 사치의 관념과 작위를"64)를 갖는다고 역설했다. 때문에 멋은 "한가에서 여유의 상태에서 또 잉여된 정력의 소비작용으로 생"65)길 수 밖에 없다고 거듭 주장하였다. 그는 멋을, 생명을 유지하는데 반드시 필요한 것은 아니지만 유희의 차원에 속하는 것으로 인식한 것이다.

이러한 유희정신은 비실천적인 시정신과 통한다. 그가 발레리의 시정신을 언급하면서 "결국, 정신은 봐레리씨에 의하면 정신의 지대한 작자이며, 언어를 그 수단으로 하는, 인간의 특유한 감정세계, 비실천적이면서도 영속적인 한 우주를 지성에 의하여 질서 세우는"66) 제작자로 간주하고 "발레리가 시를 '관념의 유희'라고 했는데 우리나라의 시가는 실로 언어의 유희었다 해도 과언이 아닐 것이다."67)라며 유희의 정신을 거듭 강조하고 있기 때문이다.

그는 계속하길, "멋은 한가에서 여유의 상태에서 또는 잉여된 정력의 소비작용으로 생기여 났"고, "무용성, 일방으로는 순수한 직접적인 정감

---

62) 신석초, 「멋說」《문장》(1941.3)p.147
63) ______, 윗글 P. 147
64) ______, 윗글 p. 141~148
65) ______, 윗글 p. 148
66) ______, 「봐레리-연구단편」《문장》(1941.4) p.204
67) ______, 「한국예술의 멋」《예술원보》(1960.12)

의 발현"이라고 하였다. 그런데 멋이, '순수한 직접적인 정감의 발현'이라면 그것은 일차적이고 표피적인 것에 불과하다. 그런데 더 큰 문제는 석초가 멋에 대한 일면적인 정의를 정치・사회적인 차원으로까지 엉뚱하게 확대하여 연계시키고 있다는 점이다.

> 신라조에서는 화랑제도에 의한 독자한 정치를 행하였는데 이 정책은 국시를 예술적인 정신, 근본적으로는 무용한 이 감각의 기구에 혼연히 일치시켰든 것이다. 국중에서 선발된 화랑은 모다 미모의 소년이여서 가무에 능하고 검술에 장하며 사교와 풍류의 규각(規角)을 알아서 국정에 관여하고 성장하매 국가를 경영하는 중재로 된다. 그들은 말하자면 경세술인 동시에 곡진한 심미가이기도 하였다. 김유신은 그 한 절호의 인물이다.68)

신석초가 신라의 화랑제도가 갖는 정치적, 사회적 기능에 관해서 어느 정도 천착하고 있었는지 이 짧은 글로는 헤아리기 어렵다. 가무와 검술에 능한 미모의 소년으로 결성된 화랑도의 풍류적 삶이 국정에 어떤 작용을 미쳤다고 주장하는 것인지 파악하기 어렵다. 감각적인 멋의 무용성과 심미성이 어떻게 구체적 현실과 매개되는지, 그리하여 그것이 어떻게 정치・사회적 차원으로 연계되어 국정을 경영하는데 유용했는지 실로 간파하기 어렵다는 것이다.

현실적인 국가주의를 유불선의 보편적 정신세계와 연계하여 건전한 청소년을 양성한 것이 화랑제도이다. 김유신을 화랑도 중 '절호의 인물'로 예로 든 것은, 그가 화랑도 중 가장 대표적인 심미가 겸 경세가라는 것인데, 사실 김유신은 심미적 감각보다는 주술적인 기능을 잘 활용한 정치적 인물이다. 고대의 전쟁에서 제의는 승리를 위한 중요한 역할을 담당했다. 따라서 사치와 법열의 정신에서 도출되는 멋이 화랑도의 수양에 어떻게 기여했고, 인재를 가려 국가에 등용시키는 기능을 어떻게 담당했는지가 중요하게 부각될 수밖에 없다. 그러나 석초는 그 부분에 대해서는 침묵한다.

오히려 그는, "말하고 보면 멋은 영화의 상태와 외재하는 유락성에만

68) 신석초, 윗글, p.148

있는 것이 아니고 차라리 은둔과 한적에서 자연에 접한 생활에, 초탈한 그 정신상에야말로 진솔한 멋이 있"다고 하여 현실정치로부터 탈피하여 유유자적하는 삶이 곧 멋이라는 모순마저 드러낸다. 요컨대 은둔의 생활을 순수한 멋으로 인식한 것이다. 이는 멋을 정치・사회적 실천으로 그 기능을 확대한 앞의 진술과 모순되는 것이다.

그가 이퇴계는 최고의 은일자로서 겸손하게 자적하여 끝내 정부의 초치(招致)를 사양했고, 윤명고는 산림 속에 은둔하면서 생활 속에서 멋을 실천한 인물로 고평하는 것은 멋의 기능적 측면과 본질적 속성을 혼돈한 결과에서 비롯하는 것이라 하겠다.

2. 중화의 원리

결국 그가 생각하는 멋은, 윤리적으로 풍부한 교양을 갖춘 한 인간이 갖추어야 하는 유가적 생활태도에 가깝고, 미적으로는 세계를 심미적으로 향유하는 삶의 태도를 언급한 것이 아닌가 한다. 그가, "그러므로 우리는 비범한 수양과 적응성을 갖지 않고는 그 경지에 들어갈 수 없다. 그러나 혹은 탁발(卓拔)한 자기훈련의 힘과 절대한 자부심과 일종의 긍지로써 거기에 안주할 수도 있다. 또 이러한 정신의 세계는 스스로 수많은 체념을 가지고 있기 때문에 허무적으로 되기 쉽고 무목적하고 행위를 거절하고 세상의 무상함에 대한 끝없는 애상을 가지게 된다. 일방은 심연으로 일방은 자기법열"로 나타날 수밖에 없다고 할 때 명백해 진다.

그러므로 그가 우리의 고유한 미의식으로 규정한 '멋'은 한국의 전통적 미의식이라기보다, 자기 수양의 차원에서 이해될 필요가 있다. 그가 멋을 유가적 예절과 생활의 절도에서 찾는 것은 이 때문이다. 그가 멋은 "사치성 혹 법열의 정신에서 산출되는 사치의 상태"[69]에서 산출되지만 직접적인 사치의 상태라기보다 해박한 상식과 고매한 사상 또는 예절이 필연적으로 요구된다[70]고 주장하는 것은 이를 잘 보여준다.

---

69) 신석초, 윗글, p.140

하나의 예로 그가 조선시대 사대부들의 예악을 거론하는 것도 이와 무관하지 않다. 그는 "예악은 인간 및 국가의 상층기구를 형성하는 것이고, 그 방법은 중용의 도에 있다. 중용은 다시 중화(中和)를 그 근원으로 한다. 중은 희노애락이 아직 발하지 않은 것을 말하는 것이고, 화는 그것이 발하여 모두 절에 맞는 것을 의미한다"고 주장했다. 이것은 예악을 국시로 국가를 경영하던 유학자들의 이념과 크게 다르지 않다.

유학자들이 자신들의 감정을 절제하고 중화의 원리와 법칙을 따르는 것, 즉 '중화(中和)'의 원리로 감정의 남상(濫觴)을 막을 수 있다면서 지적인 절제를 강조하는 것도 이 때문이다. 인간은 감정의 동물이기 때문에 감정유출이 있는 것은 당연하지만 과도한 것은 오히려 해가 되므로 감정은 지성의 힘에 억제되어 질서를 찾아야 한다는 그의 주장 역시, 이런 맥락에서 자연스럽다. 즉, 희노애락이 아직 발하지 않은 '중(中)', 그리고 그것이 발하여 절(節)에 맞는 '화(和)'에 의해서만 감정의 표출이 가능한 것이다. 이는 교양인의 예의가 밖으로 드러난 것에 초점을 맞춘 것이다. 즉, 멋의 '격'이다.

> 즉, 멋은 '격'에 맞지 않으면 안된다. 이 말은 가령 '타당'하다고 말하여도 좋으리라. 결국 이 말은 형식상으로 본—내가 이상에서 말한—중화의 법칙을 다시 의미한다. 환언하면 발하여 절에 맞는다는 말은 현현(顯現)하여 절에 맞는다. 즉 '격에 맞는다'는 말로 대치된다. 그러면 필연적으로 여기에 절제의 개념이 또한 재재된다. 다시 말하며 표재화(表在化)하는 정감이 중용을 보존하여 타당하지 않으면 안된다. 격에 맞지 않으면 멋이 멋으로 되지 않는다.71)

그러니까 그는 멋의 형식적 측면을 '격'에서, 내용은 은일자적하는 삶의 초탈함에서 찾았음을 알 수 있다. 이를 통해 간단히 그의 예술관을 규정한다면 "예술이란 어떠한 공리주의적인 목적에서 발생하는 것이 아니라 비실용적인 각양의 유희로부터 시작된다. 한가함에서 산출되는 사치의 관념이

70) 신석초, 윗글, p.149
71) ______, 윗글, p.149

다. 그러나 사치한 감정의 과잉유출은 오히려 해가 될 수 있으므로 중화라는 절제의 격을 통해 질서에서 발견되는 것"이라고 정리할 수 있을 것이다.

우리는 여기서 그의 '멋', 혹은 순수시론이 사대부적 미의식을 기저로 하고 있으며, 그가 규정한 멋의 개념이 결코 미학적 차원의 개념으로 수용될 성질의 것이 아니라 생활의 태도에서 적용되는 것임을 다시 한 번 확인하게 된다.

3. 시의 정신과 형식

'멋'을 한국인의 미의식으로 규정한 이후 그의 문학론은 순수 서정시를 주창하는데 집중된다. 60년대 이후, 유가적 수양을 위한 수단으로서의 시작(詩作)을 보다 지양하고 순수 서정시로서의 내용과 형식에 집중했다.

그러나 본격적으로 시론을 표방한 것은 아니다. 다만 시인을 추천하거나 잡지에 기고한 월평 등을 통해 자신의 시관을 피력한 것이 대부분이다.[72] 그는 60년대 우리시의 현황을 "60년대에 이르러 기교적인 면에 있어서는 매우 다기다양한 풍성한 양상을 띠기 시작하였다. 우리는 언어에 대한 깊은 관심과 특히 외국어 습득이 왕성해져 서구시를 원어로 직접 받아들임으로써 시작 형태 수법에 실로 가능한 모든 실험을 시도"[73]한 시기로 평가했다.

이처럼 다양한 실험을 통해 시의 본령을 추구했으나 성공적이지 못했다고 회의했다. 비록 용어의 조탁에 민감했고 새롭고 섬세한 감각과 수법을 선보였으나 취약한 구성과 내용의 허약성은 여전하다며 우려를 표명했던 것이다. 수식에 지나치게 치중하여 심오한 사상이 결여되었고 생동하는 리얼리티가 결핍되었다고 비판했다.

그는 시란 격에 맞고 규(規)에 어긋나지 않아야 할 뿐만 아니라, 압축

72) 예외가 있다면 그가 생을 접기 전 1972년, 예술원에서 발간하는 잡지에 발표한 「시문학에 대한 잡고」(《예술논문집》 제11집, 1972.9)라는 글이다. 제법 긴 글을 통해 시에 관한 자신의 견해를 종합적으로 피력했다.

73) 신석초, 「시의 번사(煩辭)와 허식(虛飾)」《현대문학》(1970.10)

된 시어, 정확하면서도 식견있는 비유와 형상, 견실한 구성, 심오한 내용 등이 겸비될 때 비로소 독자들에게 놀라운 감동을 선사할 수 있다고 강조했다. 이전에 시를, '멋'을 통한 관념의 유희라고 주장했던 것보다 진일보한 것이다.

그러나 60년대 초반까지도 신석초는 우연, 유희, 영감 등의 용어를 사용하며 시를 무아경의 상태에서 우연히 창작되는 산물로 이해했다. 예컨대 "아무튼 시작품이란 하나의 우연에서 산출된다. 그것은 어떠한 ―자기도 생각지 않은―영감에서 떠오르는 시구의 단편에서부터 시작"[74]된다며 낭만주의 시관을 피력한 것이 그것이다.

다만 관념의 유희로 시정신을 요약했던 40년대와는 달리 "모든 작품정신은 결국은 작자의 생활태도, 교양, 습성, 그의 시대성에서 초월할 수는 없는 것이다. 시작도 이같은 정신의 메카니즘"[75]이라며 시대적 요인을 지적한 것은 긍정적으로 평가할 수 있는 대목이다. 그러나 이는 카프 활동기에 발표했던 글에 비한다면 상당히 후퇴한 것이다.

아무튼 그에 의하면 훌륭한 시란, "내용을 완전히 이해하기 전에 우선 그 아름다움을 느껴야 하고 또 그 미감의 연상작용으로 일어나는 상상의 날개를 통하여 그 의미작용을 재구성"[76]하는 예술양식이다. 시대와 인간을 통찰하는 내용과 수일(秀逸)한 형식으로 주제를 담아낸 작품을 가장 이상적인 시로 평가한 것이다.

따라서 그는 유독 내용은 부실하면서도 형식적 실험에 몰두한 작품을 겨냥하여 내용의 허약성을 지적하는데 주력했다. 기교를 연마하는 것에 치중한다면 "시가 시 자체의 본령에서 우러 나오지 못하고 지엽말단적인 형식적 수식으로 흐"[77]를 뿐이라고 경고했다. 교묘한 이미지 표현이나

---

74) 신석초, 「우연에서 산출」《현대문학》(1964.9) p.46
이글은 카프시절 보여준 과학적이고 체계적인 문학관에 비해 격이 떨어진다는 것을 알 수 있다. 참고로 그의 사후《문학사상》에서 미발표 작품과 시론을 실었는데 위의 글 「우연에서 산출」은, 「나의 시의 정신과 방법」이라는 제목으로, 생전에 미발표된 것으로 오인되어 재발표된다.

75) ______, 윗글, p.46

76) ______, 「자유시의 한 단면」《현대문학》(1967.10)p.272

번다한 문채(文彩), 기괴하고 화려한 수식으로부터 탈피할 것을 끊임없이 권장했다. "언어 형상의 순수시의 추구가 시인의 사유내용을 따르지 못할 때는 작품의 감동성이 적어"78)진다고 거듭 강조했다.

결론적으로 훌륭한 시란, "구성이 견고하고 또 내면의 지적인 폭과 깊이가 있고 묘사가 치밀하고 놀랄만큼 재치있는 암유와 이미지의 표현이 명확"하며, "운율과 음악적 명상을"79) 전하는 작품이다. 시에 관한 이러한 정의는 새삼스러운 것은 아니다. 일반적으로 동의할 수 있는 무난한 것이다. 그러나 시를 막연하게 관념의 유희, 비실용적인 유희 등으로 규정한 이전에 비한다면 보다 발전된 것이라 하겠다.

그러나 견고한 구성이란 어떤 것이며, '시정신'이란 구체적으로 무엇을 함축하는 것인지, 또한 내면의 지적인 폭과 깊이를 이미지로 어떻게 명확하게 표현해야 하는 것인지에 관해서는 만족할 만한 해답을 제시한 것 같지 않다. 다만 반복해서 "시어의 제약성, 시의 음악성, 회화성, 상징, 이미지의 형상비유, 사유의 함축성"80) 등을 시의 요소임을 거듭 상기 시킬 뿐이다.

단지 명백한 것은, "문학의 위대한 유산은 영원히 살고 항상 새로운 시대에 숨쉬고 어떤 새로운 가치를 부여하는 것"81), "그러나 내가 못내 안타깝게 생각하는 것은 우리 시가에는 전형적인 고전이 없다는 것이다. 이 말은 오해되기 쉬운 말이다. 우리 시에는 운율의 고전적인 제약성도 규격도 없다. 시조가 하나의 정형을 보여주고 있으나 너무 단시형이기 때문에 적용하기가 어렵다. 이러한 일은 우리 시작에 새로운 영역을 남겨놓은 것만 같다"82) 등에서 확인하듯, 신석초는 현대의 시작(詩作)을, '세계를 통찰하는 심오한 사상을 전통적인 시형식의 창조적 계승으로 승화시키는 것'에서 찾았던 것은 분명하다.

---

77) 신석초, 「시에 있어서의 기교」《현대문학》(1967.12) p.204
78) _____, 「시문학에 대한 잡고」(《예술논문집》 제11집, 1972.9, p.6
79) _____, 윗 글, p.4
80) _____, 「이태백론」《월간문학》(1970.5) p.213
81) _____, 윗 글, p.215
82) _____, 「우연에서 산출」《현대문학》(1964.9) p.47

그가 끊임없이 한시의 형식이 갖는 압축성과 개방성, 촌천살인적인 시의(詩意) 등을 시적 완성도의 절정으로 인식한 것은 이 때문이다. 이것은 전통과 현대, 서구와 동양 등의 대립적 긴장에서 창조적인 지양과 조화를 끊임없이 모색했던 그의 시적 궤적을 엿보는 것만 같다. 그가 우주를 아우르는 광활한 상상력을 시조시형의 다양한 형식으로 제시한 것은 그것의 구체적 모색이었던 것이다.

Ⅲ. 결론

지금까지 그의 문학론을 검토했다. 특히 카프 시기의 문학관에 주목한 까닭은 석초의 문학적 출발의 양상과 탈퇴 이후의 관계를 보다 잘 파악하기 위해서다. 비록 카프 활동기에 시는 발표하지 않지만 그의 문학관은 탈퇴 이후에 본격화되는 시창작에 직·간접적인 영향을 미쳤다. 기존의 논문들이 이 시기의 중요성을 간과하여 총체적인 작가 연구를 진행하지 못했던 것은 유감이다.

카프 내부에 적지 않은 비평논쟁을 일으킨 바 있는 그의 논문은 '문학의 고정화'에 대한 비판이다. 그는 당시 개념화되고, 도구화되는 공식적이고 기계론적 문학을 날카롭게 공격하면서 급진적인 볼셰비키파인 임화 등을 공격했던 것이다. 그는 이를 타개할 해결책으로 유물변증법적 창작방법을 주장했다. 요컨대 문학의 예술적 형상화의 문제를 강조했던 것이다. 석초가 내세운 창작방법은 작가의 세계관과 이것의 예술적 형상화에 초점을 둔 것이었으나 임화, 김남천 등에 의해 우익적 편향이라고 지탄받았다.

석초는 문단이 극단적인 좌익적 경향에 의해 주도되는 것에 반발했지만 본래 그의 생래적 신분과 기질은 투쟁적 성향과는 거리가 있었다. 그는 사유와 실천적 측면에서 야기되는 괴리감을 극복하지 못하고, 한편으로 카프의 조직적 실천과 도식화된 기계적 예술에 실망하여 카프를 탈퇴하고 멋과 유희의 예술을 주장하며 시를 창작하기 시작한다.

한편 그는 카프를 탈퇴하기 전부터 지성에 의한 시창작을 주장한 발레리에 심취해 있었다. "순수이론을 고집하고 지적 연역에 의하여 시의 완성을 지향해 온 발레리야말로 고고(孤高)"[83]하다고 주장한 것을 참고한다면, 문학을 강력한 투쟁의 수단으로 인식했던 카프의 문학 논리를 수용할 수 없었던 것은 어쩌면 당연했을 것이다. 그가 발레리에 경도된 것은 문학을 지적훈련을 통한 사유의 한 발현으로 인식했음을 보여 주는 것이다.

석초의 진술대로 그는 꽤 부유한 가정에서 전통적인 선비가문의 예절을 배우면서 성장했다.[84] 이것은 그가 자신에게 주어진 경제적 소유와, 사회적 권리를 소비하면서 그것을 향유하기만 하면 된다는 사실을 말해준다. 일테면 석초는 건강상 요양할 때도 자신이 원하는 어느 지역도 향할 수 있을 만큼의 부를 축적하고 있었던 것이다. 고급의 커피를 마시며 그 향기에 취했을 정도였다.

인간은 생산적인 일에 종사하며 자신을 정립해 가는 동물이다. 인간은 자연의 어떤 대상에 물리적인 노력을 가하여 그것을 특별히 인간생활에 맞게 개조함으로써 미적인 체험을 향유한다. 이런 까닭에 인간의 완성은 외부세계와 부단한 상호교섭을 통해 서서히 달성되는 것이다. 어쩌면 그 과정이 삶의 과정인 것인지도 모르겠다. 따라서 현실과의 적극적 대면을 외면할 때 개개인은 고립되고 주관적인 관념의 세계에 안주할 뿐이다.

세계와 자아의 관계를 통해 가치를 창조해 나가지 못하고 단지 부의 소비를 향유할 때, 문학은 사치이며 유희에 가깝다. 그것은 악명높은 서태후가 백성을 혹사시키면서 사치스런 궁전을 지은 것을 '멋'의 한 현상이라고 규정하는 데서 극명하게 드러난다. 신석초가 불편없이 부를 누린 것도 귀족적 호사와 무관하지 않으리라. 어쩌면 그는 전통의 보존이라는 미명 하에, 비약 같지만, 봉건사회의 몰락을 안타까와 했고, 이제는 실재하지 않은 관념 속의 '처용', '신라'를 회고적으로 노래한 것인지도 모른다.

그가 회고적 시간으로 도피하여 사라져가는 것과 멸망하는 것을 안타

---

83) 신석초, 전집 2, p.251
84) ______, 전집 2 p. 61

까와 하고, 영화로운 과거를 회상하는 것도 이와 무관하지 않다.[85] 물론 시대적인 정황이 한몫했으리란 것은 충분히 유추할 수 있다. 전통적인 선비가문의 유년기 체험은 그의 비사교적 결벽성과 결합하여 《문장》 계통의 복고주의적 경향에 자연스럽게 경사되었다. 관념적인 과거 추수적 어휘를 남발하여 추상적인 정신의 세계에서 유희를 즐긴 것은 어쩌면 당연해 보인다. 그는 그것을 '멋'으로 규정한 바 있다.

60년대 이후 시의 본령을 추구하는 시론을 발표했으나 살핀 것처럼 새로운 것은 아니었다. 오히려 "진실한 사람이 아니면 시를 쓸 수가 없다. 시뿐 만 아니라 어느 의미에서는 모든 예술창작은 진실한 사람만이 할 수 있는 것이다"[86]라고 하여 시와 인간을 동일시하는 관점으로 후퇴하기까지 했다. 이러한 관점은 선천적으로 뛰어난 시인의 재능을 우선시함으로써 시인이 처한 역사적 위상과, 작품이 생산·유통되고 향유되는 문학사회학적 맥락을 배제 할 우려가 있다. 시인은 본질적으로 진실한 것이 아니라 보다 큰 사회적 형식적 측면만을 고려하지 않고 작품의 윤리적, 사회적, 경제적 요소들을 검토하는 것은 이 때문이다.

---

85) 신석초. 전집 2 p. 71
"1935년경, 우리의 시 및 문학계는 가장 우리의 고유한 우리 정신적인 유산, 정서의 산물에 대한 재음미의 기풍이 있었다. 이러한 자기 탐구의 기풍은 그때 일정의 관원들이 즐겨하지 않았을 뿐 아니라 도리어 저해 하려하는데도 불구하고 왕성히 일어나고 있었던 것이다. 신라 의 향가와 고려가사·시조 「용비어천가」와 「월인천강지곡」등이 이때처럼 널리 읽혀지고 의논된 일이 일찍이 없었다."라는 그의 회고는 심정적 고전부흥운동과 무관하지 않다.

86) ＿＿＿, 「시문학에 대한 잡고」, 《예술논문집》 제11집, 1972.9, p.9

제4부 생애와 문학

제4부 생애와 문학

Ⅰ. 출생, 근대 교육 그리고 결혼

1. 학문을 숭상한 마을

1.1. 숭문동, 은골, 활동리

속리산에서 떨어진 산맥의 한 가지가 남으로 달려 보령 아미산(娥嵋山)과 한산의 지산을 일으켜 놓고 대강(大江)의 지진두에 이르러 늘어선 어성산맥이 마치 한 폭 그림과 같다. 또 한 가지는 서해안으로 뻗어내려 오서산과 가야산을 우뚝 솟아올려 비인 월명산과 국사봉에 다다라 머무르고 또 한가지는 삼남의 절경 덕유산과 전라도 마이산으로 금강을 역으로 휘돌아 올라가 공주의 계룡산이 되었다.

이 사이에 위치해 있는 우리 고장은 동북으로 백제 옛터인 부여가 있다. 이름난 백마강이 금강 하류를 남쪽으로 흘러 진강이 되어 황해로 들어가고 서녘은 비인의 마량과 웅천, 대천 해수욕장을 연결하는 해안선으로 둘러 있어 조석으로 창창한 물결이 언덕을 씻는다. 1)

석초가 기억하는 고향 한산(韓山)의 경관이다. 고려시대 대학자 목은(牧隱) 이색(李穡)의 고향이기도 한 유서깊은 곳이다. 이중환(李重煥)은 『택리지(擇里誌)』에서 한산을, '가히 살만한 곳. 사시사철 이채로운 풍치와 생활이 펼쳐지는 곳'으로 고평했다. 일반인들에겐 일찍이 모시의 고장으로 그 이름을 떨친 바 있다. 신석초는 자신의 고향을 다음처럼 노래한 바 있다.

천마산(天馬山) 건지산(乾芝山) 월명산(月明山)
저 푸른 산맥들이 달려와
함께 머무른 곳에
용용(溶溶)한 큰 강물이 흐른다

아득한 날 숱한 세월도
흘렀는데

백제와 신라의 백성들이
잔조로히 모여 사는 곳에
지금 천고의 그윽한
가락이 이어 오나니
(중 략)
흰 모시 치마와
삼베 쇠코 잠방이
조수에 그을은 거센 손들을 들어
갈대 흔들리는 샛바람에
선다

낙낙(落落)한 물가에
긴 소나무에
야학(野鶴)은 일제히 날아
서해 푸른 물결 위에

---

1) 신석초, 전집 2, p44

드높이 소리치며……

——「야학의 부」에서

신석초는 멀리 서해를 앞에 두고 천고의 세월 동안 묵묵히 지탱해 온 유서깊은 모시의 고을 한산, 정확히 충남 서천군 한산면 숭문동(崇文洞: 현재는 화양면 활동리(活洞里))17번지에서 1909년 6월 4일(음력 4월 17일) 부친 신긍우(申肯雨)와 모친 강긍선(姜肯善)의 장남으로 출생하였다. 이듬해인 1910년 일본에 의해 조국이 일제강점기 치하로 전락하는 것을 그는 전혀 실감할 수 없었을 것이다.

시 속의 건지산

건지산의 산성, 백제가 멸망한 후에 부흥 운동을 도모했던 주류성(周留城)으로 알려진다.

활동리라는 행정명보다, 학문을 숭상하는 곳이라는 의미의 '숭문동(崇文洞)'을 석초는 강조했지만 이를 아는 주민은 많지 않다. 지금의 행정명은 '활동리'이며 속칭 '은골'로 불릴 뿐이다. 고향은 인적조차 뜸하다. 오후의 햇살이 따사롭다. 마을에 진입하면 '범죄없는 마을'로 1991년 지정되었다는 팻말이, 편안한 오수를 즐기는 푸른 들을 응시할 뿐이다.

활동리 전경
어성산 자락의 호위를 받고 있는 평온한 농가의 전경이다.

마을 앞은 들이고, 배경은 산에 의지한 전형적인 농촌마을이다. 생가는 배경인 어성산(魚成山) 자락의 호위를 받으며 산의 품에 안긴 형상이다. 마을 사람들은 어성산보다 남산이라고 부르길 즐긴다. 큰 의미를 두지 않는 듯 무관심하다.

1.2. 황폐한 생가

황폐한 들 앞에 생가 터임을 알리는 표석이 최근(2000.5.5)에 이 고장 문학동인회인 '서림 문학동인회'에 의해 건립되어 눈길을 끈다. 잡초와 들깨, 그리고 콩이 무성한 생가 터 앞에 서니 바야흐로 세월의 무게가 몸으로 전달된다. 그가 누린 영욕의 세월이 감지되는 것 같다.

생가터와 표석
표석 뒤의 밭이 그의 생가가 있던 장소이다. 뒤의 산비탈이 후원이었다.

퇴락하여 먼지만이 풀풀 날리는 이곳이 과거의 생가였다니 참으로 무상하다. 더구나 아름다운 정원을 갖춘 대저택이었던 생가의 풍모를 발견하기란 더욱 요원하다. 시인 신석초를 기억하는 한 촌로는, 그곳을 가리키며 지금은 저래도 과거엔 위풍당당하여 이 지역 전체를 위압할 정도로 지엄했다고 전한다. 그러나 잡초가 무상한 이곳에서 과거 안마당이 100평 정도이고 전체가 500평이나 되는 'ㅁ'자 고택의 위엄을 발견하기란 지난하다.

물론 머릿 속 상상은 가능할 것이다. 전하는 얘기로는 안채, 그리고 대문 양 쪽에 사랑채와 문간방이 있었고 좌우로 헛간과 하인방이 줄지어 있었다. 누각형 마루가 아름다운 사랑채에서는 부친의 지인들이 모여 시회(詩會)를 종종 개최했으며 사랑채와 이어진 마당 끝의 연못과 탱자 울타리가 운치를 더했다고 전한다.

신석초 역시 유년기의 생가를 다소 호화로운 공간으로 기억한다. 기억의 중심엔 우선 홍매루가 존재한다. 홍매루는 그의 선친이 득병하여 요양 중일 때 이웃의 지인께서 보내 온 것인데 시인은 용케도 그것을 가장 아름다운 선물로 고맙게 받아서 정성을 다해서 가꾸었다고 기억한다.[2] 매화를 선물한 이웃 어른은 목은 이색 선생의 후예로, 성품이 밝고 슬기롭게 가사처리를 잘 한 분이었다. 그 어른 역시 석초의 선친과 동시에 병환으로 위석하고 계셨는데 친우의 쾌차를 위해 특별히 선사한 것이다.[3]

석초가 뜰에 옮겨 심은 홍매는 그의 정성 탓인지 잘 자라서 아름다운 정원을 형성하는데 충분히 기여했다.

> 홍매루의 문로(門路)에는 조그만 연못이 있어 수련이 핀다. 이로 떠오르는 달을 볼 수 있다. 들축나무와 개나리꽃이 어우러진 울타리를 지나 오얏나무들이 서 있는 문비(門扉)를 거쳐 사랑뜰에 들어서서 홍도·백도와 월계·목단·파초들이 서 있는 화단을 돌아 대문을 들어서면 등 덩굴이 얽힌 중문이 있고, 중문을 들어서면 양편에 목단과 작약과 국화 등의 화단이 둘러 있으며, 화목(花木)의 숲길을 걸어 뒤뜰로 돌아 들어가 자두와 배, 수밀도 따위의 과일밭을 지나서 후원 죽림으로 연한다. 임어당의 소설『북경호일(北京好日)』에 나오는 '정의원(靜宜園)'만은 못하지만 좁은대로 꽃을 보며 소요할 만하다.[4]

그러나 시인이 생생하게 묘사하던 그 아름다운 정원은 지금 흔적도 없

---

2) "이 매화는 홍매(紅梅)인데 선친이 생존해 계실 때 이웃 친구 어른에게서 보내온 것으로 내가 애써 기르던 것이다. 그래서 나는 시골집을 '홍매루(紅梅樓)'라 이름도 하였다. 처음에는 분에 심어 온 것이었으나 몇 해 자라니 등걸이 커져서 분을 갈기도 곤란하여 선친이 기거하시는 사랑 앞 뜰에 옮겨 심었다. 그랬더니 분에서보다도 꽃이 좀 늦게 피었다. 그러나 나무가 마음대로 자라고 가지치기도 마음대로 할 수가 있었다."(신석초, 전집 2, p.35)는 것은 이를 잘 말해 준다.

3) 그 어른은 석초를 집으로 초대하고 홍매를 전달하면서, "이 분매(盆梅)는 내가 가꿔 온던 것인데 지금 이렇게 병들어 누웠으니 내 손으로 가꿀 맛도 없은 즉, 군이 이런 데 취미를 갖고 있다니 가져가 내 대신 길러 주게. 춘부장께서도 나처럼 병석에 계신 터이고 하니 꽃이 피면 보여 드리게"(신석초, 전집 2, p.46~47)하고 당부했다. 자신이 키우던 홍매를 친우의 쾌환을 위해 예의를 갖추고 전달하는 우정이 선연하게 그려지는 듯 하다.

4) 신석초, 전집 2, p.46

다. 더구나 조그만 연못이 빼어난 맵시를 자랑하며 물살을 가르는 수련의 모습을 상상하기란 전혀 불가능하다. 다만 이따금 스치는 바람의 위세에 소스라치게 놀란 죽림이, 병든 짐승처럼 화답한다. 죽림의 산비탈은 후원이다. 후원은 곧바로 산과 연계되는데 지금은 거친 흙으로 침묵할 뿐이다.

석북(石北) 신광수(申光洙)[5]의 후손답게 그의 가계는 사대부 가문으로서의 명성을 내내 유지했다. 부유한 가정에서 출생하고 성장한 그는 대저택에서 풍족한 삶을 행운처럼 영위했다. 그는 "무엇하나 부족한 것을 느끼지 않았다"고 회고한 바 있다.

조상 대대로 대규모 경작지를 소유하고 가운을 떨쳤다. 명문가로서의 부를 누리고 그 명성은 활동리에 전파되었다. 그러나 그의 가계는 질박한 농촌의 정서와는 무관했다. 비록 몰락하는 중세 조선왕조의 유지였지만, 그의 부친은 사대부의 품격과 기품을 체화하고 신학문에 큰 관심을 기울인 개화된 선비의 풍모를 갖춘 분이었다. 특히 도래할 근대적 흐름을 일찍이 간파하고 개화를 반긴 명석한 두뇌의 소유자였다. 자상하면서도 근엄한 부친을 많은 사람들이 흠모했다.

> 매일 몇십 명씩 객식구가 들끓었다. 그러나 선친이 퍽 명석한 머리를 가지셔서 사물을 우아하게 처리하였기 때문에 아무런 파란 곡절이 없이 조용한 가운데 지냈다.(중략)우리집은 수십 년 묵은 은행나무와 대추나무와 벽오동과 오얏나무들로 가리어져 있었다. 이 한유한 촌장(村莊)에는 날마다 손님들이 드나들었다. 안식구들은 손님 접대하기에 여가가 없었다. 나귀를 탄 손님, 가마를 탄 손님으로부터 자전거를 탄 손님까지, 말하자면 도포를 입고 갓을 쓴 손님과 양복을 입은 손님들이 함께 드나들었다. 중세풍의 우리 가정은 또 가장 개화되어 있었던 것이다.[6]

사대부 집안의 시끌벅적함이 자연스럽게 그려진다. 일제 강점기, 그리

---

5) 신광수(1712~1775)는 조선후기의 문인이다. 본관은 고령(高靈)이고, 호는 석북(石北)이다. 1764년 의금부도사(義禁府都事)로 탐라에 건너가서 그곳의 풍토·지리·해운 등을 조사 『부해록(浮海錄)』을 지었다. 시화에 능했으며 문집으로 『석북집』이 있다.

6) 신석초, 전집 2, p.61

고 근대의 입구에서 중세풍의 개화된 가정에서 출생했다는 사실은 앞으로의 그의 진로가 평탄치 못하리라는 것을 함축한다. 중세와 근대의 경계적 삶이라는 것, 그것은 전통적 삶의 양식과 왜곡된 근대를 강요한 식민치하의 억압적 굴레를 어떻게 감내해야 할 것인가가 숙명처럼 주어졌음을 의미하는 것이다. 이는 정체성 위기와 맞물린다는 점에서 이 시기의 문인들의 삶은 이미 형극을 예비하고 있었다.

1.3. 한학교육

그의 유년은 그러나 아직 그러한 형극의 삶과는 거리가 있었다. 다만 부친의 뜻대로 학업에 열중하는 생활이 계속되었을 뿐이다. 개화한 지식인이었던 부친은 그의 머리를 단정히 깎게 하고 근대적인 학교에 취학시켰다. 부친은 개화한 지식인이면서도 봉건적 사대부의 풍모를 잃지 않은 경계적 인물이었다. 석초는 취학 이전에 한학을 수학했다. 엄격했던 부친은 그가 한산보통학교를 입학한 이후에도 한학을 게을리 하는 것을 용서하지 않았다. 한문수업은 강요된 하나의 일과였다.

부친은 권국담(權菊潭) 선생을 초빙하여 석초의 지도를 부탁했다. 국담 선생은 꼬장꼬장한 학자였으나 파리한 얼굴, 그리고 짧고 성긴 청아한 수염을 지닌 소유자였다. 엄격하면서도 다소 신경질적이었으나 친절한 스승이었다. 석초는 그를 학자라기보다는 문장가로 기억한다. 도학(道學)이나 이학(理學)을 말하기보다 문장에 큰 관심을 기울였기 때문이다. 국담은 글씨와 서한(書翰)에 능통했다. 때로는 시경을 강의하면서 감동적인 부분에선 고성대독한 감성의 소유자였다.

감정의 과잉은 그러나 철저한 예의 범절과 기품으로 무장한 국담에게는 감성적 여유마저 즐기는 것과 같았다. 그는 학자라기보다는 감성을 이성으로 조절하며 그 감성마저 향유할 줄 알았던 예술적인 취향의 소유자였던 것이다. 특히 그가 이백과 두보와 소동파를 늘 감동적으로 이야기하면서 시적 정취에 빠질 때면 어린 석초는 묘한 감흥을 맛보기도 했다. 석초는 그때 시를 쓰는 것이 장차 자신이 할 일이 아닐까 자연스럽게 예감했을지도 모른다.

그는 자신의 4월 출생을 운명과 결부짓기도 한다. 그것은 일종의 자기변명 같기도 하고 자의식의 과잉 같기도 하지만 시인으로서의 자신의 삶을 인정하는 한 방법이겠다. 음력 사월은 그의 생가의 너른 뜰에 이화(李花)와 도화(桃花)가 만발한다. 그가 태중에 있을 때 그의 모친은 문 앞의 오얏나무에 두 초립동이가 올라가 오얏나무 열매를 따서 당신께 드리는 꿈을 꾸었다고 그에게 종종 말했다. 그는 꿈의 의미를 구체적으로 확인해석할 순 없지만 어머니의 꿈이 평화롭고 아름다웠노라고 기억한다. 그리고 모친의 꿈이 장차 자신이 시를 쓰는 직업을 택할 것임을 예지하는 꿈이었노라고, 그렇다면 자신이 시를 쓰게 된 것은 운명이었노라고 합리화했다.

스승 권국담이 한시적 감수성을 제공했다면 집안의 어른이셨던 할머님 두 분은 고전소설의 감흥을 그에게 전수했다. 당시 석초는 두 분의 할머니를 모시고 살았는데, 한 분은 집안의 어른이셨고 또 한 분은 외가 쪽 어른이셨다. 두 분 모두 명망있는 집안의 후손답게 고상한 말씨를 사용하고 범상을 초월한 예의범절을 체화하신 분들이었다. 집안의 관혼상제나 잔치 등을 담당하실 정도로 고유의 전통 음식에 정통했다.

친할머님은 진서와 언문에 능통했다. 글씨가 주옥같고 찰한(札翰)을 잘 쓰신 것으로 시인은 기억한다. 집안의 혼인서와 조장(弔狀)같은 내간의 의례서를 담당하실 정도로 사대부적 가풍을 몸소 이끈 분이다. 그 분은 집안의 청년들에게 가간서(家簡書)의 형식을 가르치기도 했다. 그리고 석초를 앉히고는 『옥루몽』, 『구운몽』 같은 고전소설을 조용히 속삭이듯 이야기해 주셨다. 석초는 할머니의 청초하고 고결한 모습과 범절있는 말씨에 큰 감동을 받았다. 그는 할머니로부터 고전소설의 세계에 감동적으로 초대받았던 것이다.

그는 할머니의 위엄있고 우아한 자태를 다음처럼 추억한다.

복숭아꽃 핀 뜰이 보이는
창가에서
「구운몽」을 읽고 계시던 할머님
회양목 연상(硯床)을 당겨 놓으시고
세필(細筆)을 이빨로 자근자근 깨물어
풀으시어
새사돈댁 문안편지 초를
잡으시던 할머님
하얀 은발머리로 깨끗하게
늙어 가시던 할머님
언제나 단정히 옷깃을 여미시고
인자하시고 곱게 웃으시던 할머님
——「할머님」

유년시절 할머니에 대해 가졌던 정겨움은, 성인인 지금 유아적인 페이서스가 묻어 나올 정도로 애뜻하다. 그만큼 유년기는 누구에게나 심리적 퇴행이 허락되는 어떤 그리움의 시간이다.

2. 한산보통학교 입학과 근대교육

신석초는 매일 반복되는 한문 학습을 통해서 한시의 아름다움에 접근해 갔다. 아울러 환상적인 고전의 세계에 행복하게 매몰되어 정서적 영역을 확장시켰다. 그의 말대로 그는 경서(經書)와 당시(唐詩), 그리고 선인의 보학설화(譜學說話) 속에서 행복한 유년을 보냈다. 그는 서고에 가득 찬 묵은 곰팡내를 향기처럼 마시며 좀이 먹은 판박이 책과 수사본(手寫本)의 더미를 벗처럼 마주했다. 그의 유년은 한반도 전역을 통타한 1919년의 3·1 운동과 아직도 무관했다.

간혹 장터에서 태극기를 흔들며 만세를 부르는 사람들이 늘어나고 주재소를 습격하는 일이 발생했지만 그의 가시권 밖이었다. 그의 유년은 유가적 전통을 고집하는 여타의 가계답게 공부만을 계속하는 것이었다. "우리

네 가정 교육이란 거의 천편일률적이다. 학문에 있어서는 주자를, 시에 있어서는 두보를, 문에 있어서는 한퇴지를 배우는 일이다. 일상생활 범절은 엄격한 규범에 의해 통제되고 있었다. 나는 이 낡은 인습의 중압에 고민하였고, 또 나 자신을 반역아라고 생각하는 것이다. 나는 정통적인 학문보다는 도리어 노장에 경도되었으며 시에 뜻을 두게 되었다"[7]고 회상한 것을 보아도 어린 시절 그가 감당해야 하는 하중은 의외로 힘에 겨웠다.

그의 유년은 그저 공부에 매진하는 것이 전부라고 해도 과언이 아니다. 전술한 것처럼 그의 부친은 두 사람의 가정교사를 두고 한학과 신학문을 동시에 교육시켰다. 부친 신긍우가 장손인 그에게 과도한 기대와 희망을 갖는 것은 당연했다. 고령 신씨 가문이라는 자부심과 영예는 그의 생을 관통하는 가장 강력한 힘인 반면 그에게 부과된 짐이었다. 그의 부친이 문학을 극구 반대하고 유능한 실업가나 법률가가 되기를 희망한 것도, 장차 그러한 직업의 시대가 도래할 것이며 장손인 그가 당연히 그러한 직업에 종사하여 가문을 빛내기를 희망했던 것이다.

사서삼경을 떼고 1921년 한산초등학교에 2학년에 입학했다.[8] 한산초등학교는 역사와 전통이 꽤 오래다.[9] 서천군청과 경찰서가 있던 서천의 서천보통학교보다 먼저 설립될 정도였다. 그것에 관한 확실한 이유는 현재 자세히 확인할 수 없다. 한산초등학교는 그의 집에서 통학하기가 결코 수월한 거리는 아니다. 추정컨대 그는 어성산 자락을 바람처럼 헤치며 비교적 먼 거리를 통학했을 것이다. 그렇다. 그 당시 십리를 오가며 통학했다는 것은 그 또래에겐 일상이었으니까.

---

7) 신석초, 전집 2, p.9

8) 연보는 그가 1921년 3학년에 편입한 것으로 기록하고 있다. 그러나 학적부는 그가 1921년 2학년에 편입했음을 증언한다. 학교당국은 그의 수학능력을 측정하고 곧바로 2학년에 편입시켰다. 2학년 학기의 시작은 9월이었다. 그런데 1922년 교육령 개정에 의거하여 곧바로 3학년에 편입된다. 그러니까 그는 2학년 한 학기, 즉 6개월을 수료하고 3학년에 진급한 셈이다.

9) 지금의 한산 초등학교는 1911년 7월 5일 '공립한산보통학교'로 설립 인가를 받았다. 동년 9월 1일 '공립한산보통학교'로 개교했다. 이후 동년 11월 1일 '한산공립보통학교'로 개칭하고 1923년 4월 1일 보통과 6년제로 승격하여 오늘에 이르렀다.

한산초등학교 전경

정적에 쌓인 한산초등학교 전경

당시 일제는 식민정책을 효율적으로 전파하기 위해서 전국의 면 단위마다 보통학교를 설립했다. 신교육이라는 명목 하에 식민지를 체계적으로 관리하고자 의도한 것이다. 초기에는 의식있는 집안에서는 보통학교 교육을, 왜놈으로 만드는 공식적인 교육이라고 인식하고 기피했다. 농민들은 교육의 필요성을 인식하지 못해 보통학교 진학과는 거리가 있었다.

그러나 3·1운동 이후 일제의 문화정책이 보다 확대되면서 사람들은 신식교육의 필요성을 감지하고 보통학교에 입학하기 시작했다. 시간이 지날수록 입학생이 쇄도했다. 일제가 입학 적령을 9~12세로 제한했기 때문에 호적을 고쳐 입학을 희망하는 학생까지 생겼다. 나중에는 2부제가 시행될 정도로 호응이 높았다. 왜놈의 교육은 싫지만 시대적인 흐름에 따른 신교육은 어쩔 수 없이 수학해야 하는 것 아닌가 하는 체념이 당시의 지배적인 분위기였다.

이러한 분위기를 잘 보여 주는 한 사례가 있다. 《조선일보》는 1924

년 10월부터 안재홍과 이상협이 내용을 맡고, 노수현 화백이 그림을 담당한 4컷 만화 「멍텅구리」를 연재했다. 이 만화는 장안의 화제였다.

연재 만화 「멍텅구리」

그림은 조선시대의 신분사회를 탈피하지 못한 한 양반이 개화의 물결을 따르지 못하고 좌충우돌하며 실패를 거듭한다는 것을 담았다. 기존의 관념을 고수하고 격변하는 새로운 시대의 사회상을 파악하지 못하는 구지식인의 정신적 혼란을 풍자적으로 조롱한 것이다. 이 만화로 '멍텅구리'라는 말이 유행할 정도였다. 그만큼 시대는 새로운 문화를 요구했던 것이다.

수업을 끝낸 한산초등학교의 전경은 여느 초등학교 교정처럼 한산하다. 고적함이 운동장을 가득 채웠다. 운동장으로 진입하자마자, 그러나 시끌벅적 뛰어 놀았을 아이들의 거친 숨소리가 운동장 여기저기에 숨어 있다가 확하고 반긴다. 운동장 주위에 아직도 우뚝한 느티나무들이 세월의 무게를 꿋꿋하게 이기고 사열병처럼 도열하였다. 교정의 역사가 어느 정도인지 가늠할 수 있을 것 같다.

특히 본관 정문 입구에서 고개를 운동장을 향하고 몸을 강하게 비튼 아름드리 소나무가 과거로 시간여행을 이끌 안내자처럼 반긴다. 물론 당시의 교사(校舍)는 아니나 시인이 호흡했을 교정의 중심으로 빨려 드는 기분이다. 그의 학업성적을 토대로 그의 학창 생활을 유추하면 명민한 소년이었음을 한 눈에 확인하게 된다. 그는 거의 모든 과목에서 만점을 받았다.[10] 단정한 태도와 몸가짐, 그리고 예리한 눈빛으로 한산초등학교 이곳 저곳을 누비고 다녔을 그가 느껴지는 듯 하다.

신석초가 한산초등학교를 자퇴한 때는 정확히 1925년 4월 1일이다. 우수한 성적으로 오학년을 마쳤다. 상급학교 진학을 위해 자퇴한 것이다. 한산초등학교 이학년에 입학했으니, 2~5학년 과정을 수료하고 초등학교 학업을 끝낸 셈이다. 그는 검정고시를 당당히 합격하여 최고의 명문인 경성제일고보에 입학했다.

---

10) 그는 수신(修身), 산술, 조선어, 일본어, 지리, 도화, 창가, 체조 등등의 과목에서 상위권이었었다. 제2학년 52명 중 3등, 제3학년 43명 중 2등, 제4학년 50명 중 2등, 제5학년 45명 중 1등의 성적이 보여 주듯 수재였다.

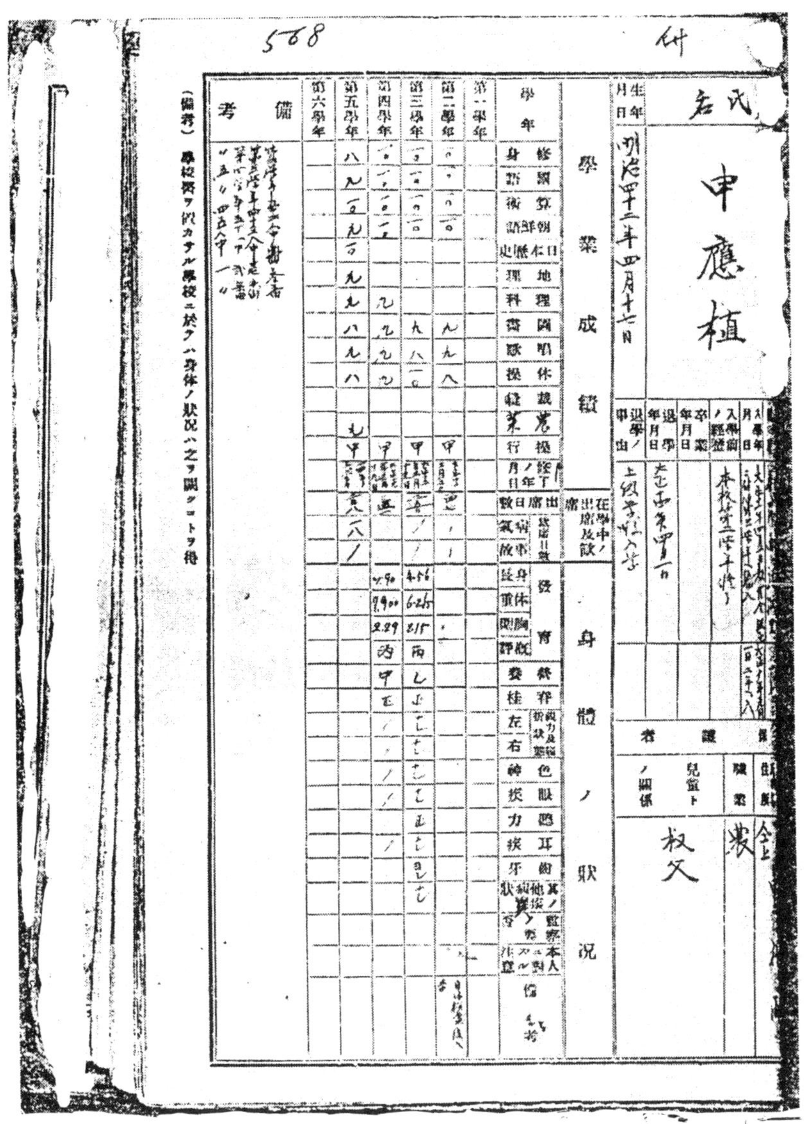

氏名 申應植

生年月日 明治四十二年四月十二日

學業成績 / 學年 / 第一學年 / 第二學年 / 第三學年 / 第四學年 / 第五學年 / 第六學年 / 備考

(備考) 學校醫ヲ置カザル學校ニ於テハ身体ノ狀況ハ之ヲ闕クコトヲ得

한산초등학교 학적부

우수한 성적이지만 체력은 약한 것으로 평가 받았다.

3. 경성제일고보입학과 결혼

3.1. 경성제일고보 입학

석초는 고향 한산을 떠나 청운의 꿈을 안고 수도 경성에 입성했다. 그가 경성제일고보에 입학한 정확한 시기는 1925년 4월 4일이다. 경성고보의 학적부는 당시 그의 거주지를 경성 주교동(舟橋洞) 81번지로 밝히고 있다. 경성에 첫발을 딛었을 때 그가 가졌을 기대와 호기심, 그리고 약간의 두려움이 느껴질 것만 같다. 그가 입학한 그해 카프가 결성되었다.

경성제일고보는 최고의 학생만이 입학할 수 있는 곳이었다. 입학 희망자는 많지만 그러나 제한된 인원 때문에 늘 경쟁률이 높았다. 따라서 입학은 고향의 경사로까지 여겨지던 시절이었다. 경성에서 학업을 받기 위해선 상당한 재력을 소유함은 물론 비상한 두뇌의 소유자만이 가능했다. 다행히 석초는 이 두 조건을 모두 갖추고 있었다.

경성제일고보 전경 (경기 고등학교)

서울 강남구 삼성동으로 이전한 현재의 경기 고등학교

당시 수도 경성의 주된 교통수단은 전차였다. 인력거와 소수의 자동차가 보조적 역할을 했다. 지방에서 상경한 사람들은 조선총독부의 석조건물과 창덕궁, 덕수궁 등의 고궁을 관람하며 열린 입을 다물지 못하던 시절이었다. 그리고 본정통의 상가에서 처음 보는 화려하고 다양한 물건에 찬탄을 금치 못했다. 1920년대 서울의 인구는 이미 30만에 가까웠고, 다방과 카페가 밤하늘을 밝혔을 뿐만 아니라 헐리웃에서 제작된 무성영화가 사람들을 무아지경으로 몰고가던 때였다.

1920년대 한국은행 앞 거리 풍경

1920년대 중반에 지어진 한국은행의 앞 거리. 도시는 새로운 건축물로 달라진 풍경을 보이고 있다.

경성제일고보는 화동 1번지 북악산 남쪽 줄기에 자리잡고 있었다. 서쪽으로는 인왕산이, 남쪽으로는 멀리 남산이 희끗 보이는 곳이었다. 경성 시내를 완만하게 굽어 볼 수 있는 최고의 경관을 갖춘 곳이었다. 자연과 이웃한 깨끗하고 쾌적한 장소였다. 북쪽의 산과 삼청동 일대의 울창한 송림 속에 둘러 쌓인 채, 학교는 아름다운 풍광을 뽐내고 있었다. 경성고보 주위로 중동학교, 숙명학교, 경성여자사범학교, 휘문고보 등이 밀집되어 위치했다.

경성고보 학적부 성적은 우수했으나 체력은 약했다.

신석초의 도시 적응은 상당히 빨랐다. 그것은 한산초등학교를 자퇴하고 곧바로 입학한 고보 1학년 때, 191명 중 11등의 성적으로 나타났다. 각 과목 상위권을 유지했지만 특히 한문과 영어, 그리고 수학에 능통했다. 그러나 체조처럼 체력을 요하는 과목은 신통치 않았다. 체조는 평균 이하였다. 그 과목은 그를 괴롭혔다. 다만 의문인 것은 도화의 점수가 예상 외로 낮다는 것이다. 그가 도화에 상당한 안목을 지녔던 것을 생각하면 의외다.

3.2. 결혼과 6·10만세 운동

입학 이듬해인 1926년 봄, 그는 강영식(姜永植)과 혼인한다.[11] 강영식은 진주 강씨로 부친 강태원(姜太遠)과 모친 이화(李和)의 장녀였다. 그녀는 석초보다 2세 연상이었다. 당시는 조혼 풍습이 아직 잔존해서 남자는 12~13세, 여자는 14~18세가 결혼 적령이었다. 석초의 경우는 적령기를 넘긴(?) 셈이다. 결혼에 따른 심리적인 동요 때문일까, 2학년 때의 성적은 1학년 때와 비교할 때 상당히 추락했다. 신체검사에서도 '병'으로 평가된 것처럼 당시 그는 정신적, 육체적으로 안정을 찾지 못했던 것은 아닌가 한다. 법률을 공부하라는 아버지의 강압과 강행된 결혼으로부터 탈피하고 싶었다고 당시의 혼란했던 시기를 종종 피력하곤 했다.[12)]

결혼한 그 해 국내 사정 역시 혼미를 거듭했다. 4월 25일 순종 황제가 승하했다. 대한제국이 낙엽처럼 스러진 뒤 황제에서 왕으로 강등되어 16년 동안을 창덕궁에서 유폐되어 생활했던 불운한 주인공이었다. 그가 53년의 한많은 생애를 마쳤다. 6월 10일 순종의 국장이 식민치하에서 눈물로 치러졌다. 이때 연희전문의 이병립, 박하균, YMCA 박두종, 중앙고보의 이선호, 이왕희 등이 수시로 모여 순종의 국장일에 맞추어 독립운동을 전개하기로 다짐했었다. 이들은 국장일에 수많은 인파가 모일 것을 예상하고 3·1운동과 같은 전국규모의 대일항쟁운동을 추진키로 한 것이다.

이들은 격문을 인쇄하고 태극기를 제작하는 등 사전준비에 만전을 가했다. 국장일 당시 조선총독부는 경찰병력과 조선군사령부 소속의 일본군을 동원하여 요소요소에 배치했다. 드디어 국장일 오전 8시 30분, 종로 3가 앞을 지나던 중앙고보생이 독립만세를 연창하며 격문을 뿌렸다. 경성사범, 동대문, 청량리에 이르는 연도를 관통하며 시민들에게 격문을 뿌리며 독립을 외쳤던 것이다.

수많은 사람들이 이에 동참하여 만세를 연창했다. 일제는 당황했다. 잔악하게 제압할 필요를 강하게 느꼈다. 이 사건으로 주동자를 비롯 수백명이 검거되었다. 병인만세 사건이라고 지칭되는 이 사건은 일제의 탄압

---

11) 모든 연보에는 그의 결혼을 1924년으로 밝히고 있다. 그러나 호적등본은 분명 단기 4259년 즉, 서기 1926년에 결혼한 것으로 기록하고 있다. 실제 결혼은 1924년이고 신고는 1926년에 한 것인지 알 수 없다.

12) 신석초, 전집 1, pp.300~301

에도 불구하고 수많은 사람들의 호응을 얻어 전국적으로 확산되었다. 공주, 홍성, 순창, 군산, 정주 등 각지역에서 만세운동이 불길처럼 타올랐고 1,000여 명이 투옥되기도 했다.[13)]

단성사

나운규의 「아리랑」이 상영되었던 단성사의 50년대 모습

그해 가을 10월 1일부터 단성사에서는 「아리랑」이 상영되었다. 영화는 어느 시골 마을의 청년이 마을 사람들을 괴롭히는 부잣집 집사 오기호를 처단한다는 단순한 줄거리로 구성되었다. 그러나 당시의 관객들은, 가난한 마을 사람들을 탄압하는 부자와, 그 부자의 위세를 업고 호가호위(狐假虎威)하는 집사를 처단하는 청년의 모습에 열광했다. 주인공을 자

---

13) 1926년 이후 학생운동은 정치투쟁의 일익을 담당한다. 1926년 55건이던 맹휴는 이듬해인 1927년엔 72건으로 확장된다. 학생운동이 보다 극렬해진 것이다.
한창수, 편, 『한국 공산주의운동사』(지양사,1984) pp.70~74
스칼라피노, 이정식, 『한국 공산주의운동사』(돌베게,1986) pp. 104~140
이반송 외편, 『식민지시대의 사회운동』(한울림,1986) pp. 36~54

신들과 동일시한 것이다. 비록 일본 순사에게 잡힌 청년이 포승줄에 묶여 아리랑 고개를 넘어가는 끝장면이 일시적 위안을 불식하고 현실을 다시 직시하게 했지만 「아리랑」의 인기는 대단했다.

각본 · 주연 · 감독한 「아리랑」을 통해서 춘사 나운규라는 희대의 인물이 영화계에 폭풍처럼 등장한 것이다.14) 나운규는 조선민중의 영웅으로 추앙받았다. 그는 이미 간도의 명동중학 재학 중에 3 · 1 운동에 적극적으로 참가했고, 우여곡절 끝에 홍범도가 이끄는 독립군에 가담하여 독립운동을 전개한 투사이기도 했다. 귀국해서 중동학교 재학 중에 독립운동 혐의로 일제에 의해 체포되어 1년 6개월의 옥고를 치루기도 했다.

출옥 후 그는 영화의 길에 매진했다. 단역을 몇 번 맡다가 자신이 각본을 쓰고 주연과 감독을 맡은 「아리랑」을 통해 대중 속으로 화려하게 등장했다. 감독, 원작가, 각색, 편집, 제작에 탁월했던 그는, 36세의 젊은 나이로 생을 마감하기까지 30여 편의 영화를 기적처럼 연출했다. 특히 나운규식 리얼리즘은 좌절과 실의에 빠진 식민치하 많은 시민들에게 희망을 안겨 주었다. 시민들은 「아리랑」을 관람하면서 국가 상실의 아픔과 울분을 달랬다.

이처럼 사회는 격변하고 있었으나, 석초는 의외로 침묵했다. 그는 선천적으로 약했고 자주 앓았다. 학업을 계속할 수 없을 정도였다. 1927년 한 차례 휴학했고 이듬해인 1928년 2월 15일 신병을 이유로 자퇴했다.

---

14) 그런데 이 영화를 감독한 인물은 나운규가 아니라, '스모리 히데이치(津守秀一)'라는 일본인으로 알려져 있다. 「아리랑」을 제작한 영화사 역시 일본인 '요도 도라조(淀虎藏)'가 설립한 조선키네마프로덕션이었다. 이를 두고 영화계는 오랫동안 논쟁을 벌여왔다. 그러나 당시의 기록 어디에도 나운규가 이 영화를 감독했다는 사실을 뒷받침할 증거는 찾기 어렵다고 한다. 그렇다면 아이러니칼하게도 당시의 관객들은, 일본인이 제작 · 감독한 영화를 보면서 식민지 시대의 아픔을 공유하고 카타르시를 느꼈다고 할 수 있다(조희문, 「단성사 100년의 스크린 연가」 『월간중앙』 (2001.3) pp.394~395).이를 인정한다면, 청년이 일본 순사에게 잡혀 아리랑 고개를 넘어가는 끝 장면은 영화를 제작하고 감독한 일본의 의도가 반영되었다고 할 수 있다. 즉 조선인들이 처한 당시의 국가적 치욕과 모순을, 단순히 지주와 소작인 등의 내부모순 등으로 위장하면서, 일제의 식민통치라는 국가적 차원의 외부모순을 희석화하고 정당화했다는 것이다.

학적부를 통해서 경성제일고보 1학년과 2학년만을 마쳤다는 것을 확인할 수 있다. 학창시절이 짧은 만큼 특별한 행적도 보이지 않는다. 정지용 같은 경우 고보시절부터 문학활동을 전개하고 습작기를 가지는데, 그의 경우 그런 문학적 활동도 발견되지 않는다.

그가 휴학하던 1927년, 민족 단일단체인 신간회가 총독부의 승인 하에 발족했고, 박영희의 주도 하에 카프가 제1차 방향전환을 시도했다. 카프는 현실의 객관적 정세를 냉철히 분석하고 예술은 당연히 정치투쟁의 운동 속에 자연스레 편입될 수밖에 없다고 선포했다. 문학이 정치적 행동을 선도하는 방향으로 전환한 것이다.

이 획기적인 사건으로 비로소 '카프'라는 명칭이 자랑스레 사용되기 시작했다. 그리고 곧바로 동경지부가 결성되었는데 공산주의로 무장한 '제3전선파'의 이북만이 당시 중심인물로 급부상했다. 동경에서 활동한 문인들은 문학의 정치적인 운동을 보다 강조했다. 카프는 기관지로 《예술운동》을 동경에서 출간했다. 국내에서의 검열을 빌미로 동경에서 출간했지만 실은 카프의 대세가 이미 동경의 제3전선파로 기우는 명백한 징표였다.

이처럼 그가 고보 재학 중 문단은 역동적으로 요동치고 격랑의 물결을 타고 있었다. 고보를 자퇴한 이후의 신석초의 행적은 묘연하다. 다만 건강 때문에 청정지역을 찾아 요양하지 않았을까 추측할 뿐이다. 금강산을 찾았다는 것도 그런 맥락에서 이해할 수 있을 것 같다. 고향에 낙향하여 피로한 육체와 정신을 추스리기 바빴을 것이다. 그의 고향 건지산 자락에는 조계종 말사(末寺)의 자그마한 암자인 '봉서사(鳳棲寺)'가 위치해 있다. 여기서 그에 관한 기록이 발견되는 것으로 보아 필시 이곳 요사채에서도 요양했을 것으로 추정된다.

봉서사 극락전 봉서사 극락전은 최근 새롭게 신축하여 단장했다.

봉서사 요사채 신석초가 요양했던 요사채의 옆으로 새 요사채가 건축 중에 있다.

암자의 안내문은, 석북 신광수를 비롯하여 월남 이상재와 시인 신석초가 머무른 바 있다고 전한다. 그러나 당시 시인이 머물렀을 암자의 모습은 많이 변했다. 과거의 극락전은 몇 년 전에 허물고 지금은 크고 웅장한 극락전이 그 위용을 자랑한다. 요사채는 그대로인데 많이 퇴락하여 완공된 극락전과 극단적인 대비를 이룬다. 그래서일까 극락전에 걸맞게 2000년 가을 현재, 새 요사채를 건축 중이다. 그러니까 석초가 머물렀던 봉서사는 이제 상전벽해한 셈이다.

과거 극락전 현판

그런데 과거의 극락전 현판이 사라져서 아쉬움을 전한다. 그 현판은 석초의 조상인 석북 신광수의 유필이었기 때문이다. 과거 현판의 '극락전' 옆에는 조그맣게 다음처럼 새겨져 있었다고 한다. "右石北申公遺筆也風雨多年蠹板缺書至語飄零不勝滄感六世孫行雨拾於地而模寫噫(오른쪽은 석북 신광수의 유필이다. 다년간의 풍우로 판목이 좀먹고, 글이 훼손되어 영락해져서 그 슬픔을 이기지 못하겠구나. 이를 안타깝게 여긴 6대 손 '행우'가 땅에서 이를 수습해서 모사한 것이다!)" 그러니까 이 사찰은 신석초 집안과는 인연이 꽤 깊다고 할 수 있다.

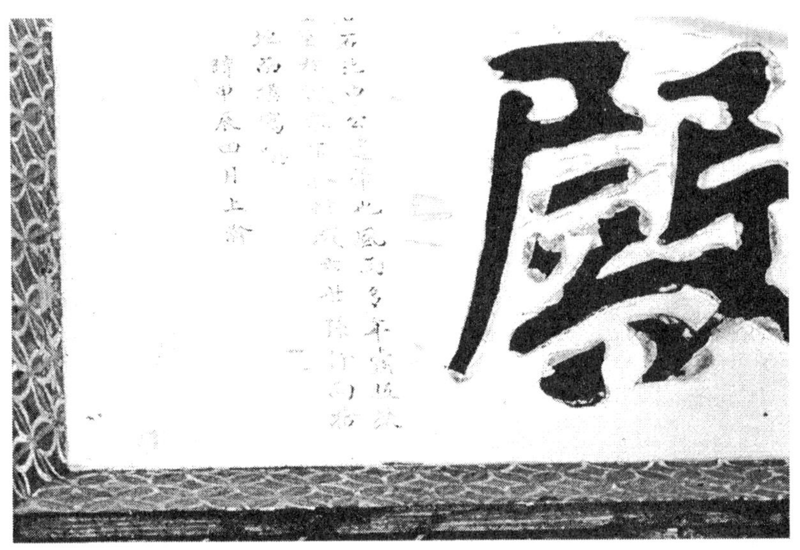

극락전 현판의 신광수 유필
과거 극락전 현판의 왼편에 석북 신광수의 유필이 새겨져 있다.

이처럼 석초는 고보를 자퇴한 후 고향은 물론 쾌적한 산천을 주유하며 요양했을 것으로 보인다. 그리고 어느 정도 육체적, 정신적 피로를 극복했다고 느꼈던지, 1929년 일본 유학길에 오른다.

4. 일본 유학, 카프 활동

4.1. 법정대학 철학과 수학

1929년 봄, 원산에서 대규모 노동자 파업이 있었고, 11월 3일 광주학생운동이 폭풍처럼 전국을 강타했다. 3·1 운동 이후의 대규모 항일투쟁이 다시금 요원의 불길처럼 타오르는 순간이었다. 질풍노도로 번져가는 거센 불길 앞에서 일본은 당황했다. 일제는 당근과 채찍을 병행했으나 시위는 요지부동이었다. 시위는 들불처럼 삽시간에 폭발적으로 확산되었다.

사태의 심각성을 직시한 일본은 결국 강압적으로 시위를 진압했다.

학생들로부터 시작된 항일운동은 신간회를 비롯한 각종 사회단체와 청년단체, 그리고 조선공산당으로부터 전폭적인 호응을 얻었다. 모두 혼연일체가 되어 전국적인 항일투쟁을 전개했다. 12월 초 서울지역의 학생들이 투지를 불태우며 투쟁의 선봉에 서자 시민 모두가 총궐기했던 것이다. 학생들은 동맹휴학과 가두시위를 병행하면서 가열찬 투지를 다졌다. 비록 많은 학생들이 퇴학, 투옥되는 희생을 감수해야만 했으나, 다시 한 번 한국인의 독립의지와 그것의 실천을 만방에 고한 대규모 항일투쟁이었다.

신석초는 1929년 일본에 체류하며 학업에 전념했다. 이듬해 1930년 5월에 활동리에서 장남 신기순이 출생했다. 1931년 그는 법정대학 철학과에서 수학했다.15) 당시 일본을 왕래하는 교통편은 경성역을 출발, 부산에 도착하여 일본으로 향하는 관부연락선(關釜連絡船)을 이용하는 것이 일반적이다. 당시 관부연락선은 한국인들이 많이 이용했는데 특히 가슴을 아프게 하는 것은 수많은 한국인 노동자들의 행렬이었다. 살기 위해 만주로, 북간도로, 일본으로 이주해야 했던 수난의 역사가 눈에 잡힐 것 같다.

일제의 수탈로 피폐해진 식민지 한국과 비교한다면, 침략국 일본의 수도 동경은 화려하기만 했다. 끝도 없이 어깨를 맞댄 고층빌딩들이 스카이 라인을 형성하고 시야를 차단하면서 초라한 식민지 청년 석초를 위압했다. 화려한 네온사인은 조선의 청년을 더더욱 조롱했으리라. 그리고 끊임없이 이어지는 자동차의 행렬 앞에 그는 연 입을 다물지 못했다. 그 당시 동경의 인구는 거의 6백만이었으니 서울과의 비교는 상상조차 불가능하다.

아무튼 그 역시 관부연락선을 타고 일본을 향했을 것이다. 그런데 의문은 그가 경제와 법률 관계의 전공을 적극 권장한 부친의 의사를 거부하고 철학과에 입학한 까닭은 무엇일까 하는 것이다. 더구나 그는 철학보다 문학에 심취하기까지 한다. 생래적으로 구속을 싫어했던 그의 성격이 잠

15) 김용성은 유족들의 말을 빌려 신석초가 1929년 조도전대(早稻田大) 청강생으로, 이후 1931년에는 법정대학 청강생으로 수학했다고 한다. 지금으로서는 어느 것이 정확한지 대학의 학적부를 조사하기 전에는 장담할 수 없다.(김용성,『한국현대문학사탐방』(현암사,1984) p.411)

재되어 기회를 노리고 있다가 이국에서 마침내 폭발한 것은 아닌가 한다. 그동안 그는 부친의 억압적인 교육방식에 반기를 들지 못했지만 이젠 달랐다. 부친이 그의 생각과 사고를 조종하기에는 이미 늦은 것은 아닐까. 그는 훌쩍 성장해 있었던 것이다.

오래 전부터 그는 엄격한 규범에 의해 통제되는 일상의 예의범절을 견디지 못하고 있었다. 낡은 인습의 중압으로부터 탈피하기 위해 절치부심했다. 그리고 그것은 마침내 동경에서 달성됐다. 그는 자신을 옥죄는 각종 제도와 인습으로부터 반역을 시도했다. 철학과 수학은 신호탄이었다. 그러나 뾰족한 대책이 없었다. 그는 닥치는 대로 책을 탐독했다. 책은 방향을 제시할 것이다, 하고 기대했을 것이다. 그는 당시의 사상적 방황과 심리적 고민을 타개하기 위해 로망 롤랭, 투르게네프, 괴테, 보들레르, 입센 등을 섭렵하고 그들의 사상에 마약처럼 경도되었다.

그 무렵 그는 운명처럼 발레리를 만났다. 그의 작품을 읽고 전율했다. 발레리는 인생의 지표가 되었다. 그는 마침내 자신의 생각과 행위를 규정하는 이론적 토대를 마련하였다. 그 영향관계에 대해서는 이미 석초의 작품을 분석하는 자리에서 언급한 바 있다. 발레리는 전통과 진보, 역사와 현실의 난맥상을 극복한 한 모범이었다. 더구나 그는 동양적이면서도 엄밀한 과학과 지성을 무기로 하는 서양의 합리주의 사상을 대표했다. 그런 발레리는 유가적 인습과 제도에서 탈피하려던 그에게 빛으로 다가왔다.

발레리에 대한 그의 경사는 급기야 불어로 발레리의 작품을 통독하려는 욕망을 낳았다. 그는 동경에서 특별히 불어 개인교습을 받았다. 당시 그를 가르치던 선생은 잔느 시게노 부인이었다. 그는 운좋게 동경에서 프랑스 여성을 만났던 것이다. 시게노 부인은 프랑스의 훌륭한 가문에서 태어났다. 그런 그녀가 일본에까지 오게 된 결정적인 이유는 결혼 때문이다. 1차세계 대전 중에 일본의 한 남자가 프랑스를 찾았다. 바로 시게노 자작이다. 그는 공군으로 연합군에 참가하여 전투를 벌였다. 우연히 둘은 만났고 두 사람은 결혼으로 그들의 인연을 완성했다.

결혼하자마자 그들 부부는 일본에 정착했다. 그러나 남편의 집안에서 결혼을 절대 허락하지 않았기 때문에 그녀와 남편은 부모와 갈라서 외롭게 생활했다. 그동안 아들 둘이 출생했고 남편은 병으로 세상을 떠났다. 이국 땅에서 그녀가 감당해야 했던 고초가 어느 정도였을지 상상이 간다. 그녀는 신산한 세월을 이겨내며 아이들을 키웠다. 이때 석초를 만났던 것이다. 석초는 일주일에 두 번 그녀로부터 교습을 받았는데, 그때 그는 어학교습도 교습이지만 그녀의 해박한 지식에 압도당한 것 같다. 그녀는 문학과 미술 또는 의학에 관해 지칠줄 모르고 석초와 이야기했다.16)

4.2. 카프 가입과 활동

이무렵 그는 유인(唯仁)이라는 필명으로 1931년, 32년에 카프의 맹원으로 활동한다. 이때 민감한 문제였던 창작방법과 관련된 주제로 글을 두 편 연속적으로 발표한다. 그가 여타의 카프의 맹원에 비해 치열한 활동을 전개한 것은 아니지만 이미 밝힌 것처럼 1930년 카프의 조직확대 이후 서기국의 책임자로 활동한 바 있다. 1931년 9월 카프 제1차 검거 사건에 연루된다. 추측컨대 이미 임화와 안막, 그리고 박영희와 활발하게 교류했던 것 같다.

1929년 ML, 즉 조선공산당에 대한 일제의 대대적인 검거 때, 김기진의 친형인 조각가 김복진이 검거되면서 카프의 활동이 주춤한 적이 있었다. 카프는 침체상태를 돌파하기 위해서 1930년 4월 대대적으로 조직을 재정비하는데 이때 서기국 책임자로 신석초가 위원으로 활동하고 있었다. 그러니 신석초의 좌익활동은 이미 1920년대 후반으로 소급될 수 있다고 하겠다. 그가 1930년부터 서기국 책임을 맡기 위해서는 이미 그 전에 활동이 있어야 하기 때문이다.

당시 일본 내의 재일 조선인 단체는 무려 488개, 약 8만여 명의 회원이 각 단체에서 활동하고 있었다. 공산계, 아나키스트계, 민족주의계, 신간회 등 여러 단체들이 난립하여 서로 영향을 주고 받고 있었다.17) 이들은 기

16) 신석초, 전집 2, pp. 63~64 참조

관지를 발행하며 사회개혁을 부르짖고 활발하게 활동했다. 신석초가 유학하고 공부할 때 자연스럽게 재일 한국인 단체의 활동과 교섭했을 것이다.

교류가 있었다면 구체적으로 그들의 교류는 언제 시작되었고 어떻게 진행되었는지 궁금해 진다. 그러나 그것을 확인할 방법은 없다. 다만 그가 첫 번째 글을《조선중앙일보》에 1931년 12월부터 연재하는 것을 보아서 아마도 일본 유학 중, 안막 등과 교제했으리라는 추측은 가능하다. 후에 안막과 결혼한 국제적인 무용가 최승희의 춤에 매료되어 그녀와 의견을 주고 받았다는 일화 역시 참고한다면 분명 이들과의 교류가 석초를 자연스레 카프로 이끌었을 것이다. 동경의 공산계열의 잡지《무산자》를 안막이 국내에 들여 와서 배포한 것, 신석초가 프로영화「지하촌」을 강호, 임화 등과 함께 제작한 당시의 정황이 이를 뒷받침한다.

이미 일본에선 공산당계열의《무산자》가 사상투쟁지로 그 성격을 확고히 하고 있었다. 신석초가「지하촌」의 제작에 관여한 사실로 미루어 볼 때 카프계와 긴밀하게 접촉하였을 것이다. 더구나 자신과 비슷한 시기에 도일한 임화와 만났으리라는 것은 명약관화하다. 이미 임화는 카프계의 떠오르는 이론적 실천가로서, 그리고「네거리의 순이」,「우리옵바와 화로」등의 독창적 시 형식으로 낙양의 지가를 올리던 때 아니던가. 더구나 임화는 이미 몇 편의 영화에서 주연으로 활동한 경력까지 있다. 그들은 자연스레 동경에서 해후했을 것이다. 이미 카프동경지부는 영화에 대한 관심이 지대했으니 당연히 석초는 그와 영화제작을 논의했을 것이다.

이후에 카프는 다시 한 번 조직 확대기를 갖고 기술부를 신설하였는데, 이때 신석초는 연극부 소속위원으로 활동했다. 영화와 연극이 문학보다 직접적이고 선동적이라는 점에서 카프 내의 그의 비중은 미약한 수준은 아니었던 것으로 사료된다. 신석초가 처음 발표하는 글부터 유물변증법적 창작방법을 주창하며 권환, 한설야, 임화 등을 공박한 것을 참고한다면 이해가 빠를 것이다.

---

17) 김윤식,『임화연구』(문학사상사,1989) p. 241

동경 수학시절

1933.8. 동경에서 수학할 당시의 모습이다.

일본유학 시절의 3남매. 계씨 신하식, 누이 동생 효식과 함께 한 신석초

신석초는 이미 문학에 상당한 관심을 가지고 있었으므로 임화 등과 문학적 지식을 교환했을 것이다. 그가 문학적 토양을 언제 다졌는지 본격적인 시기와 과정 등에 대해서는 오리무중이다. 다만 추정할 수 있는 것은 경성고보 재학 중에 국내의 문단현실에 호기심과 관심을 나타냈고 그것이 방대한 독서로 나타나지 않았을까 하는 것, 그리고 동경 유학 중에 카

프 회원들과 교제하며 카프에 입회했고 자신의 문학관을 보다 확고히 다졌던 것으로 추정할 수 있을 뿐이다.

창작방법론 논쟁은 이미 구체적으로 검토한 것처럼 그리 오래 지속되지 못했다. 일제의 강경한 탄압에 의해 카프가 분열되었고, 카프의 균열이 가속화될 때 그의 이론은 우경화 이론으로 비판받았기 때문이다. 그의 글은 카프 내부에 큰 영향을 끼쳤다. 카프는 그의 글을 맹비난했다. 카프는 위기의식에 사로잡혀 있었다. 그의 글이 발표되기 직전 김팔봉, 안막, 이기영, 임화 등이 구속되고 석방되는 가혹한 상태에 처해 카프는 이미 중심을 잃고 휘청거리고 있었기 때문이다.

일제는 카프를 와해시키면서 동시에 공산주의자들을 체포하고 강력하게 탄압했다. 이미 일제는 1931년, 만주를 대대적으로 침략한 바 있다. 만주에 대한 권리는 일본에 있었지만 중국의 국권회복운동이 날로 거세지자 일본은 중국을 폭력적으로 제압하기로 음모했다. 그들의 모의는 치졸했다. 만주철도를 폭파하고 이를 중국 측 소행으로 트집을 잡고 이를 빌미로 대규모 침탈을 감행하자는 것이 그것이다. 일본의 음해와 음모 앞에, 만주는 여린 풀처럼 맥없이 짓밟혔다. 일본은 만주 전역을 점령하고 곧바로 괴뢰국 '만주국'을 선포하지 않았던가.

일제의 탄압에 조선의 진보적 단체들도 예외일 수 없었다. 일제는 단체들을 말살하기 위해 조직원들을 발본색원했다. 이런 난맥상의 시기에 그의 글이 조직에 악영향을 끼쳤을 것이라는 사실은 충분히 예상할 수 있다. 이런 내·외적 상황이 운신의 폭을 협소하게 했고 그를 압박했다. 갈등 끝에 그는 박영희와 함께 탈퇴서를 제출했다. 거듭되는 사상적 회의와 갈등이 사퇴라는 결단을 내리게 했던 것이다. 그리고 사상적 위기를 발레리에 대한 경사에서 어느 정도 극복했다.

이제 그는 카프와 무관했다. 카프 제2차 검거사건, 즉 카프의 연극부 '신건설사'가 전주에서 공연을 하던 중 선전삐라가 발견되어 전주 경찰서에서 카프요원을 검거하던 사건이 발생했을 때 그가 전혀 이 사건과 무관했던 것은 이 때문이다. 이 사건에 기소된 인원은 23명이었는데 이는 결과적으로 카프의 맹원 대부분이 기소된 것과 다를 바 없었다. 이 사건은 사회적으로 큰 파장을 불러 일으켰다. 그러나 그는 상관이 없었다. 석초는 1933년 카프와 결별했던 것이다.

Ⅱ. 시인 신석초

1. 시작활동 개시

1.1. 위당 정인보, 조선주의

그는 지속적으로 동경과 서울, 고향을 왕래했다. 카프 탈퇴 이후의 뚜렷한 행적은 포착하기 어렵다. 일본에서 한국으로 귀국한 정확한 년도 역시 불확실하다. 그런데 이미 이 책의 서두에서 귀국을 1935년 초로 잡았기 때문에 이를 그대로 수용하기로 하겠다.

귀국 이후 그는 명륜동에 기거하고 있었다.18) 이때 우연히 《신조선(新朝鮮)》 편집을 담당하면서 시를 발표한다. '석초(石初)'라는 필명을 사용하여 「비취단장」, 「밀도를 준다」 등을 발표하는 것이 그것이다. 같은 해 활동리에서 차남 '달순(達淳)'이 출생한다. 이후 문단 활동을 본격화하기 위해 거처를 혜화동으로 옮긴 것 같다. 장녀인 '길순(吉淳)'은 1937년 혜화동 74번지에서 출생한다.19) 주로 서울에서 생활했으나 생활의 터전

---

18) 1935년 육사와 만났을 때 그는 명륜동에 거주했다. "아침이면 대개 일찍 그가 명륜동의 나의 집으로 찾아 왔다"에서 확인할 수 있다. 연보에선 1934년 일본에서 귀국했고 《신조선》 편집에 관여하면서 제동(齊洞)에서 혜화동으로 주거를 옮겼다고 기술한다. 제동에 거주했다는 기록은 어디서고 발견되지 않는다.

19) 석초는 일본에서 귀국하고 서울에 주로 머물며 활동했다. 아내도 고향에서 상경하여 함께 생활했는데 그 시기는 차남(신달순)의 출생(1935)이후다. 장녀인 길순의 출생이 혜화동 74번지 인 것이나, 차녀(신명순) 역시 명륜동 4가 72번지에서 출생하는 것으로 보아 명륜동과 혜화동 등지에서 생활했음이 확실하다.

은 아직 활동리였다.[20] 활동리를 청산하고 식솔을 이끌고 서울에 터를 잡은 것은 후에 부친이 유명을 달리하고, 6·25 라는 참혹한 격변을 치른 이후였기 때문이다.

시세계를 검토할 때 언급된 것처럼 그의 시작활동은 1935년부터 본격화되며 그의 시작에서 가장 큰 영향을 끼친 것이 위당 정인보다. 위당은 그의 시적 소재나 주제를 결정하고 이를 양식화하는데 크게 기여했다. 그가 위당을 알현할 즈음 위당은 연희전문에서 한문학과 조선문학을 가르치며 후학양성에 전력을 다하고 있었다. 더구나 정약용 서거 100주년을 기념하기 위해 안재홍 등과 다산의 『여유당전서(與猶堂全書)』를 간행했다.

30대의 정인보

위당은 후학 양성과 서적 간행 등의 일련의 작업을 통해 실사구시의 정신을 다지고 조선학운동을 주도하고 있었던 것이다. 그러니까 위당은 주자학의 관념주의적 측면을 이론적 실천으로 극복하려는 적극적 사고를 가진 인물이었다고 할 수 있다. 신석초는 위당의 위엄있는 태도와 그의 애국적 충절에 상당히 감화되었다는 것은 앞서 기술한 바 있다.

카프 시기에 관여했던 논쟁을 보더라도 석초는 실천보다는 사유와 지성 쪽에 비중을 크게 둔 바 있다. 그의 학문적 성향은, 민족의식을 고취

20) 삼녀(신민순)와 사녀(1951)가 고향인 활동리에서 출생하고 있는 것은 그 좋은 예이다.

하는 위당의 영향으로 관념적 실천을 보다 세련되게 연마할 계기를 마련할 수 있었다. 위당의 민족적 자긍심과 학문적 실천이 그의 시적 출발에 큰 영향을 미쳤던 것이다. 그의 시가 조선주의에 대한 경사에서 비롯된 것은 이 때문이다.

유년기부터 한학의 세례를 받은 그는, 위당과의 만남을 통해서 내면에 잠재된 동양적 사유가 불처럼 타오르는 것을 감지했다. 식민치하에서 행동거지의 한 모범을 위당에게서 발견했다. 한편 세계적으로 확장되는 파시즘의 횡포에 대항하여 문화의 옹호를 견지하며 시적 저항을 시도했던 발레리의 지성은 식민치하의 시인에게 또 하나의 정신적 지주로 작용한다. 강퍅한 시대적 상황 앞에서 신석초는 투쟁하기보다 한국의 전통문화를 옹호하고 조선정신을 시적으로 형상화하는데 몰두하기 시작했다. 위당과 발레리는 그의 시세계를 결정하는 인자였다.

일제에 대한 위당의 저항은 민족의식을 강조하는 것에서 시작한다. 즉 위당은 자신에 대한 이해 없이는 민족적 저항은 불가능하다고 간파한 것이다. 위당은 자신을 알고 자신을 억압하는 외부적인 힘에 반발하는 것을 '얼'이라고 규정했다. 그리고 자신을 올곧게 지키기 위해서는 자신을 정확히 파악하고 이를 법도에 맞게 스스로를 발전시켜야 한다며 '절조'를 내세웠다. 전자가 정신적인 측면이라면 후자는 행동에 관한 것이다.

그러니까 위당은 일제에 대한 항쟁 못지 않게 자신의 역사와 문화를 진지하게 파악할 수 있는 역량이 전제되어야 한다고 믿었다. 이것이 전제되어야만 주체적 삶을 방해하는 외부적인 힘에 효과적으로 대항할 수 있다고 본 것이다. 그가 민족의 정체성을 확립하고 이를 천착하는 조선학운동을 전개한 것은 이 때문이다. 위당은, 이론적인 작업은 가시적인 투쟁과 유리되는 것이 아니라 상호 유기적으로 연계되어 실현되어야 한다고 주장했다.

1.2. 평생지기 이육사

위당 외에 그의 운명을 뒤흔든 사람이 있었으니 바로 이육사이다. 위당을 외경하고 흠모할 무렵 육사를 만났다. "서기 1935년, 내가 육사를 만난 것은 그해 봄인 것으로 기억된다. 동경에서 돌아와 나는 별로 할 일이 없었기 때문에 서울에서 흥뚱거리고 있었다."고 구체적인 시기까지 밝히고 있다. 여느 때처럼 위당 선생을 찾았을 때 미리 와 있던 육사와 우연히 해후했던 것인데, 이내 죽마고우처럼 가까워졌다. 석초는, 육사의 상냥하고 관대하며 친밀감을 주는 눈동자와, 조용하며 위엄있는 말씨, 그리고 신사적 풍모에 빨려 들었다.

이육사

두 사람의 교우는 마치 지금 이 순간을 기다린 것처럼 격정적이었다. 오랜 갈증과 목마름을 해갈할 것처럼 열정적이었다. 그들은 특별한 사안이 없는 한 같이 있었다. "매일 같이 우리는 함께 있었다. 우리는 매일 같이 명동거리와 진고개 거리의 다방과 바아를 헤매며 시와 인생을 이야기하였다"21)고 회고할 정도로 각별했다.

---

21) 신석초는 "그가 시를 이야기 할 때는 하찮은 말이라도 시가 되지 않는 것이 없었다. 가위 그는 청풍명월이었다. 그의 얼굴은 달과 같이 밝고 서늘하였으며 피부는 유리와 같이 맑고 엶았다. 이것은 아마 그의 단명을 말하고 있었던 지도 모른다.

석초의 아우 신하식 부부는 "혜화동에 살 때 이원조를 비롯한 육사 3형제가 빨래를 해댈 정도로 늘 와서 살다시피 했다. 석초는 멋을 부려 양복도 자주 해 입었는데 한 번 입은 양복은 육사 등에게 주어 집에는 헌양복이 없었다. 그는 시 외에 영화에도 관심을 보여 「지하촌」이란 영화를 제작하기도 하고 《창공》이란 잡지를 만들려다가 실패하기도 했었다. 그는 이재를 축적하기보다는 소모하는 쪽의 사람이었다"22)고 한 회고에서도 두 사람의 우정을 짐작할 수 있다.

혜화동 집

신석초가 아우 신하식과 함께 거처하던 혜화동 집이다.

성격과 행동양식이 판이했던 그들의 우정을 어떻게 이해해야 할지 참 난감하다. 소심하고 비사교적인 석초였지만 육사를 만나선 흥이 났다. 짐작컨대 그들은 고전적 취향과 안목을 서로 교환하며 예술적 정서를 공유

아무튼 우리는 늘 함께 다녔다. 이것은 좁은 서울에서는 곧 유명하여졌다."고 둘 간의 지독했던 우정을 회상했다.

신석초, 전집 2, p. 68

22) 김용성(1984) p.413

했을 것이다. 본명 이활(李活)인 육사는 이퇴계의 14대 후손이라는 강개한 가풍으로부터 자유롭지 않았으니 이는 당연해 보인다. 그것이 그의 생활태도와 몸가짐을 형성한 큰 요인이었다. 유년기부터 선비적 지조와 겸손, 그리고 강직한 기개 등을 자연스럽게 체화했을 것이다. 여기에 신학문으로 다져진 예지는 그를 근대적 선각자로 자리매김했으리라.23)

두 사람은 지근거리에서도 서로를 그리워했다. 문인들은 육사의 근황을 석초에게서, 석초의 근황을 육사에게서 물었다. 과묵하면서도 명랑하고 대범한 성격의 소유자였던 육사는 거침이 없었다. 이에 비해 석초는 소심했으며 비사교적이었다. 화통했던 육사는 이미 문단과도 소통이 자유로웠다. 따라서 문단관계자들은 석초의 원고청탁을 본인보다는 육사를 통해서 전했고 육사는 이를 석초에게 전달했다. 혹은 육사는 석초의 초고들을 뺏다시피 하여 《시학》, 《문장》, 《자오선》 등의 잡지에 발표했다. 신석초를 훗날 《자오선》의 동인으로 일컫는 계기가 마련된다.24)

23) 육사는 고보를 졸업하고 일본 유학의 장도에 오르는 당시의 인텔리코스를 밟지 않았다. 그는 유년에 한학을 공부했고 1922년 대구 영천에 있는 백학서원(白鶴書院)에서 6개월 정도 학업했다. 이후 대구 효남학교에서 입학했다고 하나 자세하지 않다. 이후 1923년 1년 정도 일본에 체류했다. 이때 일본의 실상을 간파했을 것이다. 이후 1932~3년 북경의 조선군관 국민정부 군사위원회 간부코스를 입교하고 졸업한 것, 그리고 북경대학에서 잠시 수학한 것으로 알려졌을 뿐이다. 그가 유독 노신에게서 강한 애정을 보이는 것은 이와 무관하지 않다. 그는 노신을 직접 만났고 이때 노신으로부터 강한 유대감을 느꼈을 것이다. 그가 중국 근대문학에 경도된 것은 이런 저간의 사정이 있었다. 그중에서도 그가 22세인 1925년 투쟁적인 독립운동 단체인 의열단에 입단하여 활동한 것은 특기할 만 하다. 그가 의열단 1회 졸업생이라는 주장은 신빙성 있는 것 같다. 훗날 혹독한 수형생활이 반복되는 형극의 삶은 이미 이때 마련된 것이다.
김학동, 『현대시인연구Ⅱ』(새문사,1995) '이육사의 시와 산문' 참조.
김학동편저, 『이육사전집』(새문사,1986) 참조

24) 석초는 《자오선(子午線)》 창간호에 「호접(胡蝶)」, 「무녀의 춤」을 발표했다. 《자오선》은 시인 민태규를 발행인으로 창간된 시전문지로서 1937년 11월 창간하자마자 수명을 다했다. 그런데 창간호는 주로 생명파로 지칭된 오장환, 서정주, 함형수 외에도 김광균, 윤곤강, 민태규, 이육사, 이병각 등의 작품을 대대적으로 수록했다. 석초를 《자오선》 동인, 혹은 생명파의 한 일원으로 파악한 것은 《자오선》에 실린 그의 작품에 근거한다. 《자오선》은 단명했기 때문에 시인들의 활동

명동

급속한 도시화의 상징인 명동의 1930년대 모습

두 사람은 아침 일찍부터 집을 나서 명동으로 향했다. 첫 번째 당도하는 곳은 명동의 '무장야(武藏野)'라는 다방이다. '무장야'는 훗날 '무화과'로 개명되나 주인은 그대로였다. 문인 이병각의 종씨인 이병장씨가 경영하던 곳이었다. 그는 모던한 중년신사답게 품위있고 정감어린 태도로 이들을 맞이하곤 했다. 그들이 하필 이곳을 찾은 까닭은 시인 이병각과의 절친한 관계 때문이다. 신석초와 이육사의 사이에 이병각이 존재한다.

키가 후리후리하고 미남형이었던 이병각은 과거의 병폐적인 유습에 비난과 경멸을 보내고 자유연애를 즐기던, 그리고 끝내 그것을 쟁취한 시인이다.[25] 세상을 조롱한 로맨티스트였고 반역아였다. 그러나 재혼하자마자 1년만에 성모병원에서 각혈하며 끝내 다시는 일어서지 못했다. 이병각이 육사에게 석초와 함께 금강산을 주유했다고 거짓으로 고하자 자신

무대는 이후 《시학》이 맡게 된다.

25) 이병각의 시와 시론에 관한 자세한 사항은 다음의 글을 참조할 것.
조용훈, 『근대시인연구』(새문사, 1995) pp. 149~201
_____, 「1930년대 문학론의 한 고찰」, 초등교육연구 9집, 1999. 1

을 빼돌렸다고 그 과묵한 육사가 분개하며 신경질을 낼 정도로 그들은 각별했다. 그들은 당시 충무로의 명치옥(明治屋)이라는 제과점에서 좋은 커피를 마시기도 했다.

아무튼 명동에서 그들은 차를 주문하고 예술을 논하며 시간을 보내기 일쑤였다. 이윽고 태양이 내일을 기약할 때 쯤 그들은 카페, 바아, 요정으로 술사냥을 떠나곤 했다. 그러나 육사의 경우 그렇게 한만한 생활을 즐겼던 것은 아니다. 석초를 비롯한 문인들이 문학과 예술 그리고 시대적 울분을 얘기했을 때, 육사는 핑계를 대며 몇 번씩 자리에서 일어섰다. 그러나 철두철미한 사람이어서 행선지는 불문에 붙였다. 다만 다시 오겠다는 약속만은 칼처럼 지켰다.

육사는 누구에게도 자신의 행적을 언급하지 않았고 사람들 역시 그의 활동을 캐지 않았다. 어쩌면 서로 간에 암묵적 공감대가 형성되었는지도 모른다. 문인들은 그가 강직하고 지사적인 삶을 사는 것은 눈치채고 있었으나 일의 성격이나 수행하는 역할 같은 구체적인 사항은 제대로 간파하진 못했다. 그것은 평생지기인 석초도 마찬가지였다. 육사는 늘 철마다 깔끔하고 단정한 정장차림이었고 여름에도 타이를 풀지 않았다. 이는 아마도 자신의 신분을 위장하고, 한편으로는 자신의 투쟁적인 삶이 지인들의 피해로 이어지는 것을 막고자 배려한 데서 오는 것이리라.

자신을 절대 과장하지 않고 문제의 핵심을 조용히 관조하는 그를 석초는 거듭 신뢰했을 것이다. 육사는 자신의 행동에 호기심을 품고 이를 자세하게 파고드는, 간혹 성격이 급한 친구들의 조급증을 상냥하고 매력적인 미소로 답했을 것이다. 예지로 빛나는 얼굴 앞에 누가 더 이상 묻기를 계속할 수 있단 말인가. 그러니까 그는 죽음, 그리고 삶과 수시로 입맞추며 조국의 독립이라는 신념을 위해 신산한 삶을 살았던 것이다.

육사는 주로 침묵했다. 그러나 동양의 고전에 관한 것이라면 거침없이 자신을 드러냈다. 노신이나 호적 등은 물론, 동양의 전통적인 아름다움이나 멋을 이야기할 때 그는 다변가였다. 아니 웅변가였다. 그리고 흥이 나면 한시의 명구(名句)를 감격적으로 암송하며 분위기를 우아하게, 한편으로 격정적으로 몰고 갔다. 이병각, 윤곤강, 신석초 등은 그의 낭송에

았을까. 그가 평소에 화선지에 난초나 매화를 잘 친 것도 이런 맥락에서 자연스럽다. 아무튼 그는 모임에서 보석처럼 빛났다. 진주처럼 은은했고 품위가 있었다.

석초와 육사는 이렇게 술과 벗하며 문학과 삶을 연계했다. 석초는 술을 별로 즐기지 않았기 때문에 육사는 그에게 술을 강권하진 않았다. 두주불사도 불사하던 그였으나 친구를 배려하는 마음은 이미 주량을 넘어섰다. 따라서 둘의 대면에선 육사가 거푸 잔을 비웠고 석초는 흥이 나면 가끔 술을 마시고 그에게 권했다. 둘 사이에 고전적인 아취가 물처럼 흘렀다. 비처럼 가슴을 적시고 두 사람을 엮었다.

그리고 그들은 자신들의 작품을 평하며 취기에 불을 붙였다. 그들은 초고를 서로 읽었다. 서로의 속살을 엿보았다. 육사의 「아편」, 「자야곡」, 「아미」 등의 작품이 이때 안주로 올랐다. 물론 석초의 작품도 술맛을 더하는데 요긴한 안주거리였으리라. 육사의 작품 「반묘(班猫)」와 「해후」 등이 육사의 비밀스런 여인에게 바치는 시라는 것도 석초가 알고 지냈을 정도다. 이렇게 서로 시를 주고 받았지만 상대방의 작품에 대해 불필요한 사견을 강요하진 않았다. 석초의 「파초」의 부제가 '육사에게'인 것도 시로 대화했던 한 예이다.

육사가 석초 모르게 독립투쟁에 매진한 시기를 제외하면 이런 생활이 반복되었다. 그가 대·소 사건에 휘말려 검속되고 투옥 등으로 17회 이상의 영어생활로 고초를 겪었다는 것을 석초도 자세히 모를 정도로 육사는 그야말로 철저한 지사였다. 신산하고 모진 바람에 휘날리는 풍죽처럼 그는 속수무책의 사나이였다. 그러나 절대 좌절하지 않고 그것을 역으로 극복할 줄 알았던 강인한 기상의 소유자였다.

1.3. 대동아 전쟁과 경주 답사

육사는 1938년 춘당(椿堂) 수신(晬辰)을 맞아 석초를 대구로 초대하였다. 대구에 도착한 석초와 육사는 반갑게 해후했다. 그리고 곧바로 경주로 향했다. 천년 왕조의 고도 경주는 그들에게 어떤 의미로 다가왔을까. 그들은 낙엽처럼 스러져간 신라 천년의 아픔과 당시의 시대상을 비유적으로 읽었을 것이다. 선전포고도 없이 일본이 중국을 침략한지도 1년이 흐른 시점 아닌가. 이미 1931년 만주를 야욕적으로 침탈하여 괴뢰정부를 세운 일본은 이후에도 계속적으로 중국 본토를 장악하려고 호시탐탐 기회를 노리고 있던 불안한 시대였다.

1937년 7월 북경에서 마침내 일본이 야욕을 드러냈다. 일본은 파죽지세로 중국을 유린하여 북경, 천진을 점령하고 곧바로 상하이로 전세를 확대했다. 12월엔 남경까지 점령하여 수십만의 시민을 무참하게 살육하였다. 이른바 '남경 대학살'은 중국에 씻을 수 없는 상처를 입혔다. 중국은 공산당과 국민당이 합작하여 일본에 강렬하게 항전했다. 일본군은 막강한 군사력을 앞세워 연일 총공세로 중국 전역을 유린했으나, 유격전으로 맞서며 격렬항쟁하는 중국군을 제압하지 못했다. 전쟁은 장기전에 돌입했다. 이 전쟁은 이후 태평양 전쟁으로 확대된다.

전세의 확장으로 한반도는 더욱 더 곤핍해졌다. 한반도를 무참하게 침략하여 온갖 만행을 자행한 일제는 영원히 건재할 것만 같았다. 일제는 전세를 아시아 전역으로 확대하기까지 했으니 그러한 생각은 당연했을지 모른다. 상황은 점차 악화되고 예측불가능했다. 오리무중이었다. 이 무렵 석초와 육사는 대구를 거쳐 경주에 도착했던 것이다. 그들이 고도 경주를 방문한 것이 예사롭지 않은 까닭은 이 때문이다. 웬지 모를 비장함마저 느껴진다.

불국사 자하문

불국사 자하문 계단에 이육사와 신석초가 앉아있다.

그의 작품에 나라를 상실한 지식인이 느끼는 아픈 회오가 철철 배어난다.

나라이 망하면
종도 우지 않는다
네가 한갖
지나는 손(客)의 시름을
이끄는 기이한 보물이
되었을 뿐……
(중 략)
울어라, 종— 울어보렴
큰 소래를 내며 다시 한 번
천지를 뒤흔들어 보렴!

——「종」에서

당시 발표되지 않고 후대에 발표된 「서라벌 단장」 류의 작품은 육사와 함께 한 답사에서 느낀 국가 상실의 아픔을 대변한 것이 대부분이다. 그의 초기시는 이처럼 국가상실의 비운이 통절하게 녹아 있었다.

그는 고향과 서울을 오고 가며 육사를 비롯한 문우들과 교제하며 문필 활동을 계속한 것 같다.26) 국내는 물론 국제적 상황은 그러나 날로 피폐해졌다. 일제가 중국을 비롯하여 아시아 전역으로 잔학한 이빨과 발톱을 세우면서 한국의 상황 역시 점차 악화되었다. 그들은 민족적 정신을 말살하기 위해 호시탐탐 노리고 있었다. 더구나 한국은 불리한 지리적 여건 탓에 대륙침탈의 병참기지로 전락하여 인적・물적 자원을 공급하는 기능을 담당하게 된다.

강화되는 문화적 탄압 속에 《문장》, 《인문평론》, 《시학》27)등이 창간되었다. 그리고 2차 세계대전이 발발하였다. 전쟁은 이제 세계전역으로 확대되었다. 한국의 지식인들은 가속화되는 위기의식과 정신적인 공황에 시달렸다. 그들은 침묵했다. 전쟁발발의 장본인인 일제 역시 신경은 매우 날카로워져 있었다.

---

26) 연보에선 1939년 4월 명륜동 4가로 이주한 것으로 되어 있으나 확실치 않다.

27) 《시학》은 시의 순수성과 정통성을 기치로 1939년 3월 시학사에서 창간되었다. 윤곤강이 편집을 담당했다. 석초와 육사를 비롯한 많은 시인들이 《시학》에 작품을 발표했다. 범시단적인 성격을 표방하기도 했지만, 당시 발표지면이 부족했기 때문에 많은 시인들이 동참했다. 석초가 가장 정력적으로 시론과 시를 발표한 문예지이다. 2호에 그는 「이상과 능력의 문제」라는 간략한 시의 단상을 실었는데 편집자는 이 글이 호평을 받을 것을 기대한다고 편집후기에 짤막하게 언급했을 정도다. 《시학》의 청탁은 일찍이 《자오선》의 발행인이었던 미모의 민태규가 담당했다.

흥미로운 지면은 시인들의 거주지를 조사하여 2집 잡지 말미에 수록한 '시인주소록'이다. 이 조사에 의하면 1939년 5월 현재 신석초는 성북동, 이육사는 신당동, 이병각은 송현동에 거주하는 것으로 나타나 있다.

석초는 《시학》이 당시 시인들의 작품을 총망라하여 완연 시문학의 시대를 형성하였고, 형식주의에 떨어져 공소(空疎)해진 무내용성과 기괴한 어휘의 남용을 탈피하고 시의 본연성을 추구한 잡지로 문학사적 의의를 평가한 바 있다.(전집 권 2, pp. 278~279) 이 잡지는 4집을 끝으로 폐간된 것으로 알려졌는데 석초는 5집까지 발간되었다고 기억한다. 아마도 잘못된 기억일 것이다. 한가지 덧붙이고 싶은 것은 4집의 차례 뒷면에 '황국신민' 선서를 게시하고 잡지가 폐간됐다는 사실이다. 그래서일까 석초는 「묘」라는 시를 발표하여 당시를 죽음의 시대로 인식했다.

더구나 일제는 물자는 물론이고 징집을 통해 한국을 전쟁의 포화 속에 몰아 넣었다. 일제는 '성전(聖戰)'을 선포하고 한반도 전역을 폭풍의 세력권으로 완벽하게 포섭했다. 일제는 학도병을 비롯하여 한국민을 징집, 죽음으로 몰아 넣었다. 사정이 이런데도 불구하고 박영희는 일본의 정책에 부응하여 《인문평론》 창간호에, 「전쟁과 조선문학」이란 글을 발표하여 일본정신의 위대성과 성전의 필요성을 적극 찬양, 고무했다. 1939년 3월 14일 부민관에서 임화, 최재서, 이태준 등이 황군위문작가단을 구성하고 위문사절을 선출하였다. 대부분의 문인들이 일제의 황민화 정책에 속수무책으로 협조했다. 심지어 전쟁문학을 통해 전쟁을 찬양하는 작태까지 드러냈다.[28)]

친일단체가 우후죽순 난립했다. 그러나 친일단체가 아니라도 많은 문인들이 일제의 황민화 정책을 찬양하고 전쟁참여를 독려했다. 가슴 아프지만 그것이 현실이었다. 문인들은 위문대까지 결성하여 만주 지역 등으로 징집된 군인들을 위문하고 귀국하기까지 했다. 일제에 협력하지 않은 문인들은 투옥, 구금되었다. 이미 문화기관은 일제의 정략과 전술의 목적에 맞게 개편되었다. 한국어 사용이 점차 제약되고 역사는 날조되기 시작했다. 당시 정신연맹, 국민문학연맹이 결성된 계기는 이런 상황적 맥락에서 파악해야 한다.

석초는 일제의 어용정책에 협력하거나 혹은 이용당하지 않았다. 그는 침묵했다. 그가 할 수 있는 일이란 서울 구석에 은둔하여 전통의 세계로 도피하는 것이었다. 그는 몇몇 지인들과 고전의 세계로 도피했다. 신라의 향가와 고려가요, 그리고 시조를 음미했다. 화제는 현재(玄齋) 심사정의 그림과 추사의 글, 다산의 학문이었다. 석초는 운둔하며 조선의 정신 세계로 침잠했던 것이다. 윤곤강, 유치환, 이육사, 김광균, 이병각 등이 모여 국가상실의 아픔을 씹고 있었다.

당시 시인들은 아예 붓을 꺾거나 흩어져 있었다. 각별한 지인들만이 삼삼오오 작은 모임을 가지며 자신들의 존재를 겨우 확인한 시기였다. 술

---

28) 조용훈, 『근대시인연구』(새문사,1995) pp. 13~14, pp. 84~113

은 배급제였기 때문에 주로 주부들이 제조해서 모임에 가져와야 했다. 그들은 자학하며 음주했고 한시를 즉흥적으로 창작하며 시름을 달래는 것이 고작이었다. 특히 한시에 능한 육사는 침통하게, 그러나 괴로움을 내색하지 않고 조용히 시를 음송했다.

이러한 일상이 일제의 침략정책에 맞선 유일한 행동이었다. 이중 일제에 대항한 육사의 경우를 제외한다면 대부분의 문인들은 일제에 어쩔 수 없이 협력하거나 아예 현실을 외면하고 침묵했다. 침묵이나 방조 역시 일제의 정책에 순응한 것이고 결과적으로 협조한 것이라고 강변한다면 대부분의 문인들은 친일 아닌 친일에 가담했던 것이라 할 수 있다. 그만큼 참혹했던 시대였다. 이런 침통한 생활이 계속되었다.

1.4. 부여답사

육사의 선친이 수신을 맞아 대구와 경주를 주유한 지 꼭 2년 만인 1940년 가을, 이번엔 석초의 선친이 수신을 맞이했다. 석초는 육사를 당연히 초대했다. 2년 전에 그들이 대구를 거쳐 천년고도 경주를 밟았던 것처럼 이번엔 한산에서 부여로 동행했다. 일제 강점기였지만 선친의 수신은 격식에 맞게 치루었던 것 같다. 석초가 며칠 동안의 잔치 먹거리를 준비하고 이것의 뒷처리로 몹시 피곤했으며, 끝내 고뿔 기운까지 있었으나 무리하여 부여를 향했다고 회고할 정도 었으니.

백제의 왕도 부여에 도착한 두 사람은 백마강을 찾았다. 가을 바람은 유리처럼 맑은 사비수의 수면을 미끄러지며 청신한 감각을 일깨웠다. 뱃머리에서 그들은 단풍으로 불타는 '황란사(皇蘭寺)'와 '낙화암'을 바라보며 부운(浮雲)에 쌓인 황량한 풍치에 접했다. 강 위를 미끄러지는 기러기가 그들의 뒤를 따르며 비장한 울음을 울었다.

그들은 근처에 여장을 풀고 백마강의 진미인 잉어를 주문했다. 가을 백마강은 잉어의 명산지이다. 그들이 여장을 푼 곳은 일본인이 경영하는 마쓰야(松屋)이라는 여관이었다. 저녁은 스산했으나 음식은 풍요로웠다.

커다란 중국접시에 길이 2척 가량 되는 잉어 기름튀김이 올랐다. 석초는 당시를 다음처럼 추억한다.

> (잉어 기름튀김)을 먹다보니 침으로 입맛이 당긴다. 우리는 한 마리씩 깨끗이 처리하여 가시만 남겨 놓고 한바탕 웃었다. 반주에 흔흔히 취하여 하룻밤을 푹 쉬고 났더니 몸이 거뜬하였다. 아마도 잉어의 비타민이 힘을 발휘했었는지도 모를 일이다. 그리고 먹은 양이 뜻밖에 많았던 것도 희한하게 생각된다.29)

이때는 전쟁도, 참절한 일제의 식민치하도 이들을 빗겨갔다. 순간 이들은 행복했다. 그러나 그것은 어느 순간 부서질 유리같은 것이었다. 이미 창씨개명이 시작된 1940년 가을 아닌가. 한반도 전역은 전쟁의 공포로 연일 칼바람이 불었고, 더욱 더 가중되는 일제의 잔인한 탄압으로 국민들은 상처입은 짐승처럼 끙끙 앓았다. 그들은 패망한 왕도 부여에서 나라 잃은 설움을 다시 한 번 피처럼 토해냈다. 《동아일보》와《조선일보》 역시 내일을 기약하며 강제폐간 되었다. 신석초의 아내가 차녀 명순(明淳)을 낳았다.

1.5. 암흑기의 문단

《문장》, 《인문평론》 등의 문예지가 폐간됐다. 1941년 8월이다. 문단은 암흑의 시대로 진입했다. 그나마 명맥을 유지한 문예지였던 두 잡지의 폐간으로 문학활동은 거의 종식된다. 《문장》은 '국책에 순응'하기 위해 폐간을 결정했다고 짤막하게 이유를 달았다. 폐간호에 석초는 「발레리 연구」라는 논문과 「바라춤」, 「궁시(弓矢)」 2편을 실었다. 《문장》은 조선정신을 표방하였기에 《문장》의 폐간은 마치 조선정신의 상징적인 몰락을 예고하는 것으로 받아들여졌다. 후에 고전주의는 대동아 공영권이라는 일제의 논리와 결합한다.

---

29) 신석초, 전집 2권, p. 83

이미 1935년 중반부터 활발하게 일었던 고전부흥론은 고대의 문장과 시조 등의 전통을 새롭게 계승함으로써 국가 상실을 우회적으로 극복했다. 이병기, 양주동, 박종홍, 이태준 등이 전통과 고전의 세계로 안내한 대표적인 문인들이다. 이후 고전론은 30년대 말, 40년대 초 《문장》을 통해 전통적 조선주의 경향을 띠기 시작했다. 문인들 뿐만이 아니라 국학자들까지 가세했다. 그들은 국학에 관한 다양한 학술논문을 잡지에 게재했다. 또 시조와 시 등에서 조선주의적 경향을 강조하고 신인들을 추천했다. 이때 등단한 대표적 시인들이 조지훈, 박목월, 박두진, 김종한, 이한직 등이다.

일제는 자유로운 사상의 표현을 박탈하고 순응주의 문학을 전파하기 위해 혈안이었다. 이미 30년대 말부터 40년대 초는 심미적 순수주의를 표방했는데 이제 이것마저도 불가능했다. 김동리의 향토적 복고주의, 이태준의 향수어린 고전주의 등과 같은 민속적이고 토속적인 세계에 대한 집착 역시 안개 속으로 사라졌다. 신석초의 고전주의적 경향도 이런 분위기와 전혀 무관하지 않다. 그러나 이러한 의고주의조차 일제는 씨를 말리기로 작정했다. 그야말로 문단은 암흑기로 진입한 것이다.

대다수의 문인들이 어쩔 수 없이 친일적 성향을 노골화했다. 생존을 위한 자기 방어적 태도가 유일한 대안이었다. 물론 적극적으로 일본어를 사용하며 노골적으로 친일성향을 드러낸 최재서 같은 문인도 있었으나 일제의 강압에 의한 협조가 대부분이었다. 언어조차 마음대로 구사하지 못한 시기가 도래한 것이다. 이미 일제는 태평양전쟁을 개전하지 않았던가. 40년대 진입하면서 일제는 본격적인 전시체제로 전환하였고 이를 계기로 '신국(神國)'일본의 대동아 결의를 적극 지지하고 찬양할 것을 독려했다. 1941년 그는 부친의 병환 등을 이유로 고향 활동리에 머물렀다. 가끔 상경하는 생활이 반복되었다.

그는 고향에서 칩거했다. 서울과 철저하게 격리된 그가 잠깐 서울에 상경한 적이 있었다. 육사의 병환 때문이다. 1941년 그는 불현 듯 명동 성모병원으로 육사를 찾았다. 육사는 폐를 앓고 있었다. 그의 병보를 듣자마자 석초는 명동으로 향했던 것이다. 병세가 완연했다. 수척해진 육사를 보고 석초는 가슴이 아팠다. 과단성있고 대범하면서도 명랑한 모습을 잃지 않았던 육사가 아니었다. 석초는 육사의 모습에서 불안한 조선의 모습을 보았다.

마침내 1943년 징병제가 시행되었다. 이미 1938년 4월, 일제는 '육군 특별지원병제'를 시행한 바 있다. 어느 정도 자발적인 유도를 표방했지만 이 시기 진입하면 보다 강압적이고 폭력적인 징병이 개시된다. 실로 일제의 단말마적 인력동원이 극에 달하게 되는 것이다.[30] 그런 치욕적인 작태가 한반도 전역을 유린했다.

1943년 신정, 그러니까 일제가 고유의 명절인 설날을 폐하고 양력 신정을 권장하던 때였다. 석초는 신정을 맞아 서울에서 빈둥거리고 있었다. 그때 육사가 그를 방문했다. 눈을 뒤집어 쓴 육사는 마치 순결한 영혼처럼 빛났다. 서울 전역을 강타한 큰 눈도 아랑곳하지 않고 그가 일찍 석초를 찾은 것이다. 눈이 도로를 점령하여 걷기조차 불편했으나 육사는 순백처럼 빛났다. 식민지 조국이 아니었다면 이들에게 눈은 축복이었을 것이다.

육사는 방에서 빈둥거리는 석초를 재촉하여 밖으로 나섰다. 다짜고짜 그는 답설(踏雪)을 제안했다. 중국 사람들은 신정에 당연히 답사를 하는 전통이 있다면서 석초를 이끌었다. 주섬주섬 옷을 입은 석초는 눈을 강타하는 빛에 놀라 주춤거리다가 이내 집을 나섰다. 눈을 밟으며 이런 저런 얘기를 했다. 쌓이는 눈이 아름답다고 거듭 생각했을 것이다.

그들의 행선지는 청량리에서 어느새 홍능 쪽으로 향해 있었다. 은빛으로 빛나는 세계를 보면서 육사와 석초는 좌절과 절망, 탐욕과 거짓으로 오염된 지금의 시기를 빛나는 눈이 일시에 분쇄하고 파괴하길 원했을 것이다. 눈은 부활과 재생의 메시지로 읽혔을 것이다. 눈에서 순결한 영혼을 발견하고 그러한 영혼으로 거듭나고자 자기다짐 했을지도 모른다. 눈은 믿음과 희망의 근원이며 거짓을 몰아내는 준열한 다그침이다. 민족적 정기와 그 부활을 알리는 빛이다.

그들은 침묵 중에 어느새 임업시험장 깊숙한 지점까지 걷기를 계속했

---

30) 조용훈, 『근대시인연구』(새문사, 1995) pp.86~87

다. 울창한 숲은 온통 눈을 뒤집어 쓰고도 우뚝했다. 숲은 어떤 하중도 끝내 견디려는 의지처럼 느껴졌다. 가지는 용사(龍蛇)로 늘어지고 길 양 쪽의 화초 위로 화사한 빛이 물결처럼 흐르고 있었다. 빛은 따뜻한 온기로 변해 금방이라도 눈 위에 반짝, 파릇한 새싹을 키울 것만 같았다. 그러니까 온 세상은 순백으로 그저 빛났다. 육사가 말을 꺼내기 전까지는.

육사는 걸음을 멈추고 문득, "가까운 날에 나 북경에 가려네"했다. 순간 바람이 불었다. 바람은 가지에 힘겹게 매달린 눈덩이를 툭 떨쳐내고 저만큼 달아나고 있었다. 어떤 것이라고 확언할 수 없지만 어떤 비장함이 그의 목소리에 녹아 있었다. 순간 석초는 긴장했다. 지금의 정세는 위기상황 아닌가. 이 험난한 판국에 그가 북경을 향한다니, 그의 계획이 예사롭지 않았던 것이다. 그것은 또한 어떤 심각한 일이 발생하고 있다는 것을 말하는 것이기도 했다. 석초는 불안하고 안타까운 심정에서 육사의 맑은 얼굴을 슬쩍 바라보았다. 상냥하고 사무사(思無邪)한 표정이 밝게 빛났다.

신정의 답사를 마치고 그는 약속대로 북경을 향했다. 중일전쟁은 치열했다. 한치의 앞을 예언할 수 없는 세월이었다. 육사는 끝내 북경행을 고집했고 날리는 눈발처럼 사라졌다. 석초는 이후 부친의 병환 탓에 귀향하여 고향에 머물고 있었다. 작금의 위기상황을 그럭저럭 넘기고 있었다. 그리고 가을이 되었다. 석초는 오랜만에 상경했다. 그런데 이게 웬일인가. 꿈에도 그리던 육사가 중국에서 귀국해서 서울에 나타난 것이 아닌가. 석초는 반가워서 그만 말조차 나오지 않았다.

그의 귀국 소식은 곧바로 가까운 지인들에게 달리는 말처럼 빨리 퍼졌다. 석초의 집에서 그의 귀국 환영회 겸 오랜만에 시회(詩會)를 개최하기로 결정했다. 친구들이 삼삼오오 모이기 시작했다. 그들은 기대와 설렘, 그리고 악화되는 국제정세에 대한 불안 등을 소재로 이런 저런 이야기를 나누었다. 그러나 시간이 흘러도 육사는 나타나지 않았다. 모두들 갑자기 침묵하기 시작했다. 불안한 예감이 사람들을 억누르기 시작했다.

그렇게 시간이 흘렀다. 얼마를 기다렸을까. 육사의 아우가 집을 방문했다. 그는 침울한 목소리로, 헌병대가 육사를 체포하여 북경으로 압송

해 갔으며, 당연히 이곳에 올 수 없다고 전했다. 그를 학수고대하던 벗들은 이내 망연자실했다. 분통과 충격으로 서로 말이 없었다. 다만 묵연하여 술잔조차 들지 못했다. 누구도 선뜻 나서서 말을 하지 않았다. 그저 침묵하는 것이 그들이 할 수 있는 유일한 행동이었다. 그리고 이듬해 1월 16일 북경에서 육사는 옥사했다. 불귀의 객이 되고 만 것이다.

석초가 육사의 비보를 언제 들었는지 알 수 없다. 그러나 유일한 벗이었던 그의 죽음은 그를 절망으로 몰아갔으리란 것은 충분히 유추할 수 있다. 막바지에 이른 일제의 악랄한 탄압을 피해 석초가 완산에 머물렀다는 기록이 있으나 확인할 수 없다. 이 즈음 그의 행적은 자세하지 않다. 다만 추정하기는 귀향하여 내내 은둔했던 것 같다. 두 사람의 교제는 만 10년을 겨우 채우고 비극적으로 끝이 났다. 우정은 육사의 운명과 같이 했다.

2. 해방과 문단의 경색

2.1. 해방의 도래

해방이다. 오욕의 삶을 살았던 식민치하를 극복하고 드디어 해방되었다. 억압의 사슬을 끊고 굴종의 시대를 마감하는 환희의 시대가 도래했다. 일제로부터 치욕스런 삶을 강요받은 망국민의 입장에서 해방은 관념이 아니라 사실로 다가왔다. 물론 해방 전부터 미군 B52 폭격기가 한국 상공을 선회하고 일본의 전세가 불리해진다는 소식을 귀동냥으로 들었지만 그래도 일본의 강력한 군사력은 무시할 성질의 것이 아니었다.

그래서 해방은 사실 어리둥절하게 왔다. 백철의 경우 8월 16일에야 고향 강원도에서 해방이 되었다는 소식을 듣고 8월 17일 서울에 도착했을 정도였다. 이광수는 16일 오전에 기별로 해방의 소식을 들었으며, 김동인은 15일 오전 11까지 해방이 된 줄도 모르고 총독부 출판과장에게 애원을 하고 있었다.[31] 일본의 전세가 불리해도 패망을 예견할 정도는 아

---

31) 김윤식, (1989), p. 497

니었다. 얼떨결에 해방을 맞이했다고 보면 좋을 것이다. 벅찬 감격을 누릴 사이도 없이 돌연 해방이 찾았던 것이다. 해방은 새벽의 여명처럼 다가왔다.32)

정신을 어느 정도 수습하면서 시인들은 해방의 감격과 환희를 노래하기 시작했다. 좌·우익을 불문하고 이들은 격정적으로 자신의 감격을 토해냈다. 해방이 부과하는 역사적 과제나 의미를 냉철하게 인식할 겨를도 없이 격앙된 상태에서 거침없이 해방의 기쁨을 노래했다. 당시의 열광적인 분위기를 어느 누가 제어할 수 있단 말인가.

김영랑은 일제 치하의 예속에서 탈피한 감격을 바다와 공간의 확대와 열림을 통해 노래했고, 조벽암은 "푸른 벨을 쓴 천녀"가 "동방을 향해 오던 날 아침"(「환희의 날」)의 환희로, 박세영은 "잃었든 조국이여 다시 사러났는가"(「8월15일」)하며 재생의 감격으로, 조영출은 "슬픈 역사의 밤은 영원히 밝"(「슬픈 역사의 밤은 새다」)았다고 포효했다.

오장환은 "만세!를 부른다 목청이 터지도록"(「8월 15일의 노래」) 그렇게 만세를 삼창했고, 이희승은 "태양을 다시 보게 되도다/ 오, 이게 얼마 만이냐"(「영광뿐이다」)라며 빛의 회복으로 그야말로 광복(光復)을 노래했다. 벽초 홍명희는 "독립만세!/ 독립만세!"(「눈물섞인 노래」)의 구호를 그대로 시화했다. 이외에도 수많은 시인들이 제어하기 어려운 감정의 폭발적 분출을 격정적으로 노래했다.

석초 역시 예외는 아니어서 「여명-'사슬 푼 프로메듀스' 단편」, 「8월」에서 벅찬 감격을 노래했다. 전자에선 사슬을 푼 프로메테우스를 억압의 굴레에서 자유로워진 우리 민족의 상황과 비유했고, 후자에선 출렁이는 바다의 힘찬 약동을 통해 도약하는 민족의 기상을 노래했다.

> 푸로메듀스
> 나는 일어나노라, 멸망으로부터,
> 오랜 오뇌로부터……

32) 김윤식, 위의 책, p. 491

나는 되살아 났노라, 나는 부신 눈으로 세계를 보노라,
아아, 무슨 숙명에 나는 이끌이었던가?
나는 내몸에 얼킨 사슬을 풀고,
내 사지를 길게 뻗어보노라.
난, 이제야 날로 돌아왔노라!

난 본디 불이로라! 오오 황취이어!
나는 모든 것을 태우려하노라,
눈물과 영탄을 버리리! 허잘것없는
이 관념형태를 두들겨 부숴라,
나는 자유로운 몸으로 드새는
나의 영토를 내리려한다……

——「여명-'사슬 푼 프로메듀스' 단편」

8월이여.
너는 평화와 자유
불꽃처럼 퍼지는
꽃다발을
금색 수레에 싣고
여기 왔다.

8월이여.
너는 왔다. 태양과 함께
기쁨과 함께
내 바다는 열리고
내 꽃동산은 가득 차
출렁인다.

——「8월」[33)]

33) 이 작품은 당시 발표되지 않다가 『비가집』에 수록되어 발표되었다

2.2. 문인단체의 결성

해방 직후 언론과 출판은 물론 종교의 자유가 보장되었다. 수많은 단체가 조직되고 난립했다. 다소 어수선한 분위기가 해방정국을 지배했다. 이 와중에 정치적 공백이 있었던 것이 사실이다. 어느 정도 안정기에 접어들 무렵, 다시 정치적 격동기를 맞이한 셈이었다. 해방정국을 주도하려는 단체들 간에 정치적 갈등이 시작된 것이다.

가장 발빠르게 결성된 단체는 임화를 중심으로 한 〈조선문학건설본부〉였다. 이때가 8월 17일이었다. 이 단체는 그러나 카프계열에 국한된 것이 아니라 박태원, 김기림 등의 모더니즘계열의 문인들도 가담한 범문단적인 조직의 성격을 띠었다. 그러자 강경한 구 카프계열 문인들이 〈조선프롤레타리아문학동맹〉을 곧 결성하면서 갈등이 표면화됐다. 치열한 공방 끝에 이들은 12월 합동회의를 열고 〈조선문학동맹〉을 결성하고 이듬해인, 1946년 2월 〈조선문학가동맹〉으로 정식 발족했다.[34)]

〈조선문학가동맹〉은 기관지 《문학》을 발간하고 본격적인 활동에 들어갔다. 특징적인 것은 이 단체가 대중을 상대로 발빠르게 대중화작업을 전개했다는 사실이다. 각종 문학강연회, 시낭송회 등을 전국적으로 펼치며 문학운동의 대중화에 전력을 다했다. 1947년 '문화공작대'까지 결성하여 각종 문화행사를 개최하는 등, 문화운동을 활발하게 추진했던 것이다. 그러나 미군정의 탄압에 의해 결실을 보지 못하고 지하로 숨어들어야 했다. 그들의 활동은 크게 위축되었다. 훗날 회원들 대부분이 월북하는 것은 이 때문이다.

다소 늦었지만 해외문학파와 민족주의 문학진영은 1945년 9월 18일 〈중앙문화협회〉를 조직했다. 이들은 이듬해 문학대회를 개최하고 〈전국문필가협의회〉로 조직을 확대개편했다. 한편 이들과 성향을 조금 달리한

---

34) 단체의 위원장은 홍명희, 부위원장은 이태준, 이기영, 한설야가 임명되었다. 이때 채택한 강령은, ① 일본제국주의 잔재의 소탕 ② 봉건주의 잔재의 소탕 ③ 국수주의 배격 ④ 진보적 민족문학 건설 ⑤ 조선문학과 국제문학과의 제휴 등이다.

김동리, 서정주, 박목월, 유치환 등의 청년문인들은 별도로 〈청년문학가협회〉를 결성했다. 당시 각종 단체들이 우후죽순 결성되어 좌·우익의 정치적 대립까지 초래했는데, 문단도 예외는 아니었다. 문단 역시 좌·우익의 이념적 갈등을 첨예하게 노출하기 시작했던 것이다.

순수문학 논쟁, 시집 『응향(凝香)』을 둘러 싸고 벌인 좌·우익의 논쟁 등이 가장 대표적인 사례라 하겠다.[35] 이들은 생경한 이념투쟁을 지양하고 작품을 통해 자신들의 논리를 대변하기 위해 노력했다. 좌익 쪽의 경우 소설보다는 시가 상대적으로 왕성하게 창작되었다. 조선문학가 동맹에서 발간한 『3·1기념시집』, 김기림의 『바다와 나비』, 오장환의 『병든 서울』, 『성벽』, 『나 사는 곳』, 박아지의 『심화(心火)』, 임화의 『찬가』, 『회상시집』, 설정식의 『종』, 이용악의 『오랑캐꽃』 등등의 시집들이 왕성하게 발간되었다. 이외에도 창작과 실천을 동등한 가치로 파악한 신진들이 『전위시인집』을 발간하여 투쟁성을 보다 강화했다.

우익의 경우, 좌익처럼 자신들의 이념을 투쟁적으로 그리기보다 인간의 보편적인 가치를 다루고자 했다. 청록파 시인들의 작품집 『청록집』, 신석초의 『석초시집』, 유치환의 『생명의 서』, 신석정의 『슬픈 목가』, 김광균의 『기항지』, 한하운의 『한하운 시초』, 서정주의 『귀촉도』 등이 그것이다.

신석초의 경우 단체의 중심회원은 아니었던 것 같다. 다만 그를 정신적으로 후원한 위당 정인보가 우익 쪽의 〈전국문필가협의회〉의 회장으로 선출되었으므로 우익 쪽에서 활동했으리라 추정된다. 참고로 고전의 태두 가람 이병기는 좌익 쪽에서 활동했다. 아무튼 그는 유치환, 김광균, 청록파 시인들과 보다 가까웠다. 그의 시집이 해방 직후 우익 쪽 진영에서 출간된 것도 이를 증명한다.

---

35) 『응향(凝香)』사건은, 원산 문학가동맹에서 구상, 박경수 등이 편한 시집 『응향(凝香)』에 대해서 북조선 문학예술 총동맹 중앙상임위원회가 정치적인 문제를 제기한 것을 말한다. 중앙상임위원회는 이 시집이 퇴폐적 경향을 띠고 있고, 투쟁 및 건설의 정신은 부재하며, 현실을 직시하지 못한 채 애상과 공상 등을 기반으로 조선현실을 회의하고 현실을 도피하도록 유도한다고 비판했던 것이다.

석초시집

을유문화사에서 간행된 석초의 첫 시집이다.

2.3. 해방의 의의와 과제

그렇다. 해방의 정국은 이렇게 혼란스러웠다. 식민지 시대의 구문화를 청산하고 바람직한 민족문화 건설을 위해 매진해야 한다는 데는 모두 동의했으나 방법이 달랐다. 더구나 심각한 문제는 사리사욕을 위한 파벌싸움이 조장되고 갈수록 이념적 갈등이 첨예하게 대립했다는 사실이다. 임학수는 "사욕없이 파벌싸흠을 아니 하고", "사대하던 누명을 버리고,/ 이 날 이 시간부터 총무장"하자고 당부했다. 우리에게 필요한 것은 오로지 "이 날 이 시간부터 자유, 평등"(「맹서」)을 쟁취하는데 전력 매진하는 것뿐이라고 거듭 강조할 정도였다.

식민지 문화를 청산하고 민족문화 수립을 달성해야 하는 과제에는 동의했으나 이를 실천하는 방법에서 이념의 대립과 갈등이 노골화된 것이다. 이는 해방이 우리의 주체적인 역량과 단합된 힘에서 가능했던 것이 아니고 강대국 간의 패권구도에 의해 주어진 것이었기 때문에 충분히 예상된 일이었다. 해방 이전에 격렬했던 좌・우익 간의 대립과 갈등의 파라다임이 해방 이후에 보다 확대되고 심화되는 것은 어쩌면 당연한 현상이라 하겠다. 좌우익의 대립은 대구 폭동, 제주도 폭동, 여순반란사건 등의 역사가 말해주듯 내전의 양상까지 띠고 있었다.

한국의 해방은 제2차 세계대전의 전후 처리에 의한 협상과정에서 빚어진 것이다. 3・8선의 확정이나, 미・소 군정에 의한 한반도 지배 등은 우리의 뜻과는 무관하게 이루어졌고 결국엔 분단의 원인으로 작용했다는 것에서 불행의 씨앗을 이미 잉태하고 있었던 것이다. 미국과 소련의 개입은 한국인의 자주적 역량을 가로 막는 가장 커다란 장애물로 기능하게 된다. 이에 따라 국내의 정치・사회 단체도 양대국의 간섭에서 결코 자유로울 수 없었다.

해방이 우리 민족에게 벅찬 감격과 희망을 가져다 준 것은 사실이다. 그러나 그것은 잠시였다. 기쁨에 매몰되기보다 우리에게 당면한 과제를 해결하는 것이 보다 급선무였기 때문이다. 하루바삐 전후의 정신적・물질적 상처를 해결하는 것이 시급했다. 이외에도 좌・우 이데올로기의 대결을 어떻게 슬기롭게 해결할 것인가, 해방의 정치적・사회적 그리고 문학적 의미는 무엇이며 민주주의 국가 건설은 어떤 방식으로 이루어져야 하고 이를 구체적으로 해결할 방안은 무엇인가 하는 과제들이 산적해 있었다. 그러므로 해방은 불행과 희망을 동시에 잉태하고 있었던 것이다.

그러나 좌・우익의 대립은 보다 악화되었고 경색되었다. 좌익의 경우 미군정의 강력한 탄압에 의해 입지가 축소되고 행동마저 자유롭지 못했다. 1947년 8월 이후 공산당에 대한 미군정의 탄압이 보다 강화되고 악랄해지자 최악의 상황을 맞이했다. 조직원들은 모두 지하로 숨어 들어 상황이 회복되길 기다렸다. 그러나 이미 공산당 활동은 불법이었기 때문에 이들은 백주대낮에 테러당하기까지 했다. 다만 테러를 피해 도피하며 기회만을 엿볼 뿐이었다.

당시는 미군정에 의해 《매일신보》, 《인민일보》가 폐간될 정도로 엄격한 언론 검열이 자행되고 있었다. 그러나 보복이 두려워 이를 묵인할 수밖에 없었다. 함부로 불평을 늘어 놓았다가는 무슨 일을 당할지 알 수 없었다. 생활 역시 크게 향상되지 않았다. 농민은 농민대로 노동자는 노동자대로 열악한 생활조건에 시달렸다. 그동안 한국의 경제는 일제에 의해 예속되어 있었기 때문에 일본의 자본과 기술이 철수하자 사람들의 생활은 여전히, 아니 보다 피폐해졌다. 해방을 계기로 일본과의 연계가 단절되자 생산체제의 이상이 발생했던 것이다.

특히 남・북한의 불구적인 경제시스템 역시 한몫했다. 공업화가 진전되지 못한 남한의 경제적 불구상태는 실로 곤혹스러울 정도였다. 생산량은 일제시대보다 오히려 감소하였고 높은 물가와 실업률, 그리고 계속되는 식량난에 허덕였다. 생활은 걷잡을 것 없이 파탄의 나락으로 침몰해 갔다. 수많은 노동자들이 끼니를 잃고 저임금 노동에 시달렸다. 더구나 토지개혁이 실시되지 않아서 농민의 불안은 극에 달했다.사회는 어지러웠고 민심은 흉흉했다. 노동자를 중심으로 대규모 총파업이 전국적으로 확산되었고 농민들은 격렬하게 시위했다.[36]

이처럼 시계 제로인 참혹한 상황에서 빚어지는 침혹한 정국을 그는 다음처럼 자탄했다.

봄은 오려 하건만
때아닌 미친 풍설이
강산에 불더라

세월이 이리도
괴이쩍거늘
꽃은 언제 피려니

앙커나 올 봄이면
끌지 말고 온들 어떠리.
——「춘설」

그러나 그의 조심스런 기대와 희망에도 아랑곳 하지 않고 한반도의 상황은 보다 악화되었다. 좌·우익은 갈수록 첨예하게 대립하였다. 그러던 1948년 8월, 대한민국 정부가 수립되면서 한반도는 남한과 북한이 분단되는 최악의 상황을 맞게 된다. 문단 역시 남북으로 완전히 단절되며 각자 독자적인 길을 걸을 수밖에 없는 최악의 상황에 직면하게 된 것이다.

2.4. 경색되는 문단

남한은 〈한국문학가협회〉라는 단체가 1949년 12월, 모든 문인을 포괄하는 유일한 조직으로 결성되고 이 단체를 중심으로 문단은 재정비된다. 좌익활동 후 전향한 정지용, 엄흥섭 등의 문인까지 모두 포괄하는 거대한 조직이 결성된 것이다.[37)]

36) 심지연 엮음, 『해방정국논쟁사1』(한울,1992)참조
37) 〈한국문학가협회〉의 초대 회장은 박종화, 부회장에 김진섭, 김동리, 서정주, 김광섭, 양주동 등이 분과위원장을 맡았다. 강령은 다음 같다.
1. 우리는 민족문학 수립의 역사적 사명을 성취하기 위하여 단결 매진함.

신석초의 경우 아마도 이 단체에 가입하여 활동했을 것으로 추측된다. 연보에 1948년 '한국문학가협회 중앙위원 피선'이라고 명시된 것을 보면 어느 정도 정확한 것 같다. 그런데 이 단체는 1949년 결성되므로 그의 활동은 1948년이 아니라 1949년에 본격화된다고 수정해야 할 것이다. 같은 해, 평소 건강이 좋지 않았던 부친이 사망했다.

남북의 이념적 갈등은 우려했던 극한 상황으로까지 비화했다. 6·25가 발발했던 것이다. 38선은 힘없이 무너졌고 허술한 한강 방어선도 뚫렸다. 북한군은 파죽지세로 남하했다. 국군은 패전을 되풀이했다. 경상도 지역을 제외하고 남한의 전지역이 순식간에 북한군에 의해 점령당했다. 그러나 파죽지세로 남하하던 북한군은 낙동강 교두보에서 발목이 잡히기 시작했다. 유엔군이 증원된 것이다. 북한군은 더 이상 남진을 못하고 오히려 퇴각하기 시작했다. 9월 서울이 수복된다.

6·25가 발발하기 직전, 신석초는 서울에서 문필활동을 전개하고 있었으나 기습적으로 전쟁이 발발하자 그는 도보로 낙향했다. 전쟁이 한창일 때 고향 서천에 머물렀는지 알 수 없으나 난을 피해 남쪽으로 이동한 것 같지는 않다. 그가 고사(固辭)했는데도 불구하고 관민들의 추천에 의해 1951년 화양면장에 부임하였기 때문이다. 그는 당시를 스스로 격에 맞지 일을 하던 시절로 기억한다. 그리고 이듬해인 5월에 지방자치법에 의해 화양면장에 피선되어 재임하였다. 그러나 건강상의 이유로 의원해임(依願解任)된다.

---

1. 우리는 문화운동을 통하여 한국의 국제적 지위 향상을 도모함.
1. 우리는 모든 비민족적 반국가적 공식주의를 배격하고 진정한 세계평화와 인류공존에의 공헌을 기함.

화양면장

화양면장으로 재직 할 당시의 모습이다.

화양면사무소에 보관중인 문서엔 그가 1952년 5월 6일부터 동년 8월 12일까지 재직한 것으로 기록되어 있다. 연보가 정확하다면 추정컨대 1951년도에 부임한 면장직은 지방자치법이 시행되기 전이어서 누락되었고 이후 지방자치법에 의해 피선된 것만이 기록되어 전하는 것이 아닌가 한다. 그것도 아니라면 1951년도에 면장에 부임하였다는 주장은 와전된 것인지도 모른다. 아무튼 그는 원치 않았으나 면장직을 열심히 수행했다. 그리고 전쟁이 끝나기를 고대했다. 마침내 지리하게 전개되던 전쟁은 1953년 휴전으로 막이 내린다. 그 이듬해인 1954년, 한산중학교 이사로 위촉된다.

한국전쟁에 대한 그의 생각은 다음의 작품에서 잘 나타난다. 한국전쟁 직후 발표한 「청산아 말하라」의 경우 전쟁 중에 느낀 회오와 아픔을 토로했다. 비록 무수한 인명피해를 낳고 심각한 상처와 후유증을 낳았지만 전쟁이 마침내 종식되었다는 것은 환영할 일이었다.

청산아, 네 묻노라 내 말 대답하여라
네 말 없는 공곡(空谷)일망정

천만 년 이 한곳에 서서
우로상설(雨露霜雪)에 씻기고 씻긴 몸이
변함없이 늙었느냐

티끌 세상에 어지러운 인간풍파를
네가 보아 알거든 일일이 내게 말해
주진 못할 네냐

이리 목놓아 내가 불러도 청산아
너는 컹컹 산울림뿐 묵묵히 말이 없고
그렸는 듯 섰노라.

—— 「청산아 말하라」

1955년 경, 그는 고향생활을 완전히 청산하고 주거지를 서울로 옮겼다. 지긋지긋한 전쟁의 와중에 장남이 목숨을 잃었고, 부모님 역시 돌아가셨으며, 토지개혁으로 재산까지 처분해야 하는 고통스런 생활이 계속되었다. 그는 정신적, 경제적으로 심각한 타격을 입었다. 직업도 없이 고향에서 지내기보다 아예 서울로 상경하여 직장을 얻고 생활하는 것이 당연하다고 생각했을 것이다. 일제치하, 그리고 한국전쟁 직전까지 서울에서 문단 활동을 활발하게 전개하였기 때문에 서울은 낯설지 않다. 가족들 모두 이주하여 중앙에서 터를 잡는 것이 여러모로 당연했을 것이다.

Ⅲ.서울 입성과 문학·사회 활동

1. 성북동 '누산재(누산재)'

석초는 식솔을 이끌고 서울 성북동에 둥지를 마련했다. 성북동 깊숙한 골짜기에 터를 잡았던 것이다. 당시 성북동은 산으로 둘러싸인 그야말로 서울의 변방이었다. 고도의 성터와 연계된 산 어귀에 '누산재(樓山齋)'라는 정자를 빌려 잠시 우거했다. 그가 성북동으로 이주한 가장 큰 이유는 자연친화적 환경에서 고향의 정취를 느끼고 싶었기 때문이다. 고향과 유사한 장소가 가져다 주는 심리적인 안정과 여유, 그리고 도심 속 풍광을 즐긴다면 금상첨화 아닌가. 교통이 불편해도 고요한 은거를 즐겼다. 그가 '누산재'의 풍경에 얼마나 탐취했는지를 다음의 글은 잘 보여준다.

성북동 누산재
성북동 누산재의 정원이다. 어렴풋이 사랑채가 보인다.

> 정원이 훨씬 넓고 그윽한 옛날 대가의 산장인 듯한데 낙락한 묵은 소나무와 전나무, 벚나무 따위의 교목들이 울창히 늘어서 있고, 온갖 꽃나무들이 계단을 둘러 매우 유수한 별장 그대로다. 뒤에는 백운대에서 떨어져 내려온 기굴창백한 산맥이 유동하고 문 앞에는 백옥 같은 수석이 깔려 맑은 시냇물이 굽이쳐 흐른다.[38]

비라도 오면 쇄락(洒落)하고 웅성깊은 물소리가 숲을 울린다. 안개 속에 제 몸을 숨긴 산봉우리는 원시의 풍경처럼 아스라하다. 실로 아름다운 풍광이 아닐 수 없다. 울창한 계곡의 소나무들은 이곳 저곳에서 숲을 이루어 청명한 향기를 바람에 날린다. 축축히 젖은 안개와 나무와 물이 교향악을 연주하며 한 폭의 뛰어난 풍경화를 연출한다. 비경에 거처하여 은둔하고 있다는 착각까지 불러 일으킨다.

---

38) 신석초, 전집 2, p. 50

현재의 누산재 자리

누산재가 있던 자리의 전경이다. 오른쪽 전봇대 뒤쪽인데 지금은 모 일간지 사장이 거처하고 있다.

변두리에 터를 잡아서 교통 등의 불편한 점이 많았지만 그는 물질적인 것보다 정신적인 풍요에 자신을 맡겼다. 그가, "나는 인간의 물결쳐 흐르는 여정을 흔들리며 따라가는 일개 속인에 지나지 않는다. 하지만 임어당의 말처럼 나는 뜻있는 친구들과 더불어 기꺼이 차를 마시고 담화를 하고 웃고 숲속을 찾아 그윽한 새소리를 들으며 잠자고 싶은 것이다. 이래서 아마도 나는 일생에의 모든 귀중한 기회를 상실할는지도 모르지만 나는 몸에 넘치는 어느 야망으로 항상 초조하는 것보다는 오히려 마음의 여유를 갖고 싶다."[39]고 고백한 것은 물질적으로는 피폐해도 정신적인 사치를 향유하고 싶은 그의 소망을 그대로 드러내는 것이다.

석초는 성북동의 자연 풍광을 즐기는 생활이 계속 지속되기를 기원했다. 정신적으로 자연을 즐긴다는 것은 창고(蒼古)한 일이고, 현대인은 이

39) 신석초, 위의 글, p.51

를 풍월정신이라고 타기하지만 그는 차디찬 죽창에 앉아 설경을 즐길 여유마저 간직하고 살았다. 일부러 밤늦게 귀가하면서 눈으로 치장된 성북동을 눈과 마음 속에 꼬옥 꼭 담아 두었다. 그리고 마치 추위와 대결하기라도 할 듯이, 달빛에 반사되는 눈을 정면으로 응시하며 성북동 고개를 넘곤 했다.

그리고 다시 봄이면 창창한 뒷산에서 흘러 내리는 물소리, 계곡을 타고 누산재를 방문하는 뻐국새의 소리에 넋을 잃었다. 성벽으로 둘러쳐진 성북동 누산재에서 다음의 시를 초(草)할 정도였다.

반쯤 무너진 이 옛 성
반쯤 무너진 이 옛 성
묵은 이끼 낀 이마는
진정 조으는 창공의
높음으로 어리고

반쯤 무너진 이 옛 성
오오, 석축의 미라여
네, 입을 굳이 다물어
잠자코 옛일을
말하지 않는다

오낸 날을 걸어 온
우리들 역사의 발자취
얼마나 큰 더미가
이다지도 엄숙한 죽음으로
지금 저문 연기 속에
잠들어 있는가

——「성지(城址)의 부(賦)」[40]

---

40) 그는 수필(전집 권2, 51쪽)에서 이 작품을 누산재에서 거주할 때 초(草)했다고 했다. 그런데 나중에 『비가집』에 수록하고 끝부분에 "이 작품은 내가 초기(해방 전) 발리리에게 심취해 있던 때의 습작의 하나로 여지껏 시집에서는 빼 왔었다."

서울 생활에 어느 정도 익숙해질 무렵 1956년, 〈한국문학가협회〉 사무국장에 선임된다.41) 안정된 직장을 가지고 생업에 종사했다는 기록은 없지만 문학과 관련된 일에는 적극적이었던 것 같다. 추정컨대 그는 고향에서 처분한 재산으로 풍족하진 않지만 그럭저럭 생활을 영위했던 것 같다. 《현대문학》을 통해 작품을 발표하는 등 의욕적으로 작품을 창작했고 비교적 활발하게 활동한 것으로 보인다.

2. 본격적인 문단활동

이즈음 그는 평생지기면서 은인이기도 한 백상 장기영 한국일보 사장을 아우 신하식을 통해 소개받았다. 1954년 《한국일보》를 창간한 장기영 사장은 멋지고 단정한 석초의 외모와 인품에 끌렸다. 특히 서화고동에 해박했던 그에게 굉장한 호감을 가진 것 같다. 백상 장기영 사장이 그를 신뢰한 단적인 예는, 석초에게 동양화가 한 사람을 추천해 달라고 부탁할 때 잘 드러난다. 석초는 주저하지 않고 제당 배렴 화백을 추천했다. 장기영 사장 역시 흔쾌히 그의 의견을 받아들였다.

그무렵 석초는 제당의 매화에 정신을 빼앗기고 있었다. 황홀한 체험을 거듭 했다. 이후 배렴과 석초는 죽마고우처럼 가깝게 지냈다. 석초에 대한 장기영 사장의 신뢰는 후에 자신의 무덤 옆에 석초의 시비를 세우라고

고 특별히 창작과정을 소개한 바 있다. 그렇다면 그는 일본 유학 중에 이 작품을 습작했고 성북동에 거주하면서 완성했다고 추정할 수 있을 것 같다.

41) 〈한국문학가협회〉는 49년 남한에서 결성된 가장 대표적인 문학단체라는 것은 앞서 이야기했다. 그런데 이 단체는 한 번 큰 위기를 맞는다. 1954년 예술원 회원 선거를 계기로 내분에 직면했던 것이다. 친일적 인사들이 예술원 회원으로 선출되자 이에 반발한 사람들이 〈한국자유문학자협회〉를 결성하였다. 그들은 설립취지를, "공산주의로부터 민족문학을 수호함으로써 세계문학의 일환으로서의 임무를 다한다"고 명시하고 발족하였다. 창립 당시 회원이 250여명이었다. 이들은 56년에는 기관지 《자유문학》을 창간하였다. 신석초는 〈한국자유문학자협회〉를 택하지 않고 〈한국문학가협회〉에 잔류했던 것 같다. 반목하던 두 단체는 1961년 5월 총회에서 '문학단체의 대동단결을 전제'로 하여 해산을 결의하였다. 이후 〈한국문인협회〉로 확대 통합된다.

유언을 남길 만큼 각별했다. 장사장은 「바라춤」을 애송하여 암송할 정도였다. 장기영 사장이 《한국일보》 문화부장 겸 논설위원으로 그를 임명한 것에서 얼마나 그를 신뢰했는지 거듭 헤아릴 수 있다. 이때가 1957년, 석초의 나이 49세였다. 처음으로 안정된 직장을 가졌다고 해도 과언이 아니다. 같은 해, 《현대문학》 시추천위원으로 임명된다. 인생의 전환점이었다. 그는 비로소 활짝 개화했다.

1959년, 그의 이력에 일대 전환이 온다. 제2시집 『바라춤』이 간행된 것이다. 시집은 석초의 대표작인 장시 「바라춤」을 중심으로, 『석초시집』에 이미 발표된 것, 그리고 미발표작 50편을 함께 묶어 구성했다.[42] 이제 시인으로서 자신의 위치를 재점검하고 이를 도약의 계기로 삼았다. 그가 이 시집에 얼마나 심대한 정성을 기울였는가는 시집의 장정에서 엿볼 수 있다. 장정을 맡은 화가가 김환기와 천경자였으니 시집 발간에 대한 기대를 읽을 수 있을 것 같다. 아울러 서화고동에 대한 탐미적 취향 역시 읽게 된다. 교정을 맡은 사람이 김후란이었는데 그녀는 아직 추천을 받기 전이었다.

『석초시집』과 『바라춤』

제1시집 『석초시집』 오른편으로 제 2시집 『바라춤』이 놓여있다. 김환기가 표지를 디자인했다.

---

42) 시집의 서문에 밝히길, "이 시집에 수록된 시편은 내가 1933년경으로부터 38년까지 사이와, 46년경부터 현재까지 사이에 쓴 것 중에서 초선(鈔選)한 것들이다.(중략) 대부분 발표되었던 것이지만 미발표고도 더러 있다."고 하였다. 그는 이 시집을 지난 시절을 점검하고 미래를 위한 도약의 계기로 삼았던 것 같다.

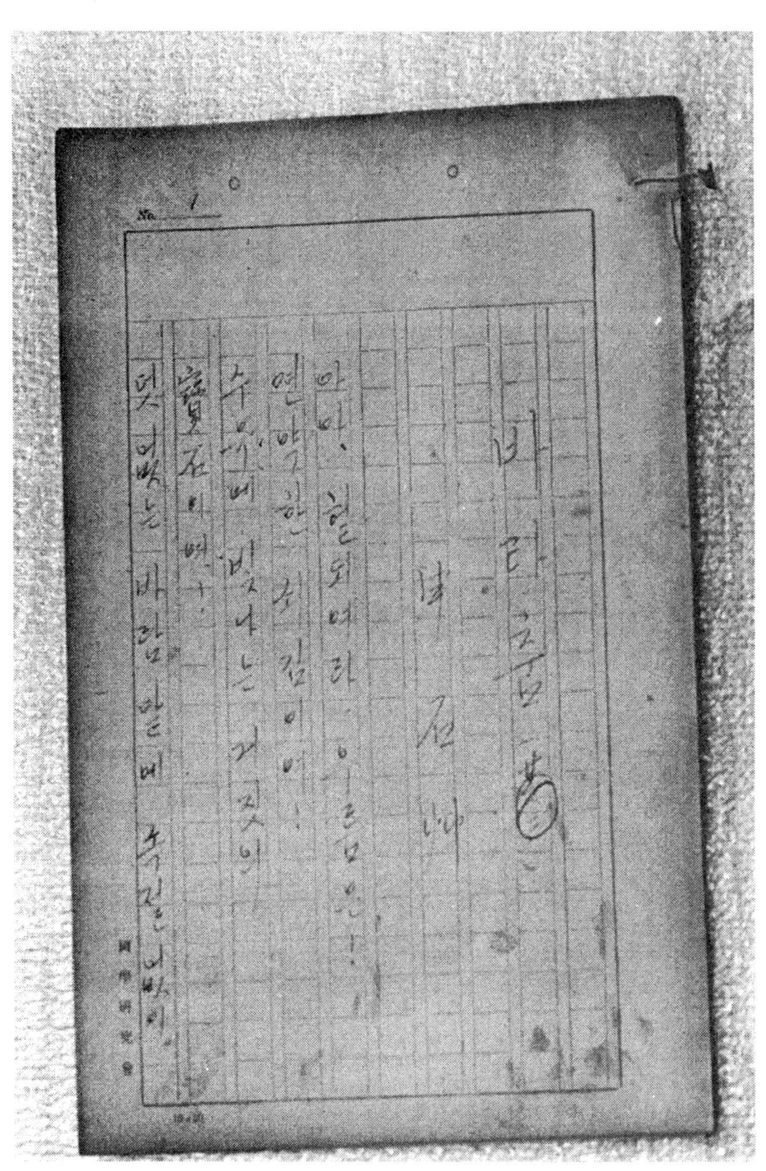

『바라춤』 원고

『바라춤』의 친필 원고 이다.

출판기념회

시집 『바라춤』 출판기념회의 모습니다. 박종화와 통문관 사장 이겸노가 보인다.

이듬해 1960년, 대한민국예술원 회원에 피선되었다. 시집 『바라춤』 간행을 계기로 문단활동은 가속도가 붙었다. 《현대문학》, 《사상계》, 《신문예》 등의 잡지에 시를 발표하는 것은 물론이고 처음으로 《현대문학》에 시인을 추천했다. 평생제자인 김후란과 성춘복이 바로 그들이다. 김후란은 「오늘을 위한 노래」외 2편이, 성춘복은 「어항 속에서」외 2편이 추천을 받았다.43)

이처럼 활발한 문단활동을 정력적으로 전개하고, 1961년 서라벌 예대에

---

43) 그는 김후란을 시인으로 추천하면서 소감을 밝히기를, "김후란여사의 「달팽이」를 추천한다. 이 시는 여사의 세 번째 작품이다. 이로써 나는 한 귀중한 규수시인을 우리 문단에 내보내는 자부를 갖는다."며 만족했다. 계속하길, "여사의 시세계는 아직 젊다. 그러나 그의 시어는 정감으로 차 있으며 상은 항상 깊다. 그가 그의 비유(秘有)한 재질을 한층 높은 경지로 끌어 올릴 때 우리는 한사람의 우수한 규수작가의 출현을 깨닫게 될 것이"라며 상기된 상태에서 고평했다.(「시천후감」《현대문학》 1960.12)

출강하면서 시는 밝고 맑아졌다. 민주정부 수립을 외친 4·19혁명 이후 그의 시는 진취적 어조로 밝은 미래를 예견하기까지 했다. 다음의 시는 이를 증명한다.

신석초와 김후란
시인으로 첫 추천한 김후란과 함께 한 신석초

조국 「코리아」여!

3월 1일에서
4월 19일로 약진한
지혜로운 민족이여!

너는 먼 옛날 신라때부터
물결이 거센 창해속에
너의 발을 씻어 왔고,

캄캄한 구름이
너의 전통과 너의 자유를

앗으려 할 때엔
최후로 놀라운 예지를 나타냈다.
(중략)
그러나, 우리는
신명과 창조에 대한
먼 염원을 잃지 않으리.

내일의 종을 울려라!
조국「코리아」여!
——「내일의 종을 울려라」에서

이처럼 그의 시는 맑고 밝아졌으며 낙관적으로 변화했다. 이에 관해선 제1부에서 시를 분석할 때『비가집』계열의 작품을 중심으로 그 특징을 논한 바 있다. 이미 지적했지만 중년을 훌쩍 넘긴 시기에 그를 찾은 연정이 강하게 그를 자극했던 것도 한몫 했을 것이다.

그대는 아리따운 매화 한가지를
나에게 가져다 주었다.
그대는 세상에도 없이 귀한
구슬 한꾸러미를
나에게 가져다 주었다.

그때로부터 나에겐
미넬바도 바카스도 예수도
아무런 힘이 되질 않았다.

나는 푸른 난꽃의 그대 모습과
보라빛 아이락의 향내와
맑은 5월의 호수의 아침
나우리를 헤매는 나비가 되었다.
——「매화 한 가지」

3. 제2의 고향, '침류장(枕流莊)'

그가 제2의 고향 수유동 생활을 본격적으로 시작한 것도 이 무렵이다. 이후 그는 생을 마칠 때까지 수유동에서 기거했다. 그가 성북동 누산재에서 곧바로 수유동으로 이주한 것은 아니다. 성북동에서 혜화동으로, 혜화동에서 다시 정능으로 이주하였다가 다시 혜화동에서 잠깐 둥지를 트고 수유동으로 향했다.44) 수유동 역시 자연의 풍광을 느낄 수 있는 지역이었다. 이때 한국문인협회이사로 피선되었다.

그는 백운대 밑에 거처를 정하고 '침류장(枕流莊)'이라고 옥호를 정했다. 침류장 이외에도 '화산독시루(華山讀詩樓)', '자정향관(紫丁香館)'이라고 부르길 좋아했다. 그중에서 '침류장(枕流莊)'이라는 옥호를 가장 좋아했다. 그가 특별히 '흐르는 시냇물을 베개삼아 산다'고 자신의 주거지를 호칭한 것은 물의 흐름을 통해 사유의 폭과 깊이를 늘 성찰하기를 원했기 때문이다.

수유동 '침류장'
서재를 '침류장'으로 지칭하던 수유동 2층 집의 모습이다.

---

44) 신석초의 장녀인 신길순의 증언에 의한 것이다

> 흐르는 물은 지구의 테두리의 밖을 나가지는 못한다. 유수는 언제나 태양의 열에 의하여 증발되고 우로가 되어 초목을 적시고 물체를 윤택하게 하고 그리고 다시 떨어져 흐른다. 그것은 자연의 영원불변하는 법칙이다. 이것은 영원히 되풀이하지만 그러나 흐르는 물은 항상 새롭다. 근원이 깊고 길수록 흐름은 더욱 길고 맑고 풍부하다.45)

영원불변하는 물의 흐름은 새롭고 창의적인 생각의 깊이와 심오한 정신세계를 늘 환기했다. 흐르는 물처럼 인간의 사상도 물처럼 흐르고 모든 현상은 변화하고 유전한다는 가르침을 늘 깨치기를 원했다. 물이 하늘 밖으로 흐르지 않는 것과 같이 사상의 흐름 역시 인간 정신의 한계를 초월하여 흐르지 못한다. 인간은 생각의 흐름에서 탈피하지 못하고 그 속에서 생활을 영위하는 것이다.

요컨대 '침류장(枕流莊)'이라는 것은 부단이 흐르는 사상의 흐름을 거스르지 않고 그 속에서 정신의 자유를 구가하겠다는 뜻이다. 덧붙여 탈속의 자유와 여유마저 즐기고자 했다. 그가 후에 시집의 제목을 『수유동운(水踰洞韻)』으로 정할 만큼, 그는 수유동이란 공간에서 새로운 삶을 시작하길 원했던 것이다.

그러나 그가 처음부터 이곳을 사랑한 것은 아니다. 초기에는 수유동에 대한 기대보다 실망이 컸다. "골패짝 같은 것들, 물감 들인/ 종이 조각 같은 것들/ 입춘날 액맥이로 뿌려 논/ 종이 돈 같은 것들// 줄줄이 늘어서서/ 모두 꼭 같은 문 꼭 같은 담/ 꼭 같은 지붕/ 유형의 인간 집들이어// 드러난 볼기짝만한 이 터전은/ 하루 아침에 부르도저로/ 언덕배기를 밀어제낀 것이다."(「신흥주택가」)라며 획일적인 주택정책을 비난할 때 잘 드러난다.

---

45) 신석초, 전집 권2, 52쪽

서재

서재 '침류장'의 모습을 복원 재현한 것이다.

신흥 주택가를 조성하기 위해서 나무와 숲을 처참하게 자르고 남벌하는 무분별한 정책에 흥분했다. "달을 기다리며 임을 기다릴/ 숲이 없구나/ 조용히 기대설 정자도 없고/ 아침 이슬을 길을 연못도 없고/ 비밀한 몸짓을 가리울/ 완자창도 없"다고 통곡했다. 이미 본격적인 경제개발이 시작된 것이다. 그의 고전적 취향과 농경적 상상력은 무분별하게 자행되는 도시 정책과 종종 충돌했다. 이런 까닭에 주택가를 벗어나 있는 자연경관에서 겨우 심리적인 위안을 얻었다.

문을 나서면
산이 열린다.

화려하게 펼쳐진
북한산 연봉(連峰)

여기서는
그리 높아 보이질 않는다
우람하지가 않다.

맑게
얼굴을 씻은
백운대

단장한 미인 같다
보살 같다.

——「북한산 연봉」에서

맑고 깨끗한 수채화풍의 경관이 눈 앞에 펼쳐지는 듯하다. 신흥 주택가를 벗어난 북한산의 정기를 그나마 사랑한 것이다. "백운대 밑에/ 사태진 언덕배기/ 연보라빛 아지랑이/ 불 지르면/ 포시시 타내릴/ 마른 잔디밭에/ 진노랑 개나리꽃이 피어/ 복숭아빛 햇살에/ 깔깔대는/ 봄이 오고 있"(「백운대 밑에서」)다고 계절의 환희를 즐겨 노래했다.

이때 「수유동음초(3편)」로 작품을 발표했는데 다음의 시에서 확인하는 것처럼 이즈음 그의 시는 정제되고 맑아졌다. 다음 시는 「수유동음초(3편)」 중, 「심추」라는 제목의 작품이다.

손 대면
꽃물 들듯한
나무 닢 들.

연 사과 같은
태양의
눈부시게

쏟아지는
금가루.

천산에
가을은
짙어 가고
——「심추」

이 시는 시조시형을 현대적 감각에 맞게 변용하여 늦가을의 정취를 최대한 절제하면서 가을을 눈부시게 만끽한 작품이다. 이 시가 발표된 1965년, 그는 한국시인협회 회장에 피선되고 이듬해인 1966년 예술원 문화부장을 역임했다. 이외에도 그는 한국일보 문화부장, 서라벌 예대 출강, 문인협회 이사로 정력적으로 활동했다. 그리고 발레리에 관한 작가론을 집필한 때도 이 무렵이다.

문인 모임

활발하게 문인활동 할 때의 모습. 김수영, 박재삼, 김후란 등의 모습이 보인다.

'발레리'란 누구인가. 그에게 발레리 만큼 큰 영향을 끼친 사람이 있었던가. 도대체 감당할 수 없을 것만 같은 청년기의 정신적 방황과 갈증을 해소한 정신적 귀의처가 발레리 아니던가. 발레리의 명징한 사유는 그를 인도한 등불이었다. 그는 눈물을 흘리며 발레리에게 자신을 맡겼다. 그가 《문장》 폐간호에 발레리에 관한 글을 발표한 것도 망실되는 정신적 공황과 국가 상실의 비애를 구원받기 위해서였다.

발레리는 그에게 정신적인 아비였다. 이런 점에서 그가 발레리에 관한 작가론을 시작했다는 것은 과거 자신의 삶을 일단락 짓고 비로소 인생의 새로운 전환기를 마련하기 위해서다. 한편으로 제2의 인생을 시작할 수 있다는 자신감을 표명한 것이라 해석할 수 있다. 폭풍우 앞에 흔들리며 난파할 뻔한 조각배였던 자신을 해안으로 인도하여 삶의 뿌리를 내리게 했던 정신적 스승을 객관적으로 조명할 수 있는 위치에 비로소 섰음을 의미한다. 그가 자신의 시정신과 방법에 대한 단상을 자주 피력한 것도 시인으로서의 정체성을 재점검 하려는 의욕적인 행위라 하겠다.

4. 육사시비 건립

이즈음 그를 과거의 소중한 기억으로 초대한 사건이 있었다. 바로 육사의 시비건립이었다. 1968년 안동에서 육사의 시비 제막식이 있었다. 시비는 안동의 관문인 낙동강 연안에 세워졌다. 그는 유장하게 흘러가는 낙동강의 깊이를 헤아리며 육사의 지사정신을 다시금 상기했다. 석초는 흐르는 물에서 눈을 떼지 못했다. 그리고 다시금 슬픔에 젖었다. 북경에 간다는 말이 마지막 말이 될 줄이야, 정월 초하루 그와 함께 눈부신 답설을 동행한 것이 그와의 마지막 만남이 되다니, 전혀 예상치 못한 일 아니던가. 그는 일제가 단말마적으로 광분했던 그 엄혹했던 시기를 잠시 떠올렸다. 조금만 견뎠으면 해방이었는데……

이육사 시비 제막식
육사 시비 제막식을 마치고 각계의 인사들과 함께 자리했다.

안동은 익히 육사로부터 귀동냥했던 곳이었다. 육사의 지사적 성향 역시 이 토양에서 가능했을 것이다. 그러나 학문과 선비의 고향인 안동에 돌아왔지만 육사는 없고 석초만이 그의 시비건립을 위해 홀로 섰다. 시비를 건립하고 그는 육사의 정신적 고향인 도산서원을 방문했다.

낙동강 상류 물 푸르고 모래 희고
연기나무 어린 별구(別區) 속에
꽃처럼 환한 동부(洞府)가 열렸나니
퇴계선생이 이곳에 조그만
초막집을 지으시고
만권도서 쌓아 놓으시고
도산십이곡을 읊으며
나라에 큰 학문을 열어 노셨나니

늦은 봄 낙화지는 석양 무렵에

후생이 와서 상덕사(尙德祠)에 절하고
천운대(天雲臺) 흰구름 떠가듯이
그냥 총총히 떠나가누나.

——「도산(陶山)」

도산서원을 참배하고 쓴 작품이다. 이 시에서 석초는 학문에 대한 외경심과 퇴계의 부재에 대한 안타까움을 절절하게 노래했다. 일찍이 이황은 인간의 존재와 본질을 규정하는데 일생을 바쳤고 순수한 이성만이 절대의 선이므로 이를 따를 것을 최고의 덕으로 인식한 학자였다. 그것은 석초가 늘 추구하던 이상적인 삶의 방식이었다. 도산서원을 창설하고 학문을 연구한 학자. 정치의 일선에 나서기보다 끝내 학자로서의 삶을 견지했던 퇴계였다. 유성룡, 김성일 등은 스승의 학문을 계승했다.

늘 방문하길 염원하던 병산서원과 하회마을의 유성룡 고택도 찾았다. 지난날의 영욕을 묵묵히 감내하고 있는 충효당과 양진당에서 세월의 무게를 느꼈다. 육사도 없고 퇴계도 없는 하회는 퇴락하고 쓸쓸했다.

도산서원 방문

육사 시비 제막식을 마치고 도산서원을 방문한 신석초

Ⅳ. 죽음과 침묵

1. 아내의 사망, 피폐한 내면

석초는 같은 해 여름, 제13회 예술원상을 수상했다. 그러나 그는 기뻐하기보다 자신을 성찰하는 계기로 삼았다. 대외적 신임이나 명성은 허망한 것임을 새삼 깨달았다. 정신의 자유와 여유, 명징한 사유를 즐기기를 원하는 그에게 가시적인 형식들은 부질없어 보인다. 이즈음 그의 시는 허전한 내면을 다음처럼 읊조린다.

제 13회 예술원상(1968) 수상 후 가족들과 함께. 맨 앞줄 오른쪽부터 사촌누님, 제수씨(신하식씨 부인), 부인 강영식 여사, 신석초 시인 계씨(申夏植), 사촌 매형 등 친척 일동의 모습이 보인다.

한평생 시를 하는 마음은
한갓 부질없고 사치스러운

병이런 듯,

연상(硯床)머리에 흩어진
종이와 글발
한 다발 허무의 꽃묶음
——「새벽에 앉아」에서

제자들과 담소하며 시를 논하고 문인활동을 계속하지만 내면은 늘 스산하다. 문학은 어찌보면 '한 다발 허무의 꽃묶음'에 지나지 않는다. 시를 창작하는 것은 부질 없는 짓이며 사치스런 병에 불과하다. 그는 번잡한 현실을 세계를 통찰하는 사유의 깊이로 초탈하기를 희망했으나 그것조차 어쩌면 부질없어 보인다.

신석초와 부인
예술원 공로상을 수상하고 부인과 단란한 한 때를 보내던 신석초

운명은 가혹한 것이다. 자신에 대한 회의와 번민조차 사치스런 것이다. 이듬해인 1969년 아내가 사망했다. 만화방창의 6월이었다. 날은 청명하고 아름다웠다. 아내는 18세에 그에게 시집왔었다. 그는 당시를, "그대가 내 옛 마을에 오고/ 내가 큼직한 용마름이 보이는/ 내 옛 집으로/그대를 맞아들였네// 집안은 온통 잔칫날처럼/ 사람은 백결치듯 하고/ 넓은 뜰에는 꽃이 환히 피어 있었네"(「어느 날의 꿈」)라고 행복에 겨워한 바 있었다.

그러나 아내의 생은 순조롭지 않았다. 그녀는 44세에 부모를 잃었고, 전쟁이 발발한 45세, 장남을 잃었다. 전쟁은 그녀의 가슴을 짓이기고 도망갔다. 그녀는 남편을 따라 48세에 서울로 아주 이주하였다. 이제 지긋지긋한 현실에서 탈피하고 어느 정도 안정적인 생활을 유지할 무렵, 영욕의 세월을 인내했던 그녀는 갑작스레 생을 접었다. 여느 어머니처럼 자식과 남편을 위해 헌신한 아내의 죽음 앞에 그는 오열했다.

그를 비롯한 친척과 지인들이 아내의 죽음을 애도하고 장례의 행렬을 길게 형성했다. 아내는 함구한 채 흰 꽃으로 치장한 검은 관 속에 누었다. 검은 관을 실은 차에도 화환을 달았다. 차들은 길게 열을 지어 용인을 향했다. 차는 눈부신 인수봉을 배경으로 화계사를 미끄러지듯 그러나 경건한 속도를 유지하며 장지로 향했다.

고대 앞을 지날 때 학교의 담장을 뒤덮은 장미의 물결에 석초는 놀랐다. 붉은 색은 화사한 아침 햇살에 찬란하게 빛났다. 일상에서 발견하는 경이 같은 것. 그러나 아름다운 꽃길을 나서는 아내의 외출은 검은 색이다. 십년 만에 서울을 나서는 아내의 외출이 처음이자 마지막이라니.

장례행렬은 남산을 돌아 한강을 건넜다. 서서히 용인으로 방향을 잡았다. 용인은 고령 신씨의 선영이다. 양지현감이었던 육대조부로부터 그의 부모님 묘소가 이곳에 위치해 있는, 그러니까 고령 신씨의 가계가 죽어서 만나는 장소인 것이다. 아내의 친정묘소도 선영에서 멀지 않았다. 그는 가슴에 아내를 묻었다.

육십살 파란 많던 생애
누가 짧다 하리요
어제의 동금우(同衾友)가
오늘 떨어져 혼자 지하로 가네
누가 알리, 내 가슴 속에
차바퀴처럼 구르는
속의 속 마음을
살아서는 양주에서 살고
죽어서는 용인으로 간다더니만
새로 지은 유택이 아담하이

——「만사(輓詞)」에서

아내를 묻고 돌아 오는 길, 맑던 하늘이 흐리기 시작했다. 음산하게 비까지 뿌리기 시작했다. 마음의 비. 한강은 잔물결이 일었다. 그것이 상심한 그의 내면을 흔들었다. 설상가상인가. 같은 해 8월에는 부산에서 개최된 문학 강연에 참석했다가 득병했다. 해운대에서 1개월 정도 요양하고 상경했다. 심신이 피로하고 지쳤으리라는 것을 쉽게 추측할 수 있다.

그러나 그는 동년 11월, 《예술원보》에 「한국의 꽃」을 비롯한 근작 10편을 한꺼번에 발표하여 건재를 과시했다. 10편 중, '처용' 모티프의 지속적인 관심을 「처용무가」에서 확인시켰고, 이외에 「한국의 꽃」, 「동해의 달」, 「하이웨이」 등을 통해 시적 관심을 한국의 분단이라는 국가적 차원으로 확대했다. 진취적이기까지 했다. 작품의 소재와 주제를 민족 동질성을 추구하는 방향으로 택한 것이 독특하다.

이듬해인 1970년, 세 번째 시집 『폭풍의 노래』를 간행했다. '침류장'에 터를 잡은 이후의 작품을 모아 시집을 출간한 것이다. 쇠약해진 심신을 다스리고 재도약을 다지기 위한 노력의 일환이었던 것 같다. 그런데 실린 작품들은 그동안 잡지 등에 발표한 작품들을 많이 제외하고 27편만을 담고 있어서 소략하다. 특히 제2시집인 『바라춤』이후 10여년의 세월이 경과했다는 것을 참고한다면 기이하기까지 하다. 이 시기에 잡지 등에 발표한 작품은 제4시집 『수유동운』, 제5시집 『처용은 말한다』 등에 분산된다. 작품의 발표시기와 성향으로 미루어 세 시집은 한몸이라고 할 수 있다.

2. 희망을 기원함

그는 충격적인 아내의 죽음에서 탈피하고, 점차 노쇠해지는 심신을 추스르고 새로운 의지를 다지기 시작했다. 새해는 희망으로 밝았다.

새 단장하고
옛날 새댁들의
치맛바람처럼.

이른 2월 아침에
화분에 피어 오른
영산홍처럼.

——「서울 조춘(早春)」

이른 봄, 붉게 개화한 영산홍처럼 새로운 삶이 시작되기를 고대했다. 그는 다시 한 번 생의 의욕을 다진다. 추위를 극복하고 화려하게 개화한 영산홍은 얼마나 눈부신가. 그는 겨울을 극복하고 개화한 꽃을 통해 생의 의지와 도약을 새삼 다졌다. 의욕적인 삶을 시작하리라. 이것은 자신의 생일을 맞아 더욱 더 당위성을 띠고 강렬해진다.

나의 생일은
초록빛 대지 위에
태양이 불꽃 튀기는 때다
어느 하룻날
비바람 쳐 오는 날이라도
나는 바다처럼 크게 있을 일이요
바다처럼 빛나 있을 일이로다

모란꽃처럼.

연 잎처럼.

——「모란꽃처럼」

꽃의 개화는 분명 새로운 생명의 탄생과 시작이다. 추위를 이긴 영산홍의 개화에서 생의 의욕을 다진 것처럼, 눈부시게 개화한 6월의 모란꽃에서 활활 타오르는 생명력의 약동을 만끽한다. 어떤 시련에도 '바다'처럼 장대하고 빛나기를 염원한다. 모란꽃은 '꽃 중의 꽃(花中之王)', 혹은 '부귀화(富貴花)'라고 지칭될 만큼 고귀함을 표상하지 않던가. 그 모란꽃과 연잎을 동일한 맥락에서 파악했으니 재생과 부활의 의욕마저 읽을 수 있다.

그가 이듬해인 1971년, 경주와 공주 등의 문화유적 도시를 다시 찾은 것도 충분히 이해가 간다. 물질적, 정신적으로 피폐했던 일제 식민치하의 치욕스런 현실에서 좌절할 때마다 현실을 잊기 위한 방편으로 경주와 공주 등의 상징적 도시를 찾곤 했다. 육사와 함께 경주와 부여 등지를 답사하며 문화를 호흡했었다. 그들은 심리적으로 위안을 받았고 안정을 찾곤 했다. 영화롭던 고대국가의 문화적 유산과 자긍심에서 국가상실의 비운과 상처를 치유받았던 것이다. 그러니 고도는 그의 정신적 자궁인 셈이다. 따라서 그가 다시 고도를 찾은 것은 자신을 다시금 성찰하고 생의 의욕을 다지기 위한 노력이라는 것은 말할 나위 없다.

마음의 고향 고도를 찾은 그의 심정을 충분히 헤아릴 수 있다. 이미 정초에 그는, "바다여. 바다여./ 너의 푸르디 푸른/ 지랄 머리/ 너의 출렁이는 용트림/ 솟아 오르는 산더미여"(「파도」)하고 비약하는 삶의 약동성을 찬탄한 바 있는데 이처럼 약동하는 삶의 추구와 연관이 있는 것이다.

청총마(靑驄馬)야.
동해바다에서도 제일 길 잘드른
청룡마(靑龍馬)야.
너슬 너슬 갈기를 늘어뜨리고
하늘로 번쩍 고개를 쳐들고
꼬리를 뻗쳐 고개를 쳐들고

넓으나 넓은 초원장제(草原長提)
성을 넘고 변을 무니고
산맥을 뛰어 넘어
세계의 바다로 달려 가거라
——「천마」에서

하늘로 비상하는 말처럼 삶은 다시금 역동적으로 도약한다. 웅지를 마음껏 펼칠 새로운 시대가 재차 도래한 것이다. 과거는 이제 새로운 시대를 맞이하여 새롭게 탄생했다. "무엇이 너를 긴 잠에서 깨게 했는가/ 무엇이 너를 허무한 연실(蓮室) 속에서 파헤쳐 내고/ 천오백년의 신비의 지하로부터/ 누가 고이 잠든 연문을 열어제켰는가/ 무엇이/ 역사가/ 문화가/ 무엇이 너를 죽엄의 꽃으로/ 다시 피게 하"(「무영왕릉지석」)였느냐, 하는 포효는 다시금 소생의 의지를 다지려는 강한 의욕을 반영한다.

3. 영원한 침묵

이처럼 1970년대 진입하면서 그의 시는 다시 활력을 찾았다. 따라서 70년대 진입하고 그가 생을 마치는 1975년까지 창작된 작품들은, 생의 의지와 희망을 개인적인 차원에서 노래하거나 혹은 역사의식을 동반한 작품, 예컨대 「천지」 등을 통해 웅비하는 민족적 기상을 포효했다. 그러나 점차 후기로 갈수록 건강은 악화되었다.

"저문 산길가에/ 저, 뒤둥글지라도/ 마냥 붉게/ 타다 가는/ 환한 목숨이여."(「꽃잎 절구」) 등의 시에서 그는 생의 일몰을 자주 예감했다. 불현듯 방문하는 죽음의 공포와 수차례 대면했다. 그는 죽음의 공포를 극복하는 방법을 발견했다. 자연으로 돌아가는 것이다. 그는 무념무상의 상태에서 자연과 일체되길 희망했다. "뛰어들리/ 구름 속으로/ 광대한 바다/ 저 속으로// 내 몸을 던지리/ 하늘 속으로/ 갓없는 우주의/ 황홀한 심연 속으로// 날아가 물결되리/ 가 닿을 언덕이 없다 하여도/ 날아가 꽃배 되리/ 구름의 돛이 되리"(「해」에서)에서 처럼 하늘, 바다, 마침내 우주의 심연 속으로 투신하며 생의 종말을 긍정적으로 수용했다.

이즈음 그의 정신적 스승인 석북 신광수의 『석북집』과 『자하시집』 등을 황급히 역주할 뿐만 아니라, 1974년 《한국일보》 논설위원을 사임하고, 연이어 제4시집 『처용은 말한다』와, 제5시집 『수유동운』을 간행하는 것을 보면 이미 다가온 죽음을 겸허하게 맞이 마무리 하려는 태도가 엿보인다. 그는 "내가 다시 붓을 들을 땐/ 정읍사도 청산별곡도/ 그다지 도움이 되질 않네// 내가 다시 붓을 들을 땐/ 어부사도 사미인곡도/ 그다지 도움이 되질 않네"(「내가 다시 붓을 들 땐」)하고, 다만 '내 내부의 아득한 먼 바다' 속에 영원히 침잠하고 싶다고 고백했다.

봄이 와도 그의 내면은 존재론적 비애로 가득하다. "임은 먼 열반에 가 계시고/ 나는 외로히 이 밤을 우네// 이 세상 풍파에 떠밀리는 삶의 바다에/ 어느 연화(蓮花)가 피어 있으리요/ 메마른 강둑에 바람이 이네"(「우수경칩」)하고 탄식한다. 고립무원. 그는 철저하게 자신의 내면 속 깊이 침잠했다. 봄이 와도 생의 의욕을 다질 그 어떤 계기를 마련하는 것도 이제는 불가능하다. 화려하게 개화한 꽃무리에서 아름다움보다 생의 내면을 읽는 것은 이 때문이다.

꽃무리,

목숨이 다투어 피어
저마다 시새는 얼굴이어.
무리지어 일어서는 입술이어.
눈부신 혼의 살갗들
매혹의 이파리들이어.

너희들은 너희들의
심연을 보았는가
비바람의 천만년의 그 늪을

이 꽃무리.

——「꽃무리」

찬란한 개화. 꽃무리들은 참으로 매혹적이다. 아름답다. 눈부신 영혼처럼 빛나는 꽃, 비상하며 춤추는 꽃잎들의 형상. 그러나 시인은 이 매혹적인 꽃의 무리에서 아름다움을 발견하기보다는 꽃의 심연, 즉 생명의 본질을 발견한다. 비바람에도, 천만년 동안 간직해 온 그 생명의 본질이 무엇인가를 묻고 있는 것이다.

그는 이 시를 끝으로 공식적인 작품활동을 마감한다. 건강이 악화되어 작품을 더 이상 발표하지 못했던 것이다. 그리고 이듬해인 1975년, 그는 『시경』 번역을 완료하여 출판사에 보냈고, 수필집과 시선집 간행을 위해 원고를 정리했다. 그리고 문화공보부에서 계획한 『한국문학대전집』에 수록할 장시 「천지」의 집필을 시도했던 것으로 알려진다. 그러나 신은 그 의욕적인 작업마저 허락하지 않았다. 천식과 장출혈이 그의 육체를 앗아갔던 것이다. 그의 육신은 완전히 소진됐다. 영혼은 그를 떠났다. 1975년 3월 8일이었다. 그는 경기도 장흥 신세계 공원묘지에 아내와 합장됐다.

시인의 묘

경기도 장흥의 신세계 공원 묘지에 안장된 신석초의 묘. 아내와 합장됐다.

그의 사후 시비 건립문제가 제기되었다. 한국일보 장기영 사장이 적극 앞장 섰다. 시비건립을 어떻게 추진하며, 위치 선정에 대한 세부사항을 설왕설래하던 중, 장사장의 해외출장으로 계획은 더 이상 진척되지 못했다. 더구나 장사장이 귀국 후 곧 세상을 떠나서 시비건립은 유야무야로 끝나는 듯 했다. 그러나 그는 임종 무렵, 시비의 건립을 아들에게 유언처럼 부탁했다. 아들인 장강재 사장은 선친의 뜻을 받들어 석초의 시비를 마침내 건립했다. 그런데 위치를 선정하는 것이 문제였다. 이를 고심하다가 석초의 시를 사랑했던 부친의 묘 주위에 세우기로 결정했다. 여타의 시인에 비해 한 개인의 묘 옆에 시비가 자리를 차지한 내력은 이렇다. 그러나 이후 시비는 장강재의 묘가 들어서면서 묘지의 입구 쪽으로 물러나 지금에 이르렀다.

시비

장기영 사장의 묘 근처에 건립된 신석초의 시비. 시 「바라춤」을 새겼다.

그의 사후 10년만인 1985년 전집이 출간됐다. 시인 김후란과 아들 신달순에 의해 전집 2권이 융성출판사에서 간행되었다. 모두에서 상술한 것처럼 1권은 시선집 『바라춤』이고, 2권은 간략한 시론과 에세이를 모은 『시는 늙지 않는다』라는 수상록이다. 지식산업사와 미래사에서 각각 1984년과 1991년 시선집이 간행된 바 있다.

시비

건지산 자락에 건립된 시비. 「꽃잎 절구」가 새겨져 있다.

이후 지역 문인 단체, '서림문학동인회'가 주축이 되어 신석초 시비 건립이 추진되었고, 마침내 2000년 5월 5일 건지산 자락에서 제막식이 거행되었다. 한편 시인은 2000년 11월 26일 생가인 활동리 17번지에 이장됐다. 생가터가 굽어 보이는 산허리에 부인과 함께 안장되었다. 그날 오전부터 비가 내렸다. 친지를 비롯 그를 사랑했던 많은 사람들이 이를 지켜 보았다.

시인의 묘

장흥 신세계 공원 묘지로부터 고향에 이장된 신석초 묘. 부인과 합창 됐다.

제5부 부 록

제5부 부록

♣ 가계도

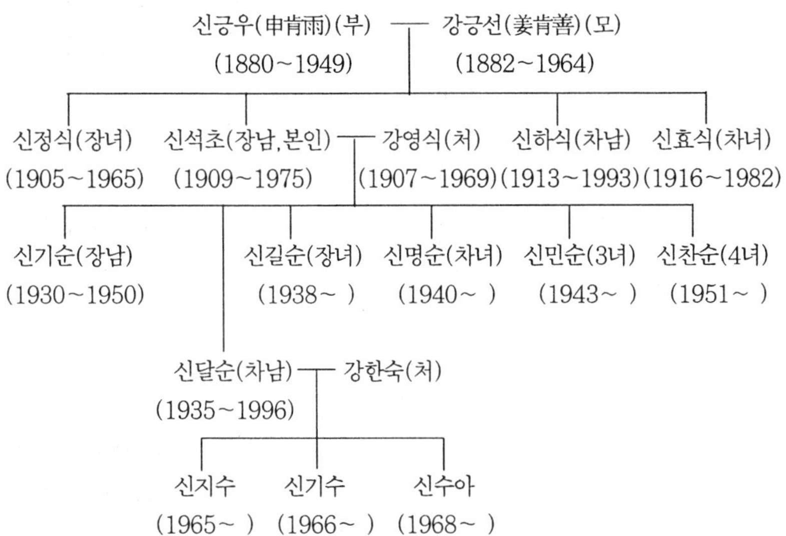

신긍우(申肯雨)(부)
(1880~1949)
강긍선(姜肯善)(모)
(1882~1964)
신정식(장녀)
(1905~1965)
신석초(장남, 본인)
(1909~1975)
강영식(처)
(1907~1969)
신하식(차남)
(1913~1993)
신효식(차녀)
(1916~1982)
신기순(장남)
(1930~1950)
신길순(장녀)
(1938~)
신명순(차녀)
(1940~)
신민순(3녀)
(1943~)
신찬순(4녀)
(1951~)
신달순(차남)
(1935~1996)
강한숙(처)
신지수
(1965~)
신기수
(1966~)
신수아
(1968~)

♣ 생애 연보

1909(1세) 6월 4일(음력 4월 17일 오전) 충남 서천군 화양면 활동리 17번지에서, 조선시대 문신이었던 석북(石北) 신광수(申光洙)의 7대손인 아버지 고령(高靈)신씨 긍우(肯雨)와 어머니 진주(晋州)강씨 긍선(肯善) 사이에서 장남으로 출생했다. 본명은 응식(應植)이다.

1921(13세)경서(經書)와 당시(唐詩), 그리고 선인의 보학설화(譜學說話) 속에서 행복한 유년을 보낸 후, 9월 1일 한산보통학교 2학년에 편입학했다. 재학중 학업성적이 매우 우수했다. 대부분의 과목에서 만점을 취득한 수재였다.

1925(17세)한산초등학교를 자퇴하고 검정고시에 합격하여 4월 4일 명문인 경성제일고보에 입학했다. 경성의 주교동(舟橋洞) 81번지에 터를 잡았다. 입학 한 해의 성적은 191명 중 11 등이 증언하듯 매우 우수했다.

1926(18세)부친 강태원과(姜太遠)과 모친 이화(李和)의 장녀이며 두 살 연상인 진주(晋州) 강(姜)씨 영식(永植)과 결혼했다. 같은 해 4월 순종황제가 승하했다. 6·10 만세 운동이 전개되었다. 건강이 악화됨.

1927(19세)신병으로 제일고보 3년 휴학하다.

1928(20세)2월 15일 신병으로 제일고보를 자퇴했다. 요양차 금강산을 찾았던 것으로 알려진다.

1929(21세)건강을 회복하고 일본 유학길에 올랐다. 조도전대(早稻田大) 청강생 신분으로 학업을 시작했다. 같은 해 봄에 원산에서 대규모 노동자 파업이 있었고, 11월 3일 광주학생운동이 전국을 강타했다.

1930(22세)장남 신기순(申起淳) 활동리에서 출생(음력 4월 5일)하다.

1931(23세)법정대학 철학과 청강생 자격으로 입학하다. 조도전대와 법정대학 입학 등에 관한 자료가 미흡하여 이 기간의 행적이 정확치 않다. 이 무렵 프랑스의 시인인 뽈 발레리에 심취했다. 한편 안막, 박영희, 국제적으로 명성을 떨친 무용가 최승희 등과 교유하며 문화적 분위기를 체감하며 카프의 맹원으로 활동했다. 유인(唯仁)이란 필명으로 《중앙일보》에 「문학창작의 고정화에 항하여」를 발표했다. 일본은 만주를 침략했다.

1932(24세) 《신계단》에 「예술적 방법의 정당한 이해를 위하여」를 발표하며 카프의 맹원으로 계속 활동했다.

1933(25세)박영희와 함께 카프 탈퇴하다.

1934(26세)신병(맹장)으로 경응(慶應)대학 병원에 입원하다.

1935(27세)일본에서 귀국하다(1934년인지 확실치 않다). 위당 정인보 선생을 만나 고전과 전통에 눈뜨는 계기를 마련하다. 위당의 소개로 이육사와 교유하며 《신조선》 편집에 종사했다. 《신조선》에 '석초(石初)'란 필명으로 「비취단장」, 「밀도를 준다」, 그리고 에세이 「햄릿」을 발표하며 문단활동을 본격화했다. 차남 달순(達淳)이 활동리에서 출생(음력 4월 2일)했다.

1937(29세) 《자오선》 창간호에 「호접(胡蝶)」, 「무녀(巫女)의 춤」을 발표하다. 서정주, 윤곤강, 이육사 등과 함께 《자오선》 동인으로 지칭됨. 일본은 중국을 유린하여 '남경 대학살'로 지칭되는 인권유린과 학살을 자행했다. 장녀 길순(길순) 혜화동에서 출생(음력 12월 25일)했다. 부인 강영식과 서울에서 함께 생활했다.

1938(30세)이육사 부친의 수신을 맞아 함께 경주를 여행하며 국가 상실의 비운을 삭이다. 「서라벌 단장」, 「처용은 말한다」 등의 시를 구상하며 치욕적인 현실을 감내하다.

1939(31세) 명륜동, 혜화동 등에서 생활했다. 《시학》에 「파초」, 「가야금」, 「배암」 등을 발표하며 시인으로서 입지를 확고히 다진다. 《인문평론》, 《문장》, 《시학》 등의 잡지가 간행되었다.

1940(32세) 《문장》에 「검무랑」, 「비취단장」을 발표하다. 봄에 동경을 여행하고 귀국한 것으로 알려진다. 부친의 수신을 맞아 이육사를 초대하여 함께 부여를 답사했다. 차녀 명순(明淳)이 명륜동에서 출생(음력 8월 7일)했다.

1941(33세) 《문장》에 「바라춤—서장」을 비롯하여 많은 시와 「멋設」, 「발레리 연구」 등의 에세이를 발표했다. 《인문평론》《문장》 등이 폐간됐다. 부친의 환후로 귀향하다. 폐를 앓고 성모병원에 입원한 육사를 문안하다.

1942(34세)명륜동 1가로 이사한 것으로 알려진다.

1943(35세)삼녀 민순(敏淳)이 향리에서 출생(음력 1월 2일)했다. 징병제가 시행되었다. 육사와 함께 신정에 답설하였는데 이것이 두 사람의 마지막 만남이었다.

1944(36세)장남 기순, 휘문학교에 입학하다.

1945(37세)해방을 맞이하다. 《신천지》에 「서울의 상모(狀貌)」를 발표하다. 〈사서연역회(史書硏譯會)〉를 발족한 것으로 알려진다. 좌익을 중심으로 〈조선문학동맹〉이, 우익을 중심으로 〈중앙문화협회〉가 조직된다. 전자는 이듬해 〈조선문학가동맹〉으로 후자는 〈전국문필가협의회〉로 확대개편된다.

1946(38세)시집 『석초시집』(을유문화사)을 간행하다. 《신천지》에 에세이 「안재홍론」을 발표하다.

1948(40세)한국문학가협회 중앙위원 피선되고 《학풍》에 「여명」을 발표하다.

1949(41세)부친 사망(음력 7월 23일). 차남 달순, 경기중학 입학하다. 《학풍》에 「프로메테우스서곡」, 《서울신문》에 「춘설」 발

표하다.

1950(42세) 장남 기순 동국대학교, 장녀 길순 풍문여고 입학하다. 6·25전쟁 발발하다. 장남 기순 대전에서 사망하다.

1951(43세) 지방자치법이 제정되기 이전에 화양면장에 부임한 것으로 알려진다. 사녀(四女) 찬순 향리 활동리에서 출생하다.

1952(44세) 지방자치법에 의해 화양면장에 재추대되어 부임하다. 기록상으로는 1952년 5월 6일부터 같은 해 8월 12일까지 재임한 것으로 확인된다. 신병을 이유로 면장직에서 의원해임(依願解任)된다.

1954(46세) 한산중학교 이사로 피촉(被囑)되었다. 차남 달순, 서울대 법대에 입학하다.

1955(47세) 고향 활동리 생활을 청산하고 식솔을 이끌고 성북동 누산재로 이주하다. 누산재에서 이후 수유동에 안착하기까지 혜화동, 정릉의 국민주택, 혜화초등학교 뒤의 혜화동 주택 등을 전전한다.

1956(48세) 한국문학가협회 사무국장 취임. 《현대문학》에 「서라벌 단장」, 「성지의 부」, 「적」 등을 발표하며 왕성하게 활동하다.

1957(49세) 《한국일보》 논설위원 겸 문화부장, 《현대문학》 시 추천위원으로 활동하다. 《현대문학》에 「바라춤」, 《사상계》에 「풍파」 등을 발표하다.

1959(51세) 제2시집 『바라춤』 간행. 《현대문학》과 《한국일보》에 시를 왕성하게 발표하다.

1960(52세) 대한민국 예술원 회원에 피선되다. 《현대문학》과 《사상계》에 시를 발표하다. 《현대문학》에 성춘복 과 김후란 등을 시인으로 추천하다.

1961(53세) 서라벌 예대 출강하다. 《현대문학》과 《사상계》에 시를 발표하다.

1962(54세) 한국문인협회 이사로 피선되다. 수유동 '침류장'으로 이주하다.

1963(55세) 《현대문학》과 《사상계》 등에 시를 왕성하게 발표하다. 차남 달순, 강희석의 장녀 한숙과 9월 25일 결혼하다. 《현대문학》에 오경남을 시인으로 추천하다.

1964(56세) 《현대문학》과 《사상계》 등에 시를 왕성하게 발표하다. 장녀 길순 결혼하다.

1965(57세) 한국시인협회 회장으로 피선되다. 《현대문학》 등에 시를 발표하다. 차녀 명순 결혼하다. 장손 지수(芝秀) 출생하다.

1966(58세) 예술원 문학분과회장. 《현대문학》 등에 시를 발표하다. 차손 기수 출생하다. 《현대문학》에 조남익, 박제천, 황하수등을 시인으로 추천하다.

1967(59세) 《현대문학》에 임성숙, 홍희표 등을 시인으로 추천하다. 《현대문학》 등에 시를 발표하다.

1968(60세) 이육사의 시비 제막식에 참석하고 안동 하회마을과 도산서원 등을 방문하다. 제13회 예술원상을 수상했다. 《현대문학》 등에 시를 발표하다. 손녀 수아(秀雅) 출생하다. 《현대문학》에 김여정을 시인으로 추천하다.

1969(61세) 6월에 부인 강영식 사망. 여름에 부산을 여행 중에 득병하여 건강이 악화되다. 《현대문학》과 《월간문학》 등에 시를 발표하다.

1970(62세) 제3시집 『폭풍의 노래』 간행하다. 《현대문학》과 《예술원보》에 시를 발표하다.

1971(63세) 경주 등지를 여행하다. 《현대문학》 등에 시를 발표하다.

1973(65세) 『석북집』과 『자하시집(紫霞詩集)』 등을 역주하다.

1974(66세) 건강 등의 이유로 《한국일보》 논설위원 사임하다. 제4시집 『처용은 말한다』, 제5시집 『수유동운』을 간행하다. 《현대문학》 등에 시를 발표하다. 사녀 찬순 결혼하다.

1975(67세) 『시경』 번역을 완료하여 출판사에 보냈다. 수필집과 시선집 간행을 위해 원고를 정리하다. 문화공보부에서 계획한 『한국

문학대전집』에 수록할 장시 「천지」의 집필을 시도하다. 천식과 장출혈이 끝내 그의 육체를 앗아가다. 3월 8일이었다. 경기도 장흥 신세계 공원묘지에 아내와 합장되다. 사후 「비가집」, 「천지」 등의 작품이 《현대문학》, 《심상》, 《문학사상》 등에 발표되다.

1985년 전집이 출간되다. 시인 김후란과 아들 신달순(당시 조흥은행 특수영업부장)에 의해 전집 2권이 융성출판사에서 간행되다. 1권은 시선집 『바라춤』이고, 2권은 간략한 시론과 에세이를 모은 『시는 늙지 않는다』라는 수상록이다. 지식산업사와 미래사에서도 각각 1984년과 1991년 시선집이 간행되다.

2000년 5월 5일 석초의 시비 제막식이 서천의 문학동인회인 '서림문학동인회'에 의해서 고향 서천에서 거행되다. 같은 날 생가에는 생가임을 알리는 표석이 건립되다. 2000년 11월 26일 생가터가 내려다 보이는 산허리에 이장되었다.

※ 연보는 융성출판사에서 간행된 『신석초 전집』의 연보를 참조했음.

♣ 작품연보 〈시〉

제　목	발표지	연　도	비　고
비취단장(翡翠斷章)	신조선(11)	1935. 6	목차에는 필명을 '石初'로, 본문에서는 '申石初'로 표기됨. 개작되어 『석초시집』(1946)에 실림. 이후 다시 개작되어 『바라춤』(1959)에 재수록된다.
밀도(蜜桃)를 준다	신조선(13)	1935. 12	개작되어 『석초시집』에 수록됨. 이후 『바라춤』에 그대로 수록됨
호접(胡 蝶)	자오선(1)	1937. 11	〃 필명 신석초사용
무녀(巫女)의 춤	자오선(1)	1937. 11	대폭 개작되어 『석초시집』에 수록됨. 이후 『바라춤』에 개작 수록됨.
파초(芭 蕉)	시학(1)	1939. 3	『석초시집』『바라춤』에 재수록됨.
가야금(伽倻琴) -擬鄕歌體試作	시학(2)	1939. 5	『석초시집』에 「가야금별장」으로 『바라춤』에 「가야금별곡」으로 재수록됨.
배암	시학(3)	1939. 8	『석초시집』에 개작되어 「뱀」으로 수록. 『바라춤』엔 『시학』의 것과 가깝게 다시 수록됨.
묘(墓)	시학(4)	1939. 10	『석초시집』에 재수록됨. 이후『바라춤』에 재수록
검무랑(劍舞娘)	문장 (제2권1호)	1940. 3	『석초시집』과 『바라춤』에 재수록됨.
비취단장(翡翠斷章)	문장 (제2권8호)	1940. 10	『석초시집』의 작품을 개작한 것이고 『석초시집』에 거의 그대로 수록된다.
바라춤 -서장(序章)-	문장 (제3권4호)	1941. 4	『석초시집』과 『바라춤』에 '서장序章'으로 거의 그대로 수록됨.
궁시(弓 矢)	문장 (제3권4호)	1941. 4	〃
촉(燭) 불			『석초시집』에 발표됨. 이후 『바라춤』에 재수록됨.
규녀(閨 女)			〃
연(蓮)			『석초시집』, 『바라춤』에 「연꽃」으로 수록.

제 목	발표지	연 도	비 고
돌팔매			『석초시집』에 발표됨. 이후 『바라춤』에 재수록됨.
춤추는 여신(女神)			『석초시집』에 발표됨.
멸(滅)하지 않는 것			『석초시집』에 발표됨. 이후 『바라춤』에 재수록됨.
흐려진 달			〃
가야금(伽倻琴)			『석초시집』에 발표됨.
화장(化 粧)			『석초시집』에 발표됨. 이후 『바라춤』에 재수록됨.
사비수(泗沘水)			『석초시집』에 발표됨.
낙와(落瓦)의 부(賦)			『석초시집』에 발표됨. 이후 『바라춤』에 재수록됨.
최후(最後)의 물결을			〃
흐름		1947	『바라춤』(전집1권)(융성출판사,1985)신석초연보(김후란 작성)참고. 『바라춤』에 재수록 됨.
여명(黎 明) -사슬푼프로네듀스 단편(斷片)	학풍 (제1권2호)	1948. 11	『바라춤』에 부분적으로 개작되어 재수록
프로메듀우스 서곡	민성 (제5권5호)	1949. 5	전집을 기준했으나 확실치 않다. 확인불가능
춘설(春雪)	서울 신문	1949	
청산아 말하여라	문예	1949. 5	
강 산	신천지	1954. 1	『바라춤』에 재수록됨.
자개껍질	학생계	1954. 10	『바라춤』에 재수록됨.
갈매기	새벽	1955. 5	〃
서라벌 단장(斷章)	현대문학(13)	1956. 1	『바라춤』에 재수록됨.
·신라고도부(一),(二)	|	1956. 1	〃 , 원문은 1연, 『바라춤』엔 1, 2연으로
·동경밝은달	|	|	〃 (조금씩 개작되어 재수록됨)
·반월성지	|	|	〃 (뒷부분이 비교적 많이 개작됨)
·안압지	|	|	〃 (〃)

제　목	발표지	연 도	비　고
・곡수유허(曲水遺墟)	현대문학	1956.1	
・천관사 가는길	|	|	『바라춤』에 재수록됨(개작됨)
・종	|	|	
성지(城趾)의 부(賦)	현대문학(15)	1956.3	
적(笛)	현대문학(18)	1956. 6	『바라춤』에 재수록됨
서라벌 단장(斷章)	현대문학(19)	1956. 7	
・경	|	1956. 7	『바라춤』에 재수록됨
・첨성대	|	|	『바라춤』에 재수록됨
・만가	|	|	『바라춤』에 재수록됨
・아사녀	|	|	『바라춤』에 재수록됨
・석굴암보살상	|	|	
・경주별곡	|	|	
바라춤(續)	현대문학(25)	1957.1	『바라춤』에 장시로 완성됨.
바라춤 서사(개작)	현대문학(27)	1957. 3	
바라춤	현대문학(29)	1957. 5	
바라춤(其二)	|	1957. 5	
바라춤(其三)	|	|	
풍 파 -「사슬푼푸로메듀스」의 속편-	사상계	1957.8	
흰비가 내린다	학원	1957.9	
포말(泡 沫)	새교육	1957.12	『바라춤』에 재수록됨
낙와의 장(一),(二)	신태양	1957. 12	〃
바람부는 숲	한국평론	1958. 5	〃
처용은 말한다	현대문학	1958. 6	「처용은 말한다」(1974)에 대폭 개작되어 수록.
하늘을 간다-서정주의 「학」에 붙여-	코베트	1958. 9	전집연보에 의거한 것. 『바라춤』에 재수록됨.
물끓는 성	사상계	1959. 1	『바라춤』에 재수록됨.
소요산	한국일보	1959. 10	
무희부(舞姬賦)			『바라춤』에 발표됨
기녀의 장(章)			〃
시름하는 꽃가지			〃
불국사탑(一),(二)			〃
백조의 꿈			〃

제 목	발표지	연 도	비 고
춘 설			전집연보에 1949年 서울 신문에 발표된 것으로 되어 있음. 『바라춤』에 수록됨
매화의 장			『바라춤』에 발표됨.
매화송			〃
풍 우			〃
낙 화			〃
두 견			〃
매 우			〃
신춘사			〃
송			〃
미녀에게 -「처용은 말한다」의 一장	사상계	1960. 3	『처용은 말한다』에 대폭 개작되어 수록됨.
무 제	사상계	1961. 1	
내일의 종을 울려라	사상계	1961. 4	
나팔수의 기도	예술원보	1961. 6	
사(思)매화십이첩	현대문학(89)	1962. 5	
·미지의 꽃밭	│	│	『폭풍의 노래』에 재수록됨.
·매화한가지	│	│	
·봄비소리	│	│	
·아름다운 변모	│	│	
·남대문근처	│	│	
·스카이라운지	│	│	
·타는 두 별	│	│	
·그대는 나를 위해	│	│	『폭풍의 노래』에 「새치장」으로 제목이 바뀌어 수록됨
·「정글」에서	│	│	
·우리는 다정스러이	│	│	
·남산의 푸르름	│	│	
·눈부신 수풀	│	│	
침류장만음	여원	1962. 5	『바라춤』에 발표된 것과 동일함
·풍우	│	│	〃
·낙화	│	│	〃
·두견	│	│	〃

제 목	발표지	연 도	비 고
남한산성	미사일	1962. 7	
갈닢파리	사상계	1962. 10	
태평로에서	서울신문	1963. 6	
북한산장	현대문학 (102)	1963. 6	『수유 동운』(1974)에 「북한산장 소음」으로 약간의 개작을 통해 재수록 됨.
삼각산 밑에서	〃 (106)	1963. 10	『폭풍의 노래』(1970) 재수록.
입동과 코스모스	〃 (108)	1963. 12	
신홍주택가	사상계	1963. 12	문예특별증간호, 『수유동운』에 재수록됨.
처용은 말한다	현대문학 (113)	1964. 5	『처용은 말한다』(1974)에 실린 것과 시행상의 변화가 보이나 전체적으로 많은 개작은 보이지 않는다.
사월에	신동아	1965. 4	『폭풍의 노래』에 재수록됨.
인 습	현대문학 (126)	1965. 6	『수유동운』에 재수록됨.
추 뇌	한국일보	1965. 10. 3	『폭풍의 노래』에 재수록됨.
어떤 가을날에	서울신문	1965. 11. 6	신석초사후 『문학사상』(1975.5)에 『비가집』으로 발표됨. 『폭풍의 노래』에도 수록됨.
수유동운초(삼편)	예술원보(9)	1965. 12	
· 북한연봉	│	│	「북한산연봉」으로 『폭풍의 노래』에 재수록됨.
· 심추	│	│	『폭풍의 노래』에 재수록됨.
· 코스모스핀 뜰	│	│	
이상곡	현대문학 (133)	1966. 1	『폭풍의 노래『에 재수록됨.
설 월	문학춘추	1966. 2	〃
춘 설	시문학	1966. 5	〃, 『서울신문』에 발표된 「春雪」과 다른 작품
장미의 길	자유공론	1966. 7	
폭풍의 거리 -속프로메테우스-	현대문학 (140)	1996. 8	

제 목	발표지	연 도	비 고
바닷가에서	사상계	1966. 8	
산 우(山雨)	현대시학	1966. 10	『폭풍의 노래』에 재수록.
신년에	신동아	1967. 1	
새벽에 앉아	현대문학 (147)	1967. 3	『폭풍의 노래』에 재수록됨.
춘 몽	현대문학 (152)	1967. 8	「어느날의 꿈」으로 『수유동운』에 재수록함.
적	현대문학 (156)	1967. 12	신문학 60주년기념 100人 시선
못다푼 원	한국일보	1967. 12. 13	『예술원보』(13)(1969.11)에는 「기다리는 밤」으로 재발표하고『수유동운』에는 「십일월」로 제목을 바꾸어 재수록함.
사시월령가(외 이편)	예술원보(11)	1967. 12	『수유동운』에 「십이월연가」로 재수록됨.
·춘산	│	│	『暴風의 노래』에 재수록됨.
·산우	│	│	〃
백운대	현대문학 (158)	1968. 2	〃
산 하	사상계	1968. 5	
강 위에서	여원	1968. 7	『폭풍의 노래』에 재수록됨.
주 렴	보험계	1968. 7	
도 산	현대문학 (164)	1968. 8	『수유동운』에 재수록됨.
도산(외 이편)	예술원보(12)	1968. 11	이전에 『현대문학』(1968.8)에 실린「도산」과 『여원』.(1968. 7)에 실린 「강 위에서」와 동일 작품임.
·강 위에서	예술원보(12)	1968. 11	
·육사를 생각한다	예술원보(12)	1968.11	『폭풍의 노래』에 재수록됨.
불 춤	월간문학	1968.12	『폭풍의 노래』에 재수록됨.
산 하	신동아	1968. 12	『사상계』에 발표되었던 「산하」와는 다른 작품임.
유파리노스 송가 -푸로메테우스 시단편-	현대문학 (172)	1969. 1	『수유동운』에 재수록됨.

제 목	발표지	연 도	비 고
처용무가	현대문학 (172)	1969. 4	『처용은 말한다』에 재수록됨.
금사자	현대시학	1969. 5	『폭풍의 노래』에 재수록됨.
만 사(輓詞)	현대문학 (177)	1969. 9	『폭풍의 노래』에 재수록됨.
근작십편	예술원보(13)	1969. 11	
・처용무가			『현대문학』에 발표된 작품들과 동일작품임
・한국의 꽃			『폭풍의 노래』에 재수록됨.
・야학부			전집엔 「야학의 부」로 실리고 있음
・경기68돌			
・동해의 달			『수유동운』에 재수록됨.
・기다리는 밤			『수유동운』에 재수록됨.
・영야(靈夜)			한국일보 1967. 12. 13 「못다푼 원」으로 발표되었던 작품이며 『수유동운』에 「십일월」로 재수록된다.
・개나리꽃			
・사당포음			『현대문학』(1970. 10) 「사당리의 노래」로 『수유동운』에서는 「사당리음」으로 부분 개작되어 수록됨.
・하이웨이			전집엔 「국도」로 실려 있음.
동해의 달	월간중앙	1969. 11	「예술원보」(1969. 11)에 발표된 동일제목의 작품과 동일.
광릉에서	월간문학	1969. 12	『폭풍의 노래』에 재수록됨.『문예원보』(1970. 12)에 재발표됨.
풍설(외 일편)	현대문학	1970. 1	『수유동운』에 재수록됨.
설 야	현대문학	1970. 1	
서울조춘	월간중앙	1970. 4	『예술원보』(1970. 12)에 재발표됨.
모란꽃처럼	한국일보	1970. 6	
사당리의 노래	현대문학	1970. 10	「사당포음」《예술원보》(1969. 11)와 《수유동운》 참고.
지상의 노래(외 십편)	예술원보(14)	1970. 12	
・지상의 노래			『수유동운』에 재수록됨.
・광릉에서			『월간문학』(12)과 『폭풍의 노래』에 수록된 작품과 동일함.

제 목	발 표 지	연 도	비 고
·호수			
·나르시스			
·서울 조춘			
·개나리꽃			『월간중앙』(1970. 4)에 실린 작품과 동일
·봄 나들이			『예술원보』(1969. 11)에 발표된 작품과 다른 작품임.
·꽃닢이여			전집엔 「춘유(春遊)」로 실렸음.
·연닢처럼			
·사자무			
폭풍의 노래			
추정(秋 庭)			『폭풍의 노래』시집 발간 때 발표됨. 그러나 『현대문학』(1966. 8)에 발표된 「폭풍의 거리-편 프로메듀스-」와 제목만 바뀐 동일 작품임.
천 지	월간문학	1971. 1	『폭풍의 노래』발간 때 발표됨.
파 도	신동아	1971. 1	『예술원보』(1971.11)에 재발표됨. 『수유동운』에 재수록됨.
만해유고를 읽는다	현대문학	1971. 6	
원주의 숲	시문학	1971. 8	
창쏘는 사람			비화시첩(秘畵詩帖) 옥편(玉篇)으로 실림.
나의 몸은			
고 풍			
추호(秋 湖)			
무영왕릉지석	현대문학	1971. 11	
천지(외 구편)	예술원보	1971. 11	『수유동운』엔 「무령왕릉소감」으로 재발표되고 있음.
·천마			「천지(天地)」로 되어 있지만 「천지(天池)」오류인 듯 함.
·빛의 돔			
·원극의 숲			『시문학』(1971.8) 에 실렸던 것임.
·창쏘는 사람			〃
·파도			『신동아』(1971. 1)에 실렸던 것임.

제　목	발 표 지	연　도	비　고
·나의 몸은	│	│	『수유동운』에 재수록됨. 『시문학』(1971. 8)에 실렸던 작품과 동일함.
·나의 바다	│	│	〃
·샘(泉)가에서	│	│	
·둔주곡	│	│	『수유동운』에선 연작시(3연)형태로 제목이 변경되어 수록됨.
해에서	월간문학	1972. 1	『수유동운』에선「해변에서」로 제목이 변경되어 수록됨.
꽃잎절구	시문학	1972. 1	『수유동운』에 재수록됨.
선녀비천취적도	월간중앙	1972. 6	『수유동운』에선 「선녀비천」으로 제목이 변경되어 수록됨.
세계의 어느 곳에나	창　조	1972. 7	『수유동운』에 재수록됨.
엑소더스	월간문학	1972. 8	신석초사후 『현대문학』(1975. 5)에서 유고시 5편을 발표했는데 그중 「탈출」이란 시와 동일 작품.
내일에(외 일편)	시문학	1973. 4	
백 로	〃	〃	『수유동운』에 재수록됨
수렵도	문학사상	1973. 9	〃
설 야	심 상	1973. 11	'이 달의 시인 신석초'란 제하로 사진과 자필원고,(연보)수록 『현대문학』(1970. 1)에 발표된 「설야」와 동일작품임.
내가다시 붓을 들땐	현대문학	1974. 2	
천마도	한국문학	1974. 2	
우수경칩	심　상	1974. 4	
꽃무리	현대문학	1974. 11	
세계의 한물가			『수유동운』발간시 발표됨(1974)
매혹1			〃
매혹2			〃
어러진 꽃밭			〃
바다와 파라솔			〃
만파식적			〃
병중만음			〃
백운대 밑에서			〃
바다여			〃

제 목	발표지	연 도	비 고
시집 《처용은말한다》	시집발간	1974	
비가집10편	문학사상	1975. 5	신석초 사후 편집된 특집란 『비가집』이란 이름 하에 미발표10편(그러나 많은 시가 이전에 발표)이 실린다.
· 미지의 꽃밭	│	│	『현대문학』(1962. 5)에 발표된 「사매화십이첩」중 5편이 동일작품이다.
· 봄비소리	│	│	「미지의 꽃밭」, 「봄비소리」, 「스카이라운지」, 「동산의 푸르름」
· 스카이라운지	│	│	「눈부신 수풀」이 그것이다.(자세한 사항은 본문 중 '사랑의 찬가, 『바라춤』'을 참조할 것)
· 남산의 푸르름	│	│	
· 나르시스	│	│	『예술원보』(1970. 12)에 발표된 「나르시스」와 전체적인 윤곽은 같으나 후반부가 많이 개작된 작품임.
· 무제	│	│	
· 꽃과 보살	│	│	
· 어떤 가을날에	│	│	
· 타는 별	│	│	
바닷가에서(외 오편)	현대문학	1955. 5	유고시로 수록됨.
· 산타령	│	│	
· 내일에	│	│	
· 화석	│	│	
· 세월	│	│	
· 탈출	│	│	
호수(외 사편)	심 상	1975. 5	유고시로 수록됨.
· 나르시스			『문학사상』(1975. 5)에 발표된 「나르시스」 참조
연잎처럼			『예술원보』(1970. 12)에 발표되었던 작품과 동일 작품
· 개나리꽃			〃

제　목	발 표 지	연　도	비　　고
·봄 나들이	심　상	1975. 5	〃
상아의 홀	심　상	1975. 8	광복 30주년한국시 작품자료집 〈1〉에 속해 있음.
나팔수의 기도	예술원보	1977	『예술원보』(1961)에 발표되었던 것

〈전집간행 후, 새로실린 작품〉

제　목	발 표 지	연　도	비　　고
석굴암관세음			전집엔 「체신문화」(55호)에 실린 작품으로 기재되고 있음.
칠발도 등대			
월인에게			발표지는 없고 발표일(1969年 7月 21日)만 기재되어 있음
달과 인간			발표지는 없고 발표일(1969年 7月 21日)만 기재되어 있음
함영지곡			
꽃과 북			
할머니			
농부영가			
잔치			
팔 월			
강산(1)			「신천지」(1954. 10)에 발표되었던 「강산」을 확장보완하여「강산(1)」,「강산(2)」로 구분하여 발표한 작품
강산(2)			
가는봄			

찾아보기 - 작품

〈ㅇ〉

〈ㅈ〉

〈ㅊ〉

〈ㅋ〉

〈ㅌ〉

〈ㅍ〉

〈ㅎ〉

〈잡지 · 신문〉

찾아보기 - 인명

〈ㅈ〉

〈ㅊ〉

〈ㅋ〉

〈ㅌ〉

〈ㅍ〉

〈ㅎ〉

찾아보기 - 사항

〈ㅇ〉

〈ㅈ〉

〈ㅊ〉

〈ㅋ〉

〈ㅍ〉

〈ㅎ〉

◈ 저자 소개

조용훈

1959년 서울에서 태어나 서강대학교 국문과 및 동 학원을 졸업했다. 한국 현대시를 전공했고 그림에 깊은 관심과 애정을 갖고 있다. 시와 그림이라는 친연한 장르를 문화 주제론적으로 통찰하는 것을 과제로 삼고 이에 관한 글을 꾸준히 발표하고 있다. 현재 청주교육대학교 교수.

저서 : 『근대시인연구』(새문사, 1995), 『정호승연구』(계명문화사, 1996), 『현대시론』(새문사, 1997), 『시와 그림의 황홀경』(문학동네, 1999), 『그림의 숲에서 동·서양을 읽다』(효형출판, 2000), 『탐미의 시대』(효형출판, 2001) 등이 있다.

신 석 초 연 구

◈ 인쇄 2001년 8월 1일 ◈ 발행 2001년 8월 10일
◈ 저자 조용훈 ◈ 발행인 이대현
◈ 편집 김민영 ◈ 표지디자인 홍동선
◈ 발행처 역락출판사 / 서울 성동구 성수2가 3동 277-17
성수아카데미타워 319호(우 133-123)
◈ TEL 대표·영업 3409-2058 편집부 3409-2060 팩스 3409-2059
◈ 전자우편 yk3888@kornet.net / youkrack@hanmail.net
◈ 등록 1999년 4월 19일 제2-2803호
◈ 정가 13,000원
◈ ISBN 89-5556-110-5-93810